Une belle journée pour se pendre

Illustration de la couverture: Jacques Fillion
Maquette de la couverture: Jacques Fillion

ISBN 2-7609-3083-1

© Copyright Ottawa 1984 par Les Éditions Leméac Inc.
Dépôt légal — Bibliothèque nationale du Québec
2e trimestre 1984

Imprimé au Canada

Jacques Fillion

Une belle journée pour se pendre

LEMÉAC

À Stéphane, Marc et Sophie

Ils ne se sont jamais vus et chacun ignore l'existence de l'autre, mais tous les hommes sont présents chez l'individu et l'individu n'est qu'une des millions de facettes du grand organisme humain. Quoi qu'ils disent ou quoi qu'ils fassent, les hommes sont solidaires, aussi bien dans la déchéance que dans la grandeur.

J.F.

«Ça se présente bien, pense Victor, il fait beau, les vacances s'en viennent, dans deux mois j'aurai fini de payer les traites du frigo, Germain s'est trouvé une job, on aura pas de grève cette année et j'ai trouvé quelqu'un qui veut bien du dernier des six chatons de Colombe.»

«Tout de même, elle exagère la cochonne, se dit-il. À tout bout d'champ, je dois me décarcasser le chrétien pour trouver un toit à ses petits bâtards à moustaches. Un jour, j'irai tout droit à la SPA.»

C'est ce qu'il se dit chaque fois, mais quand le moment est venu, quand il tient la petite boule de poil miaulante dans le creux de sa large main d'ouvrier, il sent fondre ses belles résolutions et part en croisade pour leur dénicher un foyer adoptif.

Victor se met à siffler, il se sent bien, il se sent en appétit et il y a un petit quelque chose qui lui met le cœur en fête. Comment est-ce qu'elle a dit ça déjà? Il se plaît à se remémorer l'instant. C'était la veille. Sa femme Louise lui a emprunté quatre-vingts dollars puis elle a eu un drôle de sourire. Victor cherche toujours à trouver un qualificatif à ce sourire: canaille, enjoué, crispé, insolent, gouailleur, non rien ne convient vraiment. Elle a dit: «C'est pour te faire une petite surprise. Tu sais bien que j'aime te faire des petites surprises.» Son œil brillait. Victor y a vu du plaisir, un peu pervers peut-être, mais du plaisir; de là à imaginer une partie de matelas particulièrement corsée, il n'y avait qu'un pas.

Les parties de matelas se font rares depuis des mois mais parfois sans raison apparente, Louise sort de ses gonds et explose littéralement. Sauf que depuis qu'elle a rencontré cette Lima, elle subit l'influence de ces mouvements féministes, elle est devenue irritable et elle chicote pour un rien, elle devient contestataire, du moins aux yeux simples de Victor.

Une fois, elle a même reçu dans son salon, parmi ses meubles, toute une flopée de ces vieilles chèvres vociférantes, toutes plus laides les unes que les autres, capables de châtrer verbalement tous les mâles du quartier. Victor comprend mal toute cette hargne apparue avec une violence et une soudaineté déconcertantes. Mentalement, il a fait le tour de ses voisins. Ils avaient leurs défauts, il y avait passablement d'ivrognes, quelques coureurs de jupons, deux ou trois fainéants, mais règle générale, c'était de braves types qui tenaient naïvement à marier leurs filles encore vierges et à amener leurs gars à dix-huit ans sans dossier criminel. Et c'était pas facile dans ce quartier pourri où les garçons lâchent l'école de façon plus ou moins irrégulière à quatorze ans et où les filles sympathisent facilement avec toutes ces guidounes qui pratiquent leur métier au vu et au su de tout le monde. Il n'y a qu'une vitre fragile entre l'adolescent boutonneux, désabusé, chômeur, constamment sans le sou et les montres bon marché de *Sam's Jewels*; il n'y a qu'une précaire hésitation entre le collège décrépit pour jeunes filles et les chambres à deux dollars du *Ben Tourist Room*. Cette semaine seulement, la police a répondu à deux douzaines d'appels dans le coin: bagarres, vols avec effraction, vols à main armée, exhibitionnisme, rixes, etc. Jeudi, en fin de soirée, elle a ramassé un grand efflanqué mal en point d'une overdose. Personne n'a pu dire qui il était ni d'où il venait. Victor était descendu sur le trottoir et s'était senti tout remué, le garçon ne devait pas avoir plus de quinze ans.

Victor gardait ses quatre-vingts dollars pour régler l'épicerie, mais il s'était dit qu'il ferait un seize heures la semaine suivante. Il avait déposé les billets froissés dans la main crevassée de sa femme et lui avait adressé un coup d'œil complice. Il était certain qu'elle courrait chez le Juif s'acheter un petit déshabillé affriolant, celui qu'ils avaient vu ensemble et qui forçait la vieille Lamoureux à faire un grand détour pour ne pas le voir. Victor n'a guère les moyens de s'offrir ces petites fantaisies, mais une fois n'est pas coutume et il s'arrangerait pour remplacer le gros Pierre qui se soûle la gueule toutes les fins de semaine et qui soigne ses migraines le lundi. Ce ne serait pas la première fois qu'il ferait ses deux quarts consécutifs; ce matin, il se sentirait même capable d'en prendre trois.

Louise avait roulé et déposé les billets dans la soupière mais s'était aussitôt ravisée. Trop tentant pour Germain. Ce grand vaurien serait bien capable de les lui siffler sous le nez, du moins s'il rentrait ce soir-là. Gagnant sa chambre, elle avait glissé ses dollars au fond d'une pantoufle avachie. Victor était ensuite venu l'embrasser et, le pied léger, était parti travailler.

Louise s'était étendue sur le lit, les yeux grands ouverts. Longtemps, elle avait regardé le plafond sans le voir, s'éventant avec un vieux *Allô-Police* maculé de taches de graisse.

La nuit avait été chaude et humide, moite et étouffante. La distributrice de Coke s'était encore enrayée et le contremaître cherchait la p'tite bête pour se venger de son estomac qui lui faisait endurer le martyre. En prime, Ferguson s'était fait cambrioler la veille et les malfrats avaient écrit «Mort aux puants» en grosses lettres rouges sur le mur du salon. Des gars disaient que Ferguson avait déjà battu un adolescent à mort au cours d'une bagarre. Ferguson pesait dans les deux cent dix livres alors que son adversaire n'en faisait que cent quarante.

Ç'avait été une nuit mouvementée dans le quartier, à en juger par la fréquence des gémissements de sirène de police ou d'ambulance entendus à travers le tintamarre des machines.

L'horloge marque six heures; Victor arrête posément sa perceuse et s'éponge le front avec son mouchoir crasseux. Il jouit déjà par anticipation du plaisir qu'il aura à plonger sous la douche d'eau tiède. À côté, dans l'atelier de soudure, on donne une petite fête. C'est le vieux Prunier qui prend sa retraite. On rit, on s'interpelle, on boit du pétillant et on fume des cigares, mais le vieux Prunier ne participe pas. Il erre tristement entre les machines derrière Victor, les regardant, les caressant du bout des doigts comme s'il n'avait plus le droit déjà d'y toucher franchement. Les autres ne se sont pas aperçus de son absence. Prunier est tout replié sur lui-même, il semble plus petit tout à coup, il se recueille et baisse la tête. Il plonge les mains dans les poches et ça lui donne une allure bizarre. Victor n'a encore jamais vu Prunier les mains dans les poches, c'est pas du tout son genre. Tout en se décrassant les mains, Victor s'approche de lui. Sans savoir pourquoi, il se sent un peu embarrassé, il tousse. Prunier ne se retourne pas mais son œil cligne, indiquant à Victor qu'il est conscient de sa présence.

— C'est la vie de pacha maintenant? dit Victor.

Prunier fait oui de la tête.

— Moi, j'continuerais bien, demain matin j'vas avoir l'air tout bête. La bonne femme ne peut pas me sentir toute la journée à la maison et pis qu'est-ce que j'vas faire de mon temps?

Victor n'arrive pas à croire que le vieil homme regrette ces sales machines bruyantes, sifflantes, crachant la ferraille, les gaz, la poussière, l'huile. Il lève la tête.

— Regarde les vitres, il y a un quart de pouce de crasse dessus, s'il n'y avait pas de carreaux cassés, on ne verrait même pas si le ciel est bleu. Respire, sent l'air ici, de quoi te perforer les poumons. Pense au chien sale de Ferguson qui te fait chier depuis quinze ans comme s'il était le seul au monde à avoir des ulcères. Pense à toutes ces nuits debout sur le ciment dur, cassé en deux à assembler des machines dégueulasses que t'auras jamais les moyens de te payer, pense à l'horloge, là, qui ralentit jusqu'à s'arrêter entre quatre et six heures du matin quand t'es vidé, quand t'as perdu trois livres de sueur et que t'as les joints des os sensibles à force de se frotter les uns aux autres.

13

Victor pose sa main sur l'épaule du vieillard.

— Profites-en, va faire ta marche, prends le temps de lire ton journal, fais tes mots croisés, va aux variétés, pourquoi ne pas te faire un jardin? La ville prête des terrains communautaires.

Prunier se masse l'arête du nez.

— Je ne connais rien aux carottes. J'ai jamais mangé une seule carotte dans ma vie. Je trouve ça écœurant et ça me rend malade les carottes, ça me fait vomir.

La réponse désarçonne Victor. Prunier se concentre un moment.

— Tout ce que je connais, c'est une MacCormick hydraulique capable de développer douze mille livres de pression au pouce carré, d'la tôle, des circuits électriques, des chalumeaux...

Victor regarde ses souliers.

— Moi, y me semble...

— On dit ça quand on est jeune.

Prunier s'éloigne un peu, se penchant pour mieux regarder son engin. Victor soupire, ramasse ses outils, les dépose dans son coffre et, jetant un coup d'œil oblique à Prunier, s'en va vers son casier. Il reconnaît le rire gras de son ami derrière lui. La Raquette s'en vient, tenant deux proprets gobelets de carton ciré dans ses larges mains crasseuses.

— J't'en ai mis un de côté, dit-il.

La Raquette est trapu mais vigoureux et costaud, seules ses mains contrastent avec le reste de son corps. On dirait qu'elles appartiennent à un autre tellement elles sont grandes, larges, massives et puissantes. La Raquette cligne toujours des yeux, des petits yeux malicieux dans lesquels on devine la ruse et la roublardise. Parfois, il confond allègrement ses intérêts avec ceux de la compagnie.

Des plaques de tôle, des bobines de fils de cuivre, des équipements électriques disparaissent mystérieusement; Ferguson le tient à l'œil mais il est plus difficile de le prendre en défaut que de remettre en marche l'archaïque système de ventilation de l'usine. La Raquette ne crache jamais sur un verre, un verre de n'importe quoi pourvu qu'il y ait de l'alcool dedans; quand il est soûl, il cherche facilement la bagarre et il est dangereux. Ferguson en sait quelque chose. De son poing large comme une casserole, La Raquette lui a cassé trois dents et presque arraché la tête. Heureusement que dans le noir de la ruelle, le contremaître n'a pas pu jurer qu'il s'agissait bien de La Raquette. Au début, il avait bien prétendu avoir reconnu son assaillant, mais la défense, en reconstituant les faits, avait pu prouver qu'il était impossible pour quiconque de reconnaître qui que ce soit dans les conditions qui prévalaient le soir ou plutôt la nuit de l'assaut. Mais La Raquette se tient tranquille depuis quelque temps, le temps que les choses se tassent.

Victor prend le gobelet qu'on lui offre et l'avale d'un trait.

— On a volé ça au dépanneur de l'Arménien, confie La Raquette avec un sourire malin. Moi et le Rouge, on se chamaillait dans un coin, l'Arménien implorait le saint patron de son pays de marde pour qu'on ne casse rien pendant que le petit Petit se faufilait dehors avec plein de bouteilles sous les bras. C'est d'la marde, mais au prix qu'on l'a payé, on peut pas se plaindre. Tu nous vois arriver chez l'Arménien et réclamer qu'il nous rembourse sa pisse de chameau?

— Le petit Petit l'a déjà fait.

15

— Un jour, y va se faire pincer, le p'tit sacrement. J'me rappellerai toujours la fois où il a attrapé un mois sans solde. Tu sais ce qu'il a fait le p'tit crisse? Une femme sort de l'épicerie avec deux gros sacs combles. Tout mielleux, il lui offre de les transporter jusqu'à son char. Pis là, il bifurque et dépose les sacs dans sa minoune à lui. Il demande à la bonne femme estomaquée si son mari travaille. D'un réflexe automatique, elle répond que oui, alors il explique que lui ne travaille pas et qu'il a quatre enfants à nourrir. Puis il démarre, la face fendue d'un grand sourire heureux, laissant la dame qui, les bras ballants, n'en croit pas ses yeux.

D'un coup de pied, La Raquette envoie rouler un boulon à l'autre extrémité de la pièce.

— Tu viens célébrer un peu avec nous? Y'a La Fraise qui mime comment sa belle-mère qui louche à gauche fait l'amour avec le beau-père qui louche à droite. Ça fait une demi-heure que ça dure et ils n'ont pas encore réussi à s'enligner.

— Ils ont réussi à faire une fille comme ça?

— C'est ça le miracle, et elle ne louche pas, elle tient des deux à la fois, donc elle louche au milieu. Viens, il reste un peu de cette cochonnerie.

Victor froisse son gobelet de carton et l'envoie voler dans la direction approximative d'une poubelle.

— Non, j'ai besoin d'une douche, tout ce que je demande, c'est une bonne douche.

Il se détend en pensant à Louise qui s'attarde probablement au lit avant de préparer le café. Et puis, il s'inquiète pour son fils Germain. Il espère que l'adolescent est bien rentré cette nuit. Parfois, quand il entend toutes ces sirènes hurlant dans la nuit, il se surprend à imaginer son fils ensanglanté,

16

gisant sur une civière, couvert d'une couverture de laine rouge.

— Et pis j'ai hâte de rentrer, ajoute-t-il.

Il se déniche un mégot au fond de sa poche de chemise, il hésite à savoir quel bout il se mettra dans la bouche.

— Louise m'a promis une petite surprise.

La Raquette a compris, ils se connaissent depuis trop longtemps pour ne pas saisir ce genre d'allusion. Néanmoins, Victor croit nécessaire de lui faire un clin d'œil salace.

— Je me sens prêt à grimper une chèvre, un jeune étalon sauvage. C'est le temps qui me fait ça, la chaleur me chauffe les sangs, moi il faut que je fasse mon devoir conjugal tous les jours. Une vraie hampe à drapeau.

— En parlant de hampe à drapeau, dit La Raquette, tantôt j'ai vu Ferguson accrocher le drapeau devant la baraque. Il a failli se casser la gueule, l'épais; moi, j'attendais rien que ça pour applaudir. Des fois la vie vaut la peine d'être vécue, qu'est-ce que tu dis de ça, un Anglais raciste, qui mange du francophone à belles dents, un orangiste borné qui est obligé d'accrocher le fleur de lys sur la baraque au risque de se casser le cou pendant que les baptistes en bas souhaitent rien de mieux que le vieux poteau rouillé ne craque pour applaudir un bon coup?

— C'est vrai ça, c'est la Saint-Jean aujourd'hui, tu vas voir la parade?

— D'la marde, j'vas aller me soûler la gueule chez Mona; chez moi, j'pourrais pas dormir avec tous ces épais qui crachent dans leur trombone en passant d'avant la maison. Pis en plus, la belle-sœur vient voir la parade avec ses quatre monstres. Comme si a pouvait pas la r'garder à la TV, la grosse

17

vache. A fait exprès, a m'aime pas, pis c'est kif-kif, moi non plus j'la mettrai pas sus mon testament. Un jour, j'te jure que j'la pousse en bas du balcon, mais avant j'vas louer un appartement au dixième étage pour être sûr de pas la manquer. Pis si ma plotte s'interpose, j'la pousse aussi. On a fait un mariage double, on f'ra des funérailles doubles.

— Moi, dit Victor, après avoir branché madame sur le deux cent vingt, j'vais dormir comme un sénateur dans l'exercice de ses fonctions, y-z-ont beau taper comme des perdus, ça me dérangera pas plusse qu'un pet de canari au carnaval de Rio.

La Raquette jette un coup d'œil préoccupé du côté de l'atelier de soudure.

— Les vaches, dit-il, y-z-ont trouvé la dernière bouteille de p'tit lait. Bon, j'y vas avant qu'y en reste pus. Salut, appelle-moi à soir, si chus pas trop magané, on pourrait faire une petite partie de cartes avec les Grecs. Y'a pas plus nouille qu'un Grec au poker et y faut que je me refasse.

Victor regarde disparaître son ami en catastrophe et sourit. La Raquette, c'est un vaurien, une canaille, une crapule, un peu malhonnête sur les bords, il profite de la plus petite faille dans le système, il avale tout ce qui se boit, mais au fond, il est travaillant et il est correct avec ses amis, un bon gars, régulier, fiable et comique. Personne ne s'ennuie quand La Raquette est là, sauf Ferguson peut-être, qui prépare froidement sa vengeance à la manière des Anglais.

Victor ouvre le cadenas de son casier et d'une main confiante, tire la porte vers lui. Mais la porte ne vient pas; on l'a clouée. Il n'est qu'à demi-surpris, il a l'habitude de ce genre de brimades. Patiemment, il s'empare de son marteau et force la porte. Il retire les deux clous et les redresse soigneusement à petits coups de marteau puis il les dépose bien en vue sur la tablette. Il pense qu'avec ce genre de stratégie, n'obtenant pas la réaction désirée, ses compagnons de travail cesseront leurs plaisanteries stupides. Victor range son coffre, referme le tout et, sans regarder en arrière, il poinçonne sa carte et prend le chemin des douches. L'Irlandais exécute ses flexions de jambes dans le corridor, une chaussette autour du sexe et un cigare dans la bouche. Il s'arrête toujours à vingt-neuf. Il lui reste vingt-neuf ans à faire avant de prendre sa retraite. L'année prochaine, il s'arrêtera à vingt-huit et ainsi de suite. Une longue lisière de papier de toilette dessine des méandres tout le long du corridor.

Il y a déjà deux hommes dans les douches, un petit rondouillard et un grand type aux épaules carrées, la poitrine creuse et couverte de poils roux. Victor se déshabille sans tenter de cacher son tatouage en rouge sur l'épaule droite. Il espère que pour une fois le grand yéti à la poitrine velue fermera sa grande gueule. Il réussit chaque fois à inventer une nouvelle ineptie. À l'époque, Victor avait trouvé l'idée géniale. Ses initiales et celles de sa femme formaient le mot LOVE — Louise Otis, Victor Émond — alors, il s'était fait tatouer un cœur sur l'épaule; le cœur était formé de petites fleurs multicolores autour du mot LOVE. Depuis, il ne se passait pas une journée sans que le grand yéti invente une nouvelle pitrerie. Pour l'instant, il mâchait son chewing-gum en claquant exagérément les mâchoires.

— Émond, dit-il, avec un sourire idiot, ça veut dire quoi déjà: LOVE?

«Ça y est, se dit Victor, le roi des retardés se manifeste encore.» Il soupire et se glisse sous le jet tiède.

— Attends, je me souviens, reprend le grand type, je crois que ça veut dire Lécheur Oral de Vagin Étalé. C'est ça non? Ou peut-être L'Obtus Variolique nous Emmerde.

Victor ajuste le débit du jet d'eau pour enterrer le reste de la phrase. Hier, c'était L'Obèse que Voici Encule et ainsi de suite.

Très content de lui, le grand frisé adresse un sourire enchanté au petit rondouillard. Victor augmente encore le débit de la douche. Quand il sort, les deux ouvriers ont disparu et l'Irlandais est consciencieusement en train de graisser la poignée de la porte du bureau de Ferguson qui fait face aux douches. Il se sert d'une matière brune qui n'a rien à voir avec la vaseline. Ensuite, il bourre bien le trou de la serrure et s'en va se laver les mains, toujours vêtu de son cache-sexe en laine. Victor jette un coup d'œil distrait au téléphone mural; celui-ci, comme tout le reste, est déglingué. Quelqu'un a écrit au feutre sur le mur: *J'marche pus, essayez donc de trouver une fente qui marche pour trente sous.* Un autre ajouté: *Même Aimée l'Amour a augmenté ses tarifs.* Encore un autre a ajouté: *C'est pas vrai, maintenant elle paye pour se faire mettre.*

Dehors, il fait un peu plus frais mais il est encore très tôt. Victor, qui a appris à juger la température du jour d'après l'air du petit matin, devine que la journée sera exceptionnellement chaude et humide. En ville, ce sera intolérable. Y en a qui perdront leur dernière goutte de sueur tantôt dans la parade. Ils perdront l'envie de pisser, tout leur sortira par les pores de la peau. Une sorte de brume épaisse masque le soleil dans les hauteurs, empêchant les rayons de passer sans en absorber la chaleur, il fera dans les quatre-vingt-dix-huit degrés d'humidité relative.

Les façades mornes des maisons tournent lentement au gris sale. Malgré tout, quelques drapeaux bleus et blancs accrochés la veille ajoutent un peu de mouvement et de couleur. Quelques travailleurs matineux passent en vélo, silencieux et renfrognés. Le camion des ordures a commencé sa tournée. L'arroseuse municipale mène une lutte perdue d'avance contre la poussière, la saleté et la suie.

Victor se penche et ouvre le cadenas de son vélo. Il saute dessus avec fougue, à la manière d'un Indien qui enfourche son canasson déjà au trot. Mais au bout de deux longueurs, la bécane se cabre brusquement et Victor tombe à la renverse, soulevant un nuage de poussière, s'empêtrant dans la ferraille. Il se relève promptement en jurant.

— Bande de trous de cul, hurle-t-il, en grinçant des dents.

Vivement, il farfouille dans la sacoche, s'empare d'une paire de pinces et coupe net le fin filin d'acier qui retenait le vélo à un énorme pneu de camion qui traîne dans la cour. Renfourchant sa monture, il s'éloigne tant bien que mal. Il est furieux contre les autres et contre lui-même parce qu'il a perdu son sang-froid. Ils ont réussi à le faire monter sur ses grands chevaux et les finasseries continueront. Louise prétend qu'on le harcèle ainsi parce qu'on l'aime bien. Autrement, ils ne se donneraient pas tout ce mal. Victor se calme au fur et à mesure qu'il s'éloigne de l'usine. Il contourne une section de pavé jonchée d'éclats de verre, sans doute les vestiges d'une collision survenue au cours de la nuit. Encore une fois, il pense à Germain. Il espère le trouver dormant paisiblement dans son lit. Il se

21

demande si Richard, le cadet, lui donnera autant de soucis quand il aura quinze ans. Il est content soudain de ne pas avoir eu de fille. Il aurait bien voulu dans le temps, mais maintenant il s'en félicite. Dans ce quartier, il est impossible d'élever une fille décemment. Les garçons, eux, sont moins vulnérables. Il se dit que c'est peut-être des idées qu'il se fait. Pour lui, une petite fille, c'est quelque chose de sacré, de pur, quelque chose d'angélique et de fragile qu'un rien peut salir, avilir, froisser. C'est une fleur délicate qui peut se flétrir sans que l'on sache pourquoi, et cela malgré toutes les précautions du monde. Il sait qu'il est vieux jeu, mais il est comme ça et il est trop vieux pour changer.

On a déjà commencé à poser les tréteaux qui, en fin d'après-midi, bloqueront les accès à la Main. Il y a bien dix ans que Victor n'a pas vu le défilé. «Du pareil au même, se dit-il, quand t'en as vu un, tu les as tous vus. La Raquette a raison, il vaut mieux aller se soûler la gueule à la taverne.» Victor ira peut-être le rejoindre, s'il se réveille en forme. Au *Mona Stère*, il y a l'air climatisé et la télé couleur, quand elle fonctionne; et parfois, la grosse Mona paye une tournée générale aux habitués quand elle file le parfait amour avec son maquereau.

Victor ne fait que traverser la Main; il évite un clochard ravagé et enfile une petite rue dotée d'un minuscule parc où l'on a planté quatre bancs de métal coulé. Durant la nuit, on a défoncé la vitrine de *ABC Électronique* et d'énormes panneaux de contreplaqué y ont été posés hâtivement. Quelqu'un a déjà barbouillé dessus «Sales Juifs. Sharon est un assassin.» En bas, on a tracé un gros swastika rouge.

Tout en pédalant vigoureusement, Victor rassemble ses idées et celles-ci le ramènent à Louise.

Parfois, elle est bizarre; pendant des semaines, elle refuse tout rapprochement et soudain, elle explose comme un volcan qui s'est retenu trop longtemps. Mais il y a plus que ça. Autrefois, rieuse et bonne épouse, elle est devenue jongleuse, muette et ronchonneuse. C'est vrai que Germain lui en fait voir de toutes les couleurs mais il y a autre chose. Au début, Victor a essayé de comprendre mais devant la complexité du problème et devant l'attitude presque hostile de Louise, il a mis tout ça sur le compte d'une fatigue nerveuse et sur le compte de la propagande des mouvements féministes. Il y a aussi le fait — il le sait pour l'avoir lu — que toutes les bonnes femmes se payent plus ou moins une dépression nerveuse à l'approche de la quarantaine. L'article s'intitulait *La reine bafouée*, un machin pour endoctriner et embrigader les femmes. C'est vrai qu'elles ont leurs problèmes, concède Victor, mais on a aussi les nôtres et elles y perdraient peut-être au change. Bon! il ne veut plus penser à ça. Il s'imagine qu'il pose ses lèvres sur la peau blanche de sa femme et il cherche les aisselles; c'est bizarre... il aime commencer par les aisselles.

En amour comme dans le reste, Victor est resté un grand naïf, un grand gamin qui ne croit pas au divorce, qui juge normal qu'un homme de quarante ans ait encore envie de sa femme, plus, qui aime sincèrement sa femme, qui croit que l'amour se transformera en tendresse et qu'ils auront une vieillesse calme et heureuse. Tout ça fait bien ricaner cyniquement La Raquette, aussi Victor garde maintenant ses sentiments pour lui. Peut-être qu'il est un peu dépassé, un peu trop romantique et vieux jeu. Il a lu dans le journal, cette nuit, que sur cent mariages cette année, il y a eu cinquante divorces.

Lui ne divorcera jamais. Les jeunes abandonnent trop facilement. Les difficultés au contraire devraient consolider un mariage et non le détruire au premier choc. Il parierait sa chemise que Louise pense comme lui.

Tiens, si elle voulait vraiment lui faire plaisir, Louise n'aurait qu'à inviter son beau-père pour un petit gueuleton intime. Victor sait bien que ce n'est pas la grande compatibilité entre le père et la bru, mais ça lui ferait vraiment plaisir. Le bonhomme est un peu pontifiant, un peu autoritaire et intolérant; pour tout dire, il est même détestable pour un étranger, mais il est tout seul, il ne voit personne et il adore venir faire un tour en ville. Malgré tout, Victor aime bien le vieux; il évite seulement de le contrarier, il le laisse parler et écoute religieusement ses exagérations et ses affirmations péremptoires. À tout propos, il demande: «Qu'est-ce que tu en penses, 'pa?» Ces quelques mots ont le don d'exaspérer Louise et de ravir le vieil homme. Louise ne dit pas un mot mais elle bout intérieurement. Victor ne passe pas de remarque ni pendant ni après, mais il est bien conscient que sa femme se retient héroïquement. Il lui est quand même reconnaissant de lui laisser inviter son père deux ou trois fois par année. Le vieillard apparaît maussade, morose et désenchanté, mais quand Victor le ramène à la gare, il est redevenu joyeux, exubérant, prétentieux et cabotin, prêt à affronter un autre six mois de solitude. Ces soirs-là, Victor revient de la gare tout ragaillardi, ayant le sentiment d'avoir fait quelque chose de bien. Il se sent prêt à consentir à n'importe quoi pour réconforter une femme exaspérée.

Un autobus délabré ramasse ses premiers passagers. Sur ses flancs, une publicité invite à se rendre aux Bermudes. Aller aux Bermudes pour Victor c'est comme aller sur la planète Mars.

Il y a le vieux clochard qui termine sa ronde de bouteilles. Il est en retard et son sac de jute semble bien maigre. Les temps sont durs pour tout le monde. Tantôt, dans le petit parc, il tentera d'attraper un pigeon pour son déjeuner. Il a mis au point une technique simple mais efficace. Avec une ficelle, il fait un nœud coulant qu'il dépose par terre, à l'extérieur d'un clou planté dans le macadam. Le clou sert de point d'appui pour le nœud. Puis, il lance des miettes de pain au centre de la boucle. Quand l'oiseau y pose une patte, il tire brusquement la ficelle et le tour est joué. Il prend le pigeon dans sa main, caresse pensivement la petite tête gris-bleu, la plonge dans sa bouche et lui rompt le cou d'un coup de dent.

Victor ralentit l'allure devant la boulangerie de quartier, se gonflant les poumons de l'arôme des miches chaudes. Il se dit que le boulanger exerce un beau métier. Toute la journée, dans les bonnes odeurs, ça aide à supporter la chaleur et les maux de reins. Trois piliers de taverne attendent devant le *Mona Stère*. Un pilier de taverne, ça se lève tôt mais la grosse Mona respecte les heures d'ouverture depuis sa dernière amende. Non pas qu'elle ouvrait trop tôt, mais elle avait tendance au contraire à fermer trop tard et à ouvrir le dimanche aux clients triés sur le volet.

Victor s'apprête à tourner le coin de rue lorsqu'il se souvient avoir promis de rapporter du fromage en grains. Louise aime bien le fromage frais. Il consulte sa montre, ça ira, la boutique ouvre de bonne heure pour les femmes en route pour la garderie.

Son sac de fromage à la main, Victor tourne le coin sur le chapeau de roue; arrivé chez lui, il arrime prestement son vélo, cueille au passage une fleur dans la boîte du locataire d'en bas et grimpe l'escalier sans vraiment voir cette maison délabrée, cette cour minable, ces hangars de tôle rouillée, ce quartier miséreux. Il croit déjà sentir les œufs frits et le café frais. Inspectant la boîte aux lettres, il y trouve la facture du téléphone, une circulaire vantant les prouesses d'un guérisseur, une autre circulaire d'un ouvrier qui offre ses services pour refaire les toits et une lettre de Hudson Finance qui lui propose de lui renouveler sa marge de crédit. Il leur doit encore une partie du frigo à ces charognes et ils voudraient en plus posséder le baloney qu'il y a dedans.

La cuisine est déserte, une tasse de café à moitié vide et une assiette sale traînent sur la table. On n'a pas fait la vaisselle de la veille et l'évier en est rempli. D'habitude, à cette heure-là, Louise est levée et s'affaire dans la maison. Victor dépose le fromage et le courrier sur le buffet, dégrafe son pantalon et jette un coup d'œil perplexe dans la salle de bains et dans la chambre à coucher. Personne. Le lit n'a pas été défait ou a déjà été refait. Pour la première fois, Victor sent une légère vague de chaleur lui réchauffer le ventre, crispant ses muscles abdominaux. Il s'en va voir dans l'autre chambre. Germain dort comme un bienheureux mais ça ne doit pas faire longtemps qu'il est rentré, celui-là. Il y a une large tache sur sa chemise, de la bière d'après l'odeur, et elle est encore toute humide. Par contre, le petit Richard n'est pas là non plus. Son lit aussi n'a pas été défait. Victor cherche une explication plausible. Il est peut-être arrivé quelque chose dans la famille et ils ont dû partir en vitesse. Non. Louise l'aurait appelé à l'usine. Mais le téléphone de l'usine ne fonctionne pas. Alors, elle aurait appelé au bureau de Ferguson. Peut-être que Ferguson n'a pas fait le message, Ferguson ne fait pas toujours les messages. Victor revient à la cuisine et s'assoit sur la chaise chromée recouverte de cuirette pour réfléchir. Il se dit qu'il est trop tôt pour faire un marché; Louise ne va pas à l'église en semaine; sa bonne amie Jeanne-d'Arc ne se lève jamais avant midi. Pas une seconde, il n'envisage la possibilité que sa femme ait déserté le foyer. Ces choses-là ne peuvent pas lui arriver, pas à lui, il n'a rien à se reprocher et Louise serait parfaitement incapable de faire une chose comme celle-là. Pourtant Victor ne se sent pas tranquille. Un vicieux petit doute s'insinue dans les méandres brumeux de son cerveau et se trace subrepticement un chemin jusqu'à sa conscience. C'est alors qu'il aperçoit le petit bout de papier plié en deux et glissé sous le sucrier. Lentement, étonné par cette façon de faire, il s'empare du mot et le déplie. Il se dit que tout va bien, Louise est chez sa mère et elle rentrera pour dîner. Mais Louise n'est pas chez sa mère et ne rentrera pas pour dîner. Le court message ne laisse aucun doute. Au début, les lettres sont bien formées et parallèlement obliques, mais au fur et à mesure que Louise s'explique, les mots s'affolent, sont désordonnés et sautillants, comme si elle avait perdu son sang-froid en découvrant toute l'ampleur de ses frustrations. Victor doit cligner des paupières plusieurs fois avant de pouvoir lire correctement. Il a toujours eu du mal à lire, surtout les textes écrits à la main. Il lit en remuant lentement les lèvres: *Je suis partie; il y a longtemps que j'aurais dû le faire. Ne cherche pas à me retrouver, je ne reviendrai pas. Je m'occupe du petit, occupe-toi de*

Germain. Si tu te demandes pourquoi je fais ça, réfléchis un peu. T'es pas un mari très drôle, ça fait vingt ans que je m'ennuie avec toi. Tout ce qui t'intéresse, c'est le sexe (tu ne sais même pas t'y prendre), le hockey et la tévé. En me mariant, je savais que t'étais pas une grosse tête, mais j'ignorais que t'étais si lourdaud, si lent et si platte. Avec toi une conversation ne dépasse jamais le stade du beau ou du mauvais temps. Je suis peut-être trop franche, mais ça fait vingt ans que j'endure ce calvaire et aujourd'hui le vase déborde. T'es ce qu'on appelle un bon gars, mais t'es ennuyant comme la pluie, t'es un père médiocre, un mari suffisant et paternaliste, un mauvais baiseur, un compagnon borné et obtus. Moi, je veux vivre un peu avant de mourir. Mon avocat prendra contact avec le tien.

Louise

Victor fixe le bout de papier et reste sans réaction. Son cerveau refuse de comprendre le sens de ces mots. Cependant, une vague de chaleur intense lui monte à la tête et il sent le besoin de tout reprendre du début. Il sait qu'il y a quelque chose de capital écrit sur ce bout de papier. Les mots sautent devant ses yeux. Il analyse chacune des phrases en revenant souvent en arrière puis il s'affaisse sur sa chaise. Il ne peut pas croire que Louise ait écrit tout ça. Le papier reste collé à ses doigts; il se sent soudain comme si on l'avait roué de coups de bâton. «Mauvais baiseur, père médiocre, borné et obtus, et calvaire, répète Victor, un calvaire de vingt ans», ce n'est pas possible, il se trompe, il rêve, on lui joue une mauvaise blague. Il relit encore pour la troisième fois. Chacune des épithètes choisies par sa femme lui perce la peau du ventre comme le ferait un pieu rougi au feu.

Celui qui soupçonne la catastrophe s'y prépare, l'apprivoise peu à peu et est mieux en mesure d'y faire face, les autres restent anéantis, désarticulés, défaits. Or, Victor n'avait jamais envisagé un pareil désastre. Aussi, se sent-il broyé, moulu. Pendant de longues minutes, il reste là, affaissé, le bout de papier entre les doigts, le regard perdu, constatant les dégâts. Puis il se lève — la lettre tombe par terre — et va vérifier dans la chambre commune si son imagination ne le trompe pas. Il s'assoit misérablement sur le lit inoccupé et pose sa tête dans le creux de ses mains. Il pleure comme un enfant, parce qu'il est profondément blessé, parce qu'il ne comprend pas cette hargne inattendue, parce qu'il découvre une femme nouvelle, une sorte de monstre, une femme qu'il ne connaît pas. Il s'accroche à ses illusions, c'est un malentendu. Louise ne peut pas être cette femme cruelle et mauvaise qui a écrit toutes ces insanités à son endroit. Sans être le compagnon idéal, Victor s'imaginait bon père de famille, faisant tout son gros possible. Les mots dansent devant ses yeux: un amant maladroit, Louise ne s'était jamais plainte auparavant, il croyait bien faire. Le mot «calvaire» surtout lui écorche la chair. Pas un instant, il n'avait soupçonné imposer un calvaire à sa femme. Victor tombe de très haut. Il croyait bien traiter Louise, il croyait la respecter, lui donner une vie décente, même lui donner un peu de luxe. Il se voit faire un détour pour chercher du fromage en grains, il se voit cueillir une fleur chez le voisin d'en bas, c'est risible, navrant, bête à en pleurer.

29

De son poing encore taché de cambouis, il s'essuie les yeux. Il découvre sur le prélart des éclats de verre et des fragments de papier. Il se penche et ramasse quelques bouts de papier déchiré qu'il examine de près. Bouleversé, il blêmit encore et jure entre ses dents:

— Elle a déchiré ma photo, la câlisse, elle a déchiré ma photo.

Sur cette photo, Victor apparaissait aux côtés de Jean Béliveau devant les estrades d'un terrain de base-ball. Louise a piétiné la vitre et déchiré la photo en mille miettes. Elle a déchiré ma photo, se répète encore Victor, abasourdi par cette nouvelle preuve de méchanceté. La salope, une photo unique avec le grand Jean.

C'est probablement l'objet auquel Victor tenait le plus dans la maison. En cas de feu, Victor l'aurait sauvée en priorité après s'être assuré de la sécurité de sa femme et de ses enfants, sa précieuse photo avec Jean Béliveau.

Maintenant, elle est là, éparpillée en mille morceaux, irrécupérable, perdue. Néanmoins, Victor ramasse précieusement chaque parcelle et tente de la reconstituer sur la table de nuit. Il abandonne bientôt cette tâche futile, conscient de se rendre profondément ridicule. Rageusement, il s'empare du téléphone et compose le seul numéro qu'il connaît par cœur, celui de La Raquette. Le téléphone supplémentaire dans la chambre à coucher est un caprice de Louise. Lui était contre; une dépense inutile...

— Elle a déchiré ma photo, braille Victor en reconnaissant la voix enrouée de son ami.

— Qui ça? quelle photo? C'est toi Victor? répond La Raquette.

— Louise, ma photo avec Jean Béliveau.

— Louise a déchiré ta photo avec Jean Béliveau? Pourquoi elle aurait fait ça?

— Je ne sais pas.

— Ça ne va pas? Où es-tu?

— Louise est partie, la salope, elle veut divorcer. Elle me laisse Germain et elle est partie avec le petit.

À l'autre bout, La Raquette commence à se faire une idée.

— Ne bouge pas, je viens.

Il raccroche.

Courbaturé, Victor se lève et va se regarder dans le miroir de la salle de bains. Les traits défaits, il se découvre dans la barbe plus de poils blancs qu'il ne l'aurait cru. Il se frotte les joues, se recoiffe et va errer dans la cuisine. Colombe, la chatte, sent qu'il se passe un petit drame et demande à sortir. Victor accède à ce souhait muet et soudain, il lui vient une idée. Il s'en va réveiller Germain à grandes claques sur la gueule. L'adolescent lâche des grognements inaudibles et finit par ouvrir un œil glauque. Il reconnaît son père et se renfrogne.

— Y a pas moyen de dormir dans c'taudis.

— Tu pourrais dormir si tu te couchais à des heures raisonnables. Où est ta mère?

— Je ne sais pas.

Victor hoche la tête plusieurs fois.

— Eh ben mon p'tit gars, elle est partie.

Germain hausse les épaules comme si ça lui était indifférent. Ce geste irrite Victor.

— Tu le savais? Elle te l'avait dit?

— Eh ben oui, elle me l'avait dit, avoue Germain, excédé par l'interrogatoire.

— Et tu ne m'as rien dit?

— C'est pas mes oignons.

Victor jette sur son fils un regard mi-furieux, mi-désabusé.

— Tu ne travailles pas aujourd'hui?

— Non.

— Comment non?

— Y m'ont foutu dehors.

— Après une seule journée! Pourquoi?

— Pour rien.

— On ne met pas quelqu'un à la porte pour rien.

— Bon, bon, j'ai fumé une ou deux poffes dans les chiottes.

— C'est pas une raison, c'est tout?

— Oké, oké, j'ai envoyé chier un gros dégoûtant qui râlait parce qu'y restait une chiure de mouche sur son pare-brise. J'peux dormir maintenant?

Lentement, Victor lui tourne le dos et marche pesamment vers la porte. Là, il s'arrête un instant, regardant son fils par-dessus l'épaule.

— Dors mon garçon, moi, j'ai plus envie de dormir.

Il va se préparer un café et il tourne en rond, examinant d'un œil nouveau son petit intérieur miteux et gris. Soudain, il lui vient une détermination nouvelle. Oui, il va ramener Louise de gré ou de force. Il se radoucit aussitôt. Plutôt de gré que de force, pense-t-il. Il n'a rien du violent, il n'est même pas capable de faire gazer une portée de chatons. Mais, il plaidera sa cause, il est prêt à reconnaître ses torts. Louise a obéi à une saute d'humeur, ils parleront à cœur ouvert et elle reviendra. Elle s'est certainement réfugiée chez Jeanne-d'Arc. Oui, c'est ça, elle est là avec Richard.

Oubliant que La Raquette allait arriver dans les dix minutes, Victor enfourche sa bécane et prend la direction de chez Jeanne-d'Arc. Colombe le regarde aller d'un œil interrogateur.

BVD se retourne, il est étendu sur le divan entre deux draps d'une propreté douteuse. Dehors, l'enseigne du marché Dominion s'allume et s'éteint à intervalles réguliers, teintant toute la pièce d'un rouge brique. Les ressorts du divan lui labourent les côtes et il a du mal à s'ajuster aux coussins difformes. Il n'arrive pas à dormir, à cause de la foutue enseigne, à cause de la chaleur moite, mais surtout à cause du remue-ménage dans la chambre d'à côté. S'il en juge par le bruit, les petits cris, les gémissements et les soupirs, Rita et Black Jack ne chôment pas.

Hier encore, BVD habitait la chambre pouilleuse d'un compagnon de fortune. Tout allait bien jusqu'à ce que les flics opèrent une descente éclair et ramasse le chambreur. Perdant tout espoir de se faire payer ses deux semaines d'arrérages, le propriétaire avait fait chambre rase, jetant aux ordures les maigres affaires de l'ex-locataire. L'opération visait aussi le colocataire à moins que celui-ci puisse s'acquitter des arrérages et payer une semaine d'avance. Or, BVD n'avait pas de quoi s'acheter un paquet de cigarettes. Tranquillement, il avait ramassé les quelques objets auxquels son ami tenait particuliè-rement et avait déposé le tout dans un casier de la gare centrale. Il y avait une grosse montre de poche qui lui venait de son père, un petit transistor, quelques lettres, des photos et une tortue naine.

33

BVD avait laissé une feuille de salade fanée et un couvercle rempli d'eau à la petite bête ainsi que tous ses vœux de meilleure chance. Puis, malgré son embarras, il avait sollicité l'hospitalité de Black Jack qu'il avait connu en prison quelques temps auparavant.

— J'veux bien pour la nuit, avait spécifié Black Jack avec une mauvaise grâce évidente, mais demain tu claires la place. C'est pas l'auberge de jeunesse icitte.

Rita et Black Jack s'accordent une petite trêve dans la pièce d'à côté. BVD n'entend plus que de discrets soupirs et des chuchotements. Enfin, il se dit qu'il va pouvoir dormir un peu. Mais deux minutes plus tard, seulement vêtu de son slip, sans aucun égard pour BVD, Black Jack allume la lumière et s'en va farfouiller dans le vieux frigo. Visiblement, il ne trouve pas ce qu'il cherche.

— Rita, où est la bière?

— Quelle bière?

— Hier, j't'ai donné vingt piasses pour acheter d'la bière.

— J'avais des choses à m'acheter, explique Rita, de la chambre.

— Comment ça, t'avais des choses à acheter?

— Oui, des choses.

— Quelles choses, hostie de tabarnac?

— Du shampoing, du rouge, Paris-Match.

— Ça fait pas vingt piasses ça?

— J'ai aussi acheté une boîte de tampons.

— Tabarnac, j'me fends le cul à travailler comme un beu, j'ai soif pis y'a pas de bière parce que madame s'achète des Kotex.

— Y a du gin.

34

— C'est pas du gin que j'veux, câlisse, c'est une bière fraîche.

Rita boude. Black Jack vient s'accoter contre le chambranle de la porte. Il regarde sa concubine de travers.

— T'as pas tes crottes là?

— Tu vois bien que non.

— Alors pourquoi tu dépenses mon argent à t'acheter des Kotex quand j'tenvoie chercher d'la bière?

— Parce que j'les sens venir, c'est pour demain.

Rita a crié.

— C'est l'boutte d'la marde, reprend Black Jack, j'entretiens madame et pis y faut aussi que j'lui paye ses Kotex.

— Si t'es pas content, trouves-toi-z-en une autre, j'en connais pas une qui veut se tenir avec toi, t'es trop sale.

— J'te ferai remarquer ma salope que t'es chez moi icitte et que j'peux te crisser dehors par la fenêtre.

— J'suis aussi chez moi, qui c'est qui a payé la tévé?

— Prends-la ta tévé pis crisse ton camp avec.

— Pis le papier tenture?

— Arrache-le, roule-le, mets-toi-le dans l'cul pis va-t'en.

— J'te ferai remarquer que c'est toi qui m'a demandé de venir icitte.

— J'savais pas que tu fourrais avec Pierre, Jean, Jacques.

— J'fourre pas avec Pierre, Jean, Jacques.

— Tu fourres avec Pierre, Jean, Jacques, Bernard, Julien, Maurice et compagnie. Ça m'étonnerait pas que t'aies même couché avec le grand pou à côté.

— T'es vraiment un sale nabot, j'ai pas couché avec ton ami, mais comme t'en doutes, j'y vais tout de suite.

— C'est ça, vas-y, t'es rien que bonne à ça.

En petite culotte, ajustant son soutien-gorge, Rita sort de la chambre et claque la porte. Son bonnet gauche glisse et elle ne prend pas la peine de le replacer.

— Gueule pas comme une vache, crie Black Jack à travers la mince cloison, si j'peux pas boire une bière, j'veux au moins dormir, tabarnac.

Rita se fraye un chemin jusqu'à la fausse cheminée. Elle se sert un gin et l'avale d'un trait.

— Tu veux un verre? demande-t-elle à BVD.

Sans attendre de réponse, elle verse deux verres et vient lui en donner un. BVD se redresse, il est mince, presque maigre, des cicatrices plein les bras.

— Fais-moi une place, dit Rita en se débarrassant tout à fait de son soutien-gorge.

Elle a les seins en poire, mais pas trop avachis pour une fille de son âge. BVD se plaque au dossier. Rita se creuse une place à la hauteur de son bassin. Pour la première fois, elle examine attentivement le jeune homme.

— Comment t'appelles-tu? s'informe-t-elle en cherchant une cigarette dans le paquet de BVD.

— BVD, répond celui-ci.

— Ah, c'est un nom comme un autre, d'où est-ce que ça te vient?

Règle générale, il répugne à BVD de raconter cette histoire mais là, dans la pénombre rouge à côté de cette fille presque nue, cette aventure le fait sourire.

— Un jour j'ai piqué une van, dit-il, mon tuyau disait qu'elle transportait des manteaux de fourrure: vison, renard des neiges, loup cervier. En réalité, la van était chargée de caleçons, une cargaison entière de caleçons. J'savais pas quoi faire avec tout ça, alors j'ai ouvert les portes et j'ai semé des caleçons sur dix milles de route de campagne. Il y a encore des habitants qui portent des BVD, gracieuseté de votre serviteur.

L'historiette fait sourire Rita. D'une main distraite, BVD caresse un mamelon de la taille d'un cinquante cents. Pour sa part, Rita pose ses doigts glacés sur la poitrine glabre du garçon.

— T'es tout maigre mon matou, les temps sont durs?

BVD ne croit pas nécessaire de répondre.

— Je sais ce que c'est, poursuit Rita, il y a deux semaines, j'habitais un appartement de première classe et aujourd'hui, je suis dans ce trou infect. C'est dur quand on a de la classe de se retrouver dans un nique à morpions, surtout quand on a connu le luxe.

BVD ne pose pas de questions. Dans son monde à lui, moins on pose de questions, mieux on est considéré.

Rita s'applique à faire de jolis ronds de fumée.

— Ils sont beaux, pas vrai? Émile n'a jamais été foutu de faire un beau rond de fumée, ça l'amusait de me voir faire. Je passais des heures à faire de beaux ronds de fumée. Il était vieux, Émile, mais pas trop avarié, encore du ressort dans le pistolet. Il payait bien, pas un sauvage comme Black Jack. Il m'a fait une attaque dans les bras. Il est devenu tout mou, les yeux tout r'virés, pis il s'est mis à baver. J'ai appelé sa femme et je m'suis faufilée par l'escalier de secours. Tu sais quelque chose? C'était la deuxième fois que ça m'arrivait, c'est drôle, non? La première fois, c'était avec un agent de la sécurité sociale, un vieux dégoûtant qui allait toujours se confesser tout de suite après. Cette fois-là, y'a pas eu le temps. Ça te fait pas rire?

Ceci dit, Rita enlève sa petite culotte et se glisse sous les draps. BVD jette un regard inquiet en direction de la chambre à coucher.

— T'inquiète pas, lui dit Rita. Il doit dormir comme la grande vache qu'il est.

Rita et BVD mènent les choses rondement. C'est Rita qui mène le bal avec une fougue animale. Dessous, BVD répond violemment. Puis vidés de leur énergie, ils tombent l'un sur l'autre à la recherche de leur souffle. L'éclairage rouge de la réclame donne des reflets cuivrés à la peau. Finalement, BVD allume deux cigarettes et en glisse une entre les lèvres de sa partenaire. Celle-ci aspire goulûment la fumée sans se servir de ses mains.

— Si t'as nulle part où aller, propose enfin BVD, on pourrait peut-être se trouver quelque chose tous les deux. Pour l'instant, je suis fauché, mais je suis sur un coup. Ça devrait se faire dans le courant de la semaine.

Rita se redresse et pour la première fois retire la cigarette de ses lèvres.

— Oh minute là, fais-toi pas d'idées croches, j'ai couché avec toi rien que parce que la grande vache m'y a poussée, pas pour autre chose. D'ailleurs, tu baises comme un habitant et j'suis pas mal prise à c'point-là.

Elle se lève, remet sa culotte et son soutien-gorge et va s'allonger dans un coin, sur le plancher.

— Maintenant, laisse-moi dormir, il me faut du sommeil si je veux rester belle.

Résigné plus que dépité, BVD se tourne face au dossier. Par-dessus l'épaule, il jette un dernier coup d'œil à Rita recroquevillée dans le noir. «Une autre vache qui s'prend pour une altesse», pense BVD cyniquement, mais sans trop d'amertume.

La première fois qu'il avait invité une fille à danser, celle-ci lui avait demandé s'il s'était bien regardé dans un miroir. Il s'était senti rejeté, profondément humilié et rapetissé; et plus tard, chaque fois qu'il abordait une fille, il s'attendait à cette cuisante remarque, jusqu'à ce qu'il conclue que toutes les femmes étaient des vaches et qu'il n'y en avait pas une pour racheter l'autre. Curieusement, depuis qu'il affichait cette nouvelle attitude, de plus en plus de femmes répondaient à ses avances, même celles qu'il avait crues jadis inabordables. Il était devenu le roi des misogynes et il ne s'en cachait pas. Pourtant, il était d'une nature tendre et conciliante. Il n'était pas né misogyne, c'étaient les femmes qui peu à peu l'avaient rendu tel. Pas nécessairement par leurs brimades du début, mais aussi bien par leurs vexations que par leur trop grande complaisance. BVD jugeait les femmes creuses, superficielles, prétentieuses, obtuses et précieuses. S'il existait des perles rares, il ne les connaissait pas.

Quand BVD se réveille, une longue bande de lumière gris-rose colore l'horizon. Rita ronfle doucement et aucun bruit ne provient de la chambre à coucher. L'enseigne au néon clignote toujours, inlassablement. BVD se peigne de la main et enfile son jean. Il s'en va pisser, mais s'abstient d'actionner la chasse d'eau pour éviter de réveiller quelqu'un. À même le robinet du lavabo, il boit à grandes lampées. Il enfile son T-shirt et quitte l'appartement sur la pointe des pieds. Il se sent vaseux et apathique, mais l'air relativement frais du dehors lui fait du bien. Pourtant, la journée s'annonce pesante, moite et brûlante.

BVD examine les alentours, mais il n'y remarque aucune silhouette indésirable. Maintenant, il lui faut trouver le Chat. Celui-ci pourra le dépanner pour deux ou trois jours, le temps de monter son coup. Le Chat vit la nuit et il est aussi imprévisible et insaisissable que son totem félin. À grandes enjambées, BVD se dirige vers le centre-ville. Des employés municipaux déchargent des tréteaux métalliques d'une camionnette, des centaines de drapeaux bleus et blancs flottent aux devantures des maisons. Les bijoutiers, les marchands de caméras et d'équipement électronique ont déplié leur grille métallique pour protéger leurs vitrines. BVD bifurque soudain et s'engage dans une rue étroite dotée d'un trou géant sur la gauche, là où il y avait trois vieilles maisons maintenant démolies pour céder la place à un parking. Un instant, BVD s'assoit sur un piton de ciment, allume une autre cigarette et surveille la petite porte latérale d'un établissement qui présente des danseuses nues. Au bout de vingt minutes, un homme en sort, rajustant sa cravate et clignant des yeux au soleil. BVD fait la grimace; si l'Italien est là, c'est que le Chat n'y est pas. C'est l'eau et le feu, ces deux-là. BVD va s'en aller quand un grand type survenu silencieusement par derrière lui pose la main sur l'épaule.

— Le Boss voudrait te voir, dit-il.

BVD hésite puis se retourne pour faire face au nouveau venu.

— Y pourrait pas me crisser la paix?

— Viens lui dire toi-même.

BVD évite de contrarier encore le grand type. Il l'a déjà vu, aidé de ses semblables, casser le bras d'un gars sur un mot du Boss.

Devant l'apparente soumission du jeune homme, l'autre sourit d'une manière engageante.

— Le Boss file un bon coton. Il a gagné au vingt-et-un toute la nuit. Cinq grosses poches. Y'en a un qui est parti en déclarant qu'il allait se flamber la cervelle. Le Boss lui a souhaité bonne chance dans toutes ses entreprises.

Pendant que l'autre jacasse, BVD réfléchit en douce. Le grand type le suit probablement depuis qu'il est sorti de chez Black Jack. C'est ce pourri qui l'a vendu. BVD le jurerait sur la tête de sa mère. Pendant qu'il forniquait avec Rita, Black Jack avait pu téléphoner.

Le Boss l'attend en se massant voluptueusement les pieds. Ici, on l'appelle le Boss, mais partout ailleurs en ville, c'est le p'tit Boss ou le Professeur parce que dans le temps, il recrutait ses filles dans les écoles. Il faisait dans les mineures et il ne manquait pas de clients respectables, sauf que maintenant c'est devenu trop dangereux, la jeunesse étant surprotégée.

Le Boss a l'air content et il offre du rhum. Il paraît mince et délicat mais quand on le voit torse nu, on découvre une musculature à fleur de peau, puissante et impressionnante. On dirait un quelconque petit homme d'affaires respectueux des règlements et du fisc.

— Mon p'tit frère, dit le Boss en passant paternellement son bras sur les épaules de BVD — pour le Boss tout le monde est le p'tit frère même s'il doit lui faire casser une jambe —, j'ai une petite affaire pour toi, c'est tout réglé d'avance, une job facile, même un amateur s'en tirerait avec des gants de boxe. Tu fais le coup sagement, tu me rembourses ta p'tite dette, j'te donne quinze pour cent et on est quitte, ami, ami, on se rencontre, on se dit bonjour et chacun s'en va faire sa p'tite affaire. C'est bon, non?

BVD se résigne. Il sait qu'il ne peut pas refuser.

— T'es d'accord au moins? s'informe le Boss par pure forme.

BVD acquiesce mollement de la tête, il n'a pas le choix à moins de gagner le maquis et à bien y penser, il y est déjà jusqu'aux oreilles dans le maquis. Il sait qu'il ne se libérera jamais des serres du Boss. Tout individu de son espèce doit solliciter tôt ou tard un peu d'argent, un tuyau, un coup de main, un alibi, un témoin complaisant, une planque, un service, etc. Ce sont les aléas du métier. Le Boss ne demande pas mieux que de répondre à ces appels au secours, mais ensuite, il faut passer à la caisse et une fois qu'on s'est engagé dans l'engrenage, on ne peut plus en sortir. Le Boss le sait mieux que quiconque, c'est pourquoi il peut afficher une telle attitude pseudo-magnanime.

Pinçant le nez et reniflant comme s'il allait éternuer, le Boss sort et étale une carte de la ville; elle est usée, tachée, froissée, écornée; de son crayon gras, il trace un cercle.

— Là, il y a un magasin de la Régie des alcools. C'est celui qui fait le plus gros chiffre d'affaires de toute la région métropolitaine. C'est pas par hasard qu'il est situé dans un quartier pauvre. Les pauvres se soûlent la gueule sept fois plus que les riches, soit tous les jours de la semaine. Les riches ne boivent que le samedi soir, étant donné qu'ils n'ont pas à aller au bureau le lendemain. Les pauvres, eux, se fichent du bureau vu qu'ils sont tous au chômage. On a ben droit à ses p'tits vices, pas vrai, BVD?

Le Boss se croit toujours obligé de faire sa petite leçon de sociologie, ça impressionne ses acolytes et ça lui donne de l'aplomb et de l'autorité.

— Donc aujourd'hui, reprend le Boss, à cause de la fête et parce que la Brink's n'est pas venue collecter les fonds, les coffres du magasin sont pleins à ras-bord. Il leur a fallu se mettre à quatre pour refermer la porte, j'ai mes tuyaux...

— C'est trop compliqué, plaide BVD sans conviction, personne ne peut toucher au système d'alarme, à moins d'un spécialiste.

— Laisse-moi finir, ajoute doucement le Boss.

À côté, dans la chambre à coucher, une voix féminine s'emploie à chanter *Gigi l'Amoroso* avec la fougue d'une cantatrice italienne. Sans se démonter, le Boss lance un de ses souliers qui va heurter la porte. La voix se tait et le Boss continue:

— On s'est arrangé pour neutraliser le système d'alarme. J'ai des amis dans la maison. Tu entreras par le petit salon de barbier contigu. À peu près vers quinze heures, quinze heures et demie, la parade passe en faisant un vacarme du diable. Tu attends que le bruit soit à son plus fort et tu fais sauter le coffre au plastic. Les vitrines sont obstruées de drapeaux et d'affiches publicitaires. Tu emballes tranquillement le foin et tu disparais par où tu es entré.

Le Boss vient s'asseoir sur le bureau en face de BVD.

— On t'a fait un petit plan sur mesure.

— J'ai jamais travaillé avec du plastic, dit BVD, je ne connais pas ça.

— Rien de plus facile, Bic te montrera comment procéder.

BVD baisse la tête pour mieux ruminer, le Boss l'observe un long moment.

— Passe-moi un gun, Boss, quémande BVD, je ne peux pas y aller sans ça.

Le Boss regarde le plafond, semble réfléchir profondément.

— Non, dit-il enfin, tu n'en auras pas besoin. Si tout va bien, ça sera inutile; si ça va mal, ça sera inutile aussi. T'auras jamais le dessus sur une meute de beux armés jusqu'aux dents.

BVD lève les yeux sur le bar du Boss. Jamais il n'a vu de bar aussi bien garni. On peut y trouver n'importe quoi. «Il a peur que je me fasse un dépanneur et que je mette les voiles», pense BVD.

— Bon, dit le Boss, comme si tout était réglé. Bic va te donner les détails. On se reverra ce soir.

Il ramasse son soulier puis il se redresse lentement, une idée lui est venue et il se compose une mine très contrite.

— Ne fais pas le zouave, je connais la recette de la boutique, n'en profite pas pour prendre des vacances à mes frais. Quand on cherche quelqu'un, on finit toujours par le trouver et pis ton avenir serait compromis, bien compris p'tit frère?

Il avale prestement un fond de verre.

À ce moment-là, la prétendue cantatrice reprend le grand air de *Gigi l'Amoroso* avec une fougue touchante de bonne volonté.

— Bic, dit le Boss à peine contrarié, tu vas donner cent piasses à la plotte et tu vas lui dire d'aller magasiner, j'veux dormir tranquille une heure ou deux avant qu'y fasse trop chaud.

— Les magasins sont fermés, dit Bic.

— Alors, qu'elle aille voir sa mère.

— La dernière fois qu'elle a vu sa mère, celle-ci voulait lui planter un couteau de cuisine dans l'dos.

Le Boss hausse un sourcil.

— Tu cherches à me faire chier ou quoi, qu'elle aille se faire voir ailleurs.

— Tu crois qu'on entendra pas l'explosion de la rue? demande discrètement Bic au Boss pendant que BVD examine peureusement la galette de plastic.

— Si j'en étais certain, réplique le Boss, j'irais moi-même.

Elle s'appelle Juliette Risotto. Pourtant, elle n'est pas Italienne et ses parents ne l'étaient pas non plus. Juliette s'était mariée à un Italien fraîchement débarqué qui avait trouvé cette inélégante solution pour obtenir la citoyenneté canadienne, autrement plus qu'hypothétique. Puis, peu après les noces, le beau ténébreux à moustache, lui ayant fait un enfant, était parti tout seul vivre sa vie dans le quartier italien de Toronto. Juliette a trouvé plus simple de continuer à s'appeler Risotto. Et puis, pour le métier qu'elle exerce, le nom étranger ajoute un peu d'exotisme. Elle est danseuse à *La Voie Lactée* où elle donne son spectacle cinq fois par jour, six jours par semaine, devant une clientèle turbulente, à moitié givrée ou complètement soûle. Danser nue ne la gêne plus, contrairement à la première fois où elle aurait voulu avoir la minceur d'une feuille de papier et se glisser sous le tapis. De temps en temps, elle participe à un spectacle privé où de gros et riches messieurs se rincent l'œil en toute impunité. Dans ces parties, on boit beaucoup et les messieurs adorent voir pisser les filles dans un baquet. Une fois, elle avait même pissé dans la figure d'un gros monsieur rougeaud. Ce monsieur n'arrivait à bander que quand on lui pissait sur la figure. La police ne faisait jamais de descente dans ces endroits-là. C'était plus tard qu'elle avait appris à se méfier des descentes de police avec tout ce que ça implique: une nuit de taule, perte de temps, comparution devant un juge, manchettes dans les journaux à potins, caution dont on est toujours redevable à quelqu'un et puis un dossier qui s'épaissit à vue d'œil. Enfin, depuis quelques années c'est mieux. On tolère maintenant les filles qui font ce métier, mais paradoxalement la clientèle s'est raréfiée. Il faut toujours en donner plus pour maintenir sa cote de popularité. Maintenant on danse en tandem, c'est tout juste si on ne s'accouple pas sur scène.

Le bébé pleure et, la paupière lourde, Juliette verse une goutte de lait sur son poignet pour en vérifier la température. Le bébé ne lui facilite pas les choses, mais depuis qu'il est là, Juliette s'est sentie renaître. Il y a maintenant quelqu'un au monde qui a besoin d'elle. Cette idée la réconforte aussi bien moralement que physiquement. Elle ne croyait guère aux pouvoirs de la maternité, maintenant elle ne jure que par eux. Malgré ses problèmes, malgré ses cachets modestes, malgré ses déboires, malgré ses tribulations, elle se sent riche et comblée. Comme toutes les femmes qui s'accomplissent dans la maternité, elle se ferait écorcher vive plutôt que de se séparer de son petit garçon.

Heureusement qu'il y a Juanita. La voisine s'occupe du petit quand Juliette travaille. Juanita est arrivée au lendemain de la chute du président Allende. Elle adore les enfants et elle s'occupe du petit contre une somme décente et de petits cadeaux de temps en temps. Elle aussi a été danseuse autrefois et c'est pourquoi elle sympathise particulièrement avec Juliette. Sauf qu'elle était danseuse de variétés dans une troupe, mais une danseuse est une danseuse. Elle vit là avec ses chats, ses souvenirs et son mal du pays. Elle vit modestement en faisant des ménages et de la couture. Ce qui est bien avec ces activités, c'est qu'elle peut les faire à son rythme et selon les horaires qui lui conviennent. De temps en temps, elle reçoit un compatriote et ils se font de petits gueuletons à la mode chilienne. Une fois, Juanita avait invité Juliette pour accompagner un ami de son ami. Mais celui-ci ne comprenait pas le français et presque toute la soirée on avait parlé espagnol. Heureusement qu'ils avaient beaucoup dansé la samba.

Juliette glisse la tétine entre les lèvres de son fils — celui-ci la happe avidement —, un gros poupon éveillé et habituellement rieur. Le téléphone sonne et Juliette répond en calant le combiné entre son oreille et son épaule. Elle reconnaît la voix de monsieur Fisette, le patron de *La Voie Lactée*. Il a sa voix éraillée du petit matin, une voix rendue graveleuse par l'alcool, le tabac et la veille.

— J'ai très envie d'aller faire un tour, dit-il. Il me reste une bouteille de champagne et j'arrêterais prendre une grosse pizza toute garnie. Qu'est-ce que t'en dis, mon petit oiseau des îles?

— J'ignorais que vous étiez si matinal, élude Juliette, se creusant les méninges pour donner un

47

prétexte plausible. Elle ne veut pas du vieux schno-que, mais en même temps, il faut qu'elle ménage sa susceptibilité; il peut l'envoyer au chômage sur une simple saute d'humeur.

— J'me lève pas, ricane le quinquagénaire, je m'suis pas encore couché. La journée va être tran-quille, tout le monde sera dehors au défilé ou à la campagne. Petite soirée en perspective, on fermera pas tard. En attendant, j'ai besoin d'un peu de compagnie et peut-être ben d'un peu d'affection, qui sait?

— Ma mère s'en vient, souffle vivement Juliette, c'est l'anniversaire du petit.

— Ta mère, tu ne m'as jamais parlé de ta mère.

— C'est la première fois qu'elle vient en ville.

— C'est bien vrai ça, j'ai ben envie d'aller faire mes civilités à ta mère.

— Non, bafouille Juliette, elle pense que je tra-vaille pour un antiquaire.

— J'te trouve ben farouche, t'as toujours une bonne raison, faudrait pas trop me prendre pour un cave, j'suis un bon gars mais j'ai droit à quelques égards, viarge.

Juliette reste bouche bée, la hargne du patron l'étonne. Fisette rote bruyamment.

— Bon, j'vas appeler la Bécane, dit-il, est pas trop r'gardante, elle, al'a des chances de faire une longue et belle carrière. C'est pas l'cas de tout l'monde. Salut!

Fisette raccroche avec fracas. Juliette dépose lentement le combiné, l'air las et pensif. Pendant les six derniers mois, tout allait bien. Fisette brûlait la chandelle par les deux bouts avec une petite dan-seuse effrontée, arriviste et un peu garce. Il n'avait d'yeux que pour elle et les autres pouvaient travailler tranquille. Mais malheureusement, la petite greluche avait filé avec un motard qui partait pour la Californie et le patron cherche une consolation à bâbord et à tribord. Il se fait de plus en plus pressant. Juliette serait désolée de perdre sa place mais par contre, elle ne peut pas se faire à l'idée de coucher avec le vieux Cache-sexe, comme on l'appelle en coulisse. Paraît-il que le vieux cochon collectionne les cache-sexe de ses danseuses vedettes et on dit qu'il ne s'endort jamais le soir sans les avoir tous reniflés.

Juliette ouvre la fenêtre et jette un coup d'œil dehors. Deux employés municipaux accrochent de petits drapeaux aux poteaux métalliques. La voiture d'une station de télévision est garée de travers devant une maison décrépite de l'autre côté de la rue. Il s'est passé quelque chose durant la nuit. Peut-être un meurtre, ce qui justifierait tout ce déploiement. Juliette n'en serait pas étonnée outre mesure, cette maison de chambres reçoit tous les vauriens et truands du quartier. Le caméraman sort de la maison en vacillant, il dépose sa caméra sur le toit de la familiale, se penche et vomit un bon coup. Quelques badauds se sont rassemblés et une femme obèse réclame que l'on enregistre son témoignage. La police n'est pas encore arrivée, la mégère a d'abord averti la télé pour paraître sur l'écran à l'heure des actualités. Deux minutes plus tard, la police s'annonce à coups de hurlements de sirène. Juliette referme la fenêtre et se prépare à donner le bain à son fils. Celui-ci gazouille dans son bassin, quand on frappe à la porte. Juliette ouvre avec confiance, elle a reconnu le frapper discret et rythmé de Juanita. Celle-ci entre, brune et souriante, deux oranges à la main. Juliette la salue d'un sourire amical et reprend sa tâche.

Juanita pèle une orange et glisse un quartier juteux entre les lèvres de Juliette.

— C'est l'énormé bordel déhors, dit Juanita avec son accent particulier qui, chez elle, est spécialement sensuel.

— J'ai vu ça, répond Juliette la bouche pleine de pulpe d'orange.

— Encore ouné meurtre, jé mé démande si lé Boutonneux a gagné lé gros lot.

— Le gros lot?

— Oui, il y a oune sorte dé loto qui circule, il faut déviner la date dou prochain meurtre dans lé quartier. Lé Boutonneux avait le 24, mais on discoute en bas pour déterminer si le crime a été commis avant minouit. Il faudra attendre lé rapport du pathologisté. Parfois on n'arrive pas à déterminer précisément l'heure dou crime.

— Tout cela est dégoûtant, dit Juliette.

— Monstrueux, tou veux dire, hé c'est jour de congé aujourd'hui.

— Oui, c'est la Saint-Jean, y'aura presque personne au club aujourd'hui, surtout qu'y fait beau. On préfère aller se soûler la gueule dehors.

— Tou est touté seule pour la fête nationale?

— Oui, je veux me reposer et lire un peu.

— Si tou veux vénir avec nous, Almonzo m'amène en piqué-nique.

— J'aurais peur de déranger.

— Tou né déranges pas, jamais, tou sais. Almonzo vient les yeux tout croches quand il té régarde. Un jour, jé té lé prêterai, mais né va pas abouser, les Soud-Américains c'est commé les épices, c'est bon, c'est fort, mais ça donne des brûlements d'estomac. Il va faire chaud comme dans oune sauna aujourd'hui en ville. Bon, adios et à tout à l'heure.

Aussitôt que Juanita a refermé la porte, la sonnerie du téléphone retentit à nouveau. C'est encore le père Fisette, dit Cache-sexe, probablement qu'il n'a pas pu rejoindre l'accommodante Bécane.

— Ta mère est arrivée? demande-t-il, visiblement de très mauvais poil.

— Non, non, mais elle...

— Peut-être qu'elle ne viendra pas, après tout?

— Oui, elle va venir... elle...

— Va te faire mettre, salope, j'veux pas te voir la face demain.

Juliette fixe le combiné et le dépose sur son support. Voilà, c'est fait, elle est dans la rue encore une fois. Elle pourrait aller à la Commission des droits de la personne, mais toutes les filles qui l'ont fait figurent sur la liste noire. Il n'y a plus de travail pour elles nulle part. Un moment, elle contemple son fils qui sourit joyeusement et, prenant une décision rapide, elle compose le numéro de *La Voie Lactée* et demande le patron.

— Je vous attends, dit-elle d'une voix égale.

Elle habille rapidement le bébé et déplie le petit parc qu'elle installe sur le minuscule carré de pelouse juste devant la maison. Puis elle va frapper chez Juanita.

— Peux-tu surveiller le bébé, demande-t-elle, j'ai une visite inattendue, impossible de l'éviter.

— Ça marche toujours pour lé piqué-nique? s'inquiète Juanita.

— Oui, bien sûr, la vieille ordure va s'endormir tout de suite après.

L'homme a la poitrine creuse, un gros ventre mou retombant sur des jambes blanchâtres et grêles; ses fesses sont plates et son sexe est démesurément long. Ses yeux fatigués sont injectés de sang et malgré son embonpoint, Fisette a les joues creuses et bleuies. Il rentre pesamment dans les draps et aussitôt ses lèvres partent à la recherche du sexe de sa partenaire. Juliette ouvre docilement les jambes espérant qu'il s'en tiendra à cette pratique.

La manœuvre dure plus de cinq minutes, quand soudain on martèle furieusement la porte de l'appartement à coups de poing.

— Ouvrez, c'est Juanita, crie la voisine d'une voix proche de l'hystérie.

Juliette devine qu'il s'est passé quelque chose de très grave. Elle repousse vigoureusement le patron et, couverte d'un drap, va ouvrir. Fisette s'agenouille grotesquement en se couvrant le sexe avec ses mains. Juanita ouvre des yeux exorbités, son teint foncé vire au gris, ses lèvres tremblent.

— Le pétit bébé a disparou, balbutie-t-elle.

Juliette descend déjà l'escalier.

— Je l'ai quitté des yeux qué deux pétites minoutes, geint la pauvre Juanita, jé té lé joure, pas plous dé deux minoutes, lé temps dé faire dou café. Seigneur Jésous, pardonnez-moi. Bonné Sainte Vierge, priez pour nous.

Réal Sautier se sent des ailes dans le dos. Aujourd'hui est un jour nouveau et il commence une nouvelle vie. Jusqu'ici, il a vécu dans la médiocrité, dans l'ombre, dans l'esclavage. Désormais, il va regagner le temps perdu. Il va louer un bout de terrain, un ranch isolé, il va se trouver une fille gentille et ils vont mener une vie de pacha. Il ne sait pas exactement combien il y a d'argent dans sa mallette, entre quatre-vingt et quatre-vingt-dix mille dollars, de quoi ne pas se faire de souci pendant deux ou trois ans; après il verra, il se partira peut-être une petite combine.

Avec un plaisir puéril, il se remémore une discussion qu'il a eue avec son beau-frère Galant, une engueulade plutôt; ça se passait deux semaines auparavant. Comme d'habitude, Galant s'était montré arrogant, prétentieux, pontifiant et injuste. Tout ça parce qu'il mène une vie de parvenu, qu'il dirige une grosse affaire et qu'il donne du travail à Réal.

Réal venait de s'acheter une chose qui lui faisait envie depuis son adolescence: une table de billard de dimensions réglementaires.

— C'est pas un peu cher..., avait dit Galant, l'œil vicieux et la lippe dédaigneuse.

— Je ne suis pas dans l'industrie, avait répliqué Réal, mais je peux encore t'offrir une bière.

— Je veux dire pour que ça apporte, avait ajouté Galant qui savait très bien ce qu'il voulait dire. J'te trouve audacieux et dans un certain sens je t'envie. Tu vois, en période de crise, un chef d'entreprise ayant... disons... euh, plus de ressources, se limite à l'achat d'équipement essentiel.

— T'as pas besoin de m'étaler tes ressources, je connais tes revenus, je fais ta comptabilité.

Galant avait bien dégusté son petit effet comme on suce un bonbon sur, puis il avait de nouveau brandi sa pique contre le flanc sensible de Réal.

— Euh, j'te mets pas à court si je prends une autre bière?

— J'vais aller t'en chercher une moi-même, comme ça si c'est la dernière, on partagera.

— Je sais que t'as le cœur large. Mais tant qu'à investir, je pensais à quelque chose de plus pratique. Une voiture, par exemple, tu pourrais facilement obtenir trois cents piasses pour la vieille.

— T'es trop généreux, si tu m'en donnes trois cents piasses, je te la cède tout de suite. Trois cents piasses, pour toi c'est pas grand-chose; cinq camions de gravelle combles ou trois camions à demi chargés, au choix.

Galant avait accusé le coup sans ciller et comme l'attaque est encore la meilleure des défensives:

— Je ne sais pas ce que tu as fait à mon associé ces derniers temps, mais on dirait qu'il a quelque chose contre toi. Hier encore, j'ai dû intervenir en ta faveur.

En clair, ça voulait dire, tiens-toi droit ou je laisse faire mon associé et tu te retrouves au chômage. Le duel avait continué sur cette lancée; vif, vicieux, incisif, Galant n'aimait pas se faire dire qu'il fraudait le gouvernement avec ses livraisons trafiquées de gravillons; par contre, il excellait dans l'art de faire comprendre la précarité de l'emploi de Réal.

Les deux femmes se taisaient. Réal avait jeté un coup d'œil en coin à Corinne. Sa femme paraissait furieuse, mais il était impossible de savoir contre qui en priorité. Sans doute contre les deux jeunes coqs, à égalité. Galant s'étira le cou pour apercevoir la massive table de billard au milieu de la pièce contiguë.

— Tu crois qu'elle tiendra encore le coup dans trente-six mois?

Il voulait que l'on sache bien qu'il en connaissait le mode de paiement.

— Tu t'en fais pour rien, avait répliqué Réal, dans trente-six mois tu seras probablement devant une Commission d'enquête, alors...

— Taisez-vous ou je renverse la table, avait enfin explosé Corinne. Vous irez manger chez les cochons.

Galant souriait, un petit sourire, content de lui.

— Excuse-nous, je ne voulais pas tourner le fer dans la plaie.

Après un très long silence, les femmes avaient repris le relais de la conversation. Les hommes s'observaient en coin comme deux chiens qui attendent que l'autre avance la patte vers son os.

Au dessert, Galant s'adoucit comme s'il voulait enterrer la hache de guerre, mais la trêve ne devait pas durer longtemps.

— Chacun fait son possible, je le sais bien, moi aussi j'voudrais bien faire mon possible. Si mon cher beau-frère n'y voit pas d'objections j'aimerais faire une petite douceur à ma p'tite sœur. Avec ta permission Réal, je pensais à lui acheter un manteau de fourrure, quelque chose de simple, rien de trop extravagant, tu permets?

— Mais faites donc, avait signifié Réal, d'un geste beaucoup trop ample pour être sincère.

Il était furieux. Galant aurait pu dire: «Puisque ton gagne-petit de mari s'offre une coûteuse table de billard et qu'il néglige de t'habiller, je devrai donc le faire moi-même». Réal cependant se sentait capable d'avaler la couleuvre sauf que Galant avait déloyalement ajouté:

— C'est vrai qu'on a plus les hivers qu'on avait, mais tu te sentiras plus à l'aise parmi nos connaissances. Autrement dit: «Ma sœur se sent gênée de se balader en manteau de drap».

— Peut-être qu'elle a aussi honte de son mari? avait grommelé Réal.

Corinne n'avait pas soufflé mot.

C'était Galant qui avait meublé le silence embarrassant.

— Tu es trop susceptible beau-frère. Un train de vie modeste n'est pas un vice. J'ai beaucoup d'amis qui tirent le diable par la queue et je ne les estime pas moins pour autant.

Galant souriait d'un air faussement compatissant. Réal lui aurait volontiers mis son poing à la figure, mais il s'était ravisé. Pourtant, c'était à ce moment-là qu'il avait pris sa décision.

C'est maintenant chose faite. Réal trimbale une mallette contenant près de cent mille dollars appartenant à Galant et à son associé. Il sait que Galant ne mettra pas la police à ses trousses. Il s'agit d'argent volé, volé à l'impôt et volé au gouvernement sous forme de chargements tronqués, du sable, des gravillons, des blocs de pierre taillée.

Galant et son associé éviteraient toute publicité tapageuse susceptible de soulever certaines questions gênantes. Par contre, ils confieraient certainement l'affaire à une agence de détectives privés. C'est pourquoi, Réal doit disparaître dans la nature. Il dispose de trois jours. Aujourd'hui les bureaux sont fermés et après c'est le week-end. On ne découvrirait la disparition du magot que le lundi matin.

Il a été plus facile à Réal de quitter sa femme qu'il ne l'aurait cru au départ. Il est maintenant clair pour lui qu'il n'a jamais vraiment aimé Corinne et vice versa. Corinne s'était mariée pour fuir l'ambiance austère et rigide de la maison paternelle. Comme dit Galant, elle a pris le premier venu. Corinne ne s'est jamais plainte ouvertement, mais toutes ses attitudes constituent une longue plainte muette contre la médiocrité et la pauvreté relatives dans lesquelles la maintient son mari. Son regard parfois belliqueux, ses gestes brusques, ses réparties amères, ses remarques souvent abruptes, toutes ses réactions lui reprochent son manque d'ambition, sa condition de gagne-petit, son apathie devant le succès et l'argent. Corinne a été habituée à plus de largesses. Si la maison paternelle manquait de chaleur humaine, elle n'a jamais manqué par contre, sur le plan matériel, de superflu et même de luxe.

«Au fond, se dit Réal, elle ne sera pas fâchée de me voir disparaître. Au bout d'un an, on déclarera le divorce et elle pourra librement refaire sa vie, peut-être avec ce petit arriviste qui lui fait une cour pressante et qu'elle évite de décourager définitivement.»

Corinne et Réal n'ont pas d'enfant. L'un d'eux est sans doute stérile. Ils n'ont pas fait faire les tests. Ni l'un, ni l'autre ne tenait vraiment à avoir des enfants. Corinne parce qu'elle craignait voir son corps de sirène subir les ravages d'un ou de deux accouchements, Réal parce qu'il avait soupçonné très tôt la faillite de ce mariage et qu'il ne voulait surtout pas y impliquer un enfant innocent. Le fragile mariage avait quand même duré douze ans, tout un bail si on songe à toutes les frustrations qui avaient marqué chacune de ces années.

Encore plus, la belle-famille n'avait jamais pleinement accepté cette union. Réal restait le p'tit gars du quartier pauvre, que l'on invitait parce qu'il le fallait bien, mais que l'on maintenait diplomatiquement à l'écart malgré les mots mielleux et les sourires hypocrites. Soucieux du standing de sa fille, le beau-père lui avait offert une somme rondelette pour qu'elle s'achète une maison dans un quartier décent. Par défi, Réal avait refusé et continuait d'habiter le quartier où il était né. Il avait fallu toute la persuasion boudeuse, tous les gémissements et tous les chantages de Corinne pour que Réal accepte enfin le poste de comptable pour le beau-frère.

L'image mentale de Galant découvrant le forfait fait sourire Réal. Galant le prétentieux, l'arrogant, le snob, le pontifiant. Ce serait lui qui finirait de payer la table de billard. Dans ce monde-là, on ne retourne pas un objet acheté et on ne paie pas par traites mensuelles.

Réal caresse son billet d'avion dans la poche de son veston. Demain, il serait très loin; mais avant, il ressent l'envie impérieuse de revoir cette fille — elle s'appelle Poinsettia, son nom de professionnelle — qui pour trente dollars avait accédé à tous ses caprices. C'est une fille extraordinaire, se dit Réal, avec elle, pas de chinoiseries et pas de chichi. Il imagine l'indignation de sa femme Corinne s'il lui avait demandé la même chose. Cette idée l'amuse et lui dessine un sourire, un sourire primesautier qui l'étonne. Réal se sent déchargé d'un poids énorme, il se sent léger et libre comme jamais il ne l'a été auparavant.

Malgré son délabrement, le quartier lui paraît agréable, vivant, grouillant d'une vie autonome, un quartier peuplé de petites gens aux mœurs frustes et rudes, mais authentiques et dynamiques. C'est ce qui manque aux quartiers riches, ils sont morts, ils sont faux, ils sont creux et pourris par en dedans, malgré les belles façades. Au moins ici, ça sent la vie, la vraie vie. La vraie vie qui pue parfois, mais qui vaut encore mieux que tous les parfums écœurants dont se couvrent les gens chics pour cacher leur puanteur morale comme s'ils avaient honte de leurs odeurs, leurs odeurs de bête.

Quatre à quatre, Réal grimpe l'escalier latéral de l'immeuble décrépit coincé entre une ancienne fabrique de souliers transformée en entrepôt et une caserne de pompier. Sans prendre le temps de retrouver son souffle, il frappe à grands coups impatients. Poinsettia est presque touchante, sans maquillage, avec des yeux lourds de sommeil, un peu cernés, avec ses cheveux défaits et sa moue parfaitement dégoûtée. Elle a l'air d'une petite fille quelque peu défraîchie et complètement dépassée par les événements. «Trop d'excès, pense Réal, trop de tabac, trop d'alcool, trop de surmenage, pas assez de sommeil.»

— Tu me reconnais? dit-il candidement, comme si une prostituée devait se souvenir de tous ses clients.

Il pousse délicatement la porte et entre, déposant sa précieuse mallette près d'une chaise boiteuse. Poinsettia cherche au fond de sa mémoire vacillante.

— Attends, répond-elle, je vais faire du café, le café m'éclaircit les idées.

Elle fait du café, mais elle déniche un fond de bouteille de liqueur brune et elle boit à petites gorgées, en grimaçant comme si le cœur allait lui sortir de la poitrine. Quand elle arrive au fond, elle a retrouvé la mémoire et un peu de son air de petite garce.

— Ça va mieux, c'est toi le zouave qui voulait voir deux femmes ensemble?

— C'est ça, confirme Réal. Est-ce que ta copine est là? Je paye bien.

Une allusion à une quelconque rétribution et Poinsettia retrouve tout son aplomb.

— Combien?

— Fais ton prix.

— Cinquante, annonce-t-elle, l'air mal assuré en espérant que ce ne soit pas trop.

— Je vous en offre cent, dit Réal.

— Chacune?

— Bien entendu.

— Bon, je vais voir si Orchidée est chez elle, elle habite en bas. Sers-toi, ajoute-t-elle, en désignant la cafetière.

Puis, elle a un drôle de regard.

— Elle est entrée complètement capotée, des cochonneries de pilules; moi, je m'abstiens, j'me méfie, avec le bon vieux scotch, y'a pas de surprise désagréable. On se vomit les viscères, mais c'est rarement mortel. Patientez un peu.

Poinsettia met un certain temps à remonter. Il n'a pas dû être facile de ramener à la vie la brumeuse Orchidée. Celle-ci a les traits brouillés, la pupille flottante, l'air absent et un peu hagard, mais l'odeur du café frais lui fait pincer les narines. Réal s'installe dans l'unique fauteuil recouvert d'une housse de tissu fleuri et les deux filles entreprennent de se déshabiller l'une l'autre. Poinsettia a mis *Petite Fleur* sur le phono, il fait déjà suffisamment chaud pour se sentir mal à son aise. Orchidée est une grande fille maigre et mal nourrie, ses cheveux sont blonds, mais son poil pubien est d'un noir de jais. Sa peau se couvre d'une fine pellicule de sueur et soudain, elle tourne de l'œil et s'affale à moitié sur le lit, à moitié sur l'édredon posé par terre. Sans s'affoler outre mesure, Poinsettia lui tapote les joues. Réal se penche sur elle.

— Il vaudrait peut-être mieux appeler un docteur.

— Les docteurs ne viennent pas à la maison, en tout cas pas dans ce quartier.

— Je vais appeler une ambulance.

— T'es pas un peu fou, on va l'envoyer à un agent du bien-être social et on va l'inscrire à une cure de désintoxication, elle m'en voudrait pour le reste de ses jours. Non, laisse-moi faire, c'est une faiblesse due à ces cochonneries de pilules, je sais comment la réanimer, c'est rien du tout. Aide-moi à la traîner dans la baignoire.

Une fois Orchidée allongée dans la baignoire, Poinsettia ouvre tout grand l'eau froide et lui applique des compresses brûlantes sur la figure.

— Surveillez-la, dit Poinsettia, qui retourne à la cuisine préparer sa potion magique.

Orchidée est molle comme de la pâte à pain, sa peau prend une vilaine teinte bleutée, ses yeux se révulsent sous la paupière et elle bave une sécrétion blanchâtre. «Elle a sûrement un taux d'hémoglobine très bas», se dit Réal qui avait jadis commencé des études de médecine. Il s'inquiète, elle va leur claquer dans les mains et il ne peut pas se permettre de se faire surprendre sur les lieux avec deux prostituées et près de cent mille dollars volés.

Poinsettia reparaît, brassant à la petite cuillère une mixture claire et jaunâtre. Elle s'agenouille près de sa compagne et à petites gorgées, elle lui fait avaler sa potion.

— Qu'est-ce que c'est? s'informe Réal devant l'aspect inquiétant du bouillon.

— De l'eau gazéifiée, du vinaigre et de la moutarde forte. C'est comme ça que je la réanime. Ça fonctionne à tout coup.

Comme l'avait annoncé Poinsettia, le miracle se produit. La prostituée est secouée par un long tremblement, son corps se couvre de chair de poule puis lentement, sa peau reprend sa couleur originelle, dans ce cas, un rose teinté de gris comme les fameuses femmes de Renoir. Enfin, la fille ouvre péniblement des yeux égarés.

— Frictionnez-la, ordonne Poinsettia, je vais aller faire de la soupe chaude.

Tant bien que mal, Orchidée s'assoit sur le rebord de la baignoire et consciencieusement Réal la frictionne avec une serviette volée dans un grand hôtel. Ensuite, Orchidée avale sa soupe à petites lampées et elle semble reprendre du poil de la bête. Poinsettia lui masse le cou. Réal observe attentivement les deux femmes. Il les devine unies et complices malgré des relations bourrues, et souvent vulgaires. Elles sont unies par quelques liens secrets, mal définis, ces liens que tissent la misère, l'infortune, la marginalité. Il y a peut-être une forme de tendresse aussi, une tendresse primitive qui déchire et qui caresse à la fois. Ce sont des êtres sauvages qui jonglent maladroitement avec des émotions qu'ils ne maîtrisent pas encore.

— Vous vous sentez mieux? demande Réal qui ne sait plus s'il pourra jouir pleinement du spectacle.

— Oui, oui, s'empresse d'affirmer Orchidée.

Elle ne veut surtout pas laisser échapper une rétribution princière et avec cette conscience professionnelle que l'on rencontre souvent chez les humbles artisans, elle veut en donner pour son argent à son client. C'est la réaction de la petite besogneuse qui connaît la valeur de l'argent et qui aurait des remords d'encaisser de l'argent à demi gagné.

— Je me sens bien, affirme-t-elle, je me sens très bien.

Les deux jeunes femmes reprennent leurs ébats là où elles les avaient laissés. Tendrement enlacées, elles se laissent tomber sur le lit. Elles se laissent prendre au jeu; par calcul ou par une attirance équivoque, elles semblent affamées et fiévreuses. Très vite, elles paraissent oublier la présence de Réal. Lascivement, Orchidée et Poinsettia se caressent des mains et de la langue, elles roulent sur elles-mêmes, cambrent les reins et entremêlent leurs jambes et leurs bras.

Réal oublie la défaillance momentanée d'Orchidée et peut jouir désormais pleinement du spectacle. Il se demande si, au fond, les deux jeunes femmes ne seraient pas homosexuelles. Puis il se dit que comme beaucoup d'entre elles, elles sont probablement bisexuelles. En tout cas, elles y mettent une fougue inattendue.

Après la séance de lesbianisme, Réal se sent d'attaque, il va prendre Poinsettia sous les yeux de sa compagne. Un peu exhibitionniste, il se sent plus efficace quand il se sait observé. Une fois, uniquement pour cette raison, il avait voulu entraîner Corinne dans un club d'échangistes, mais sa femme l'avait traité de perverti et lui avait conseillé de se faire soigner. C'était à peu près à cette époque qu'il avait commencé à voir les prostituées.

Sous la douche, Réal se sent en pleine forme et il chante le grand air de *La Bohème*. Peu après, il paie les filles, il jette encore un coup d'œil sur son billet d'avion, il reprend sa mallette, embrasse Poinsettia et Orchidée sur la joue et s'en va. Orchidée plie soigneusement les billets et déclare qu'elle va aller dormir une heure ou deux. Il devrait être interdit de faire travailler les filles si tôt le matin.

De nouveau seule, Poinsettia éprouve une soif tenace, la bouteille de scotch est vide, mais elle se souvient que l'Acteur, son maquereau, garde toujours une bouteille dans sa mallette. Hier soir, il avait laissé celle-ci chez elle parce qu'il avait les mains pleines de matériel pornographique qu'il avait caché chez Poinsettia et qu'il devait livrer à ses distributeurs. Or, la mallette est toujours là près de la patère. Poinsettia la pose sur le lit saccagé et l'ouvre. Tout d'abord, elle n'en croit pas ses yeux, puis instinctivement, elle regarde autour d'elle comme si elle doutait être seule. Ses yeux exorbités reviennent peureusement à la mallette. Celle-ci est pleine de billets de banque bien tassés en forme de briques. Encore incrédule, Poinsettia en retire une brique et l'examine de près. Puis, elle s'assoit et de loin, elle contemple cet amas de dollars en se disant que ça ne peut pas être vrai.

Peu à peu, revenant de son hébétude, elle comprend ce qui s'est passé. Tout à l'heure, son client s'est trompé de mallette. Il se balade avec celle de l'Acteur tandis qu'elle, la pauvre Poinsettia, détient celle qui contient plus d'argent qu'elle n'en a jamais vu de toute sa courte vie.

Victor pédale comme un perdu comme si chaque seconde qui passe pouvait le séparer définitivement de sa femme. Il ne pense plus à La Raquette qui trouvera la maison vide. Son petit drame l'a vidé, il se sent broyé et perclus. Toute sa volonté se concentre dans ses jambes, son cerveau bouillonne comme de la lave en fusion. Jeanne-d'Arc, l'amie de sa femme, habite à l'autre bout du quartier entre une pizzeria et une pharmacie qui se spécialise dans les tests de grossesse éclairs. Victor ne se pose pas la question, il est évident que Louise s'est réfugiée chez Jeanne-d'Arc.

Elle pouvait passer des heures à jacasser avec cette grosse limace à moitié mâle, à moitié femelle. Elles le font rire ces bonnes femmes, elles veulent l'égalité, mais elles ne sont même pas foutues de laisser un téléphone tranquille, il faut toujours qu'elles y passent des heures à dire des âneries et à répandre des ragots insignifiants. Si la grosse torche se met sur son chemin, il se sent capable de l'étrangler. La rage lui donne une nouvelle vigueur. Il se déculpabilise en mettant tous les torts sur Jeanne-d'Arc et ses semblables qui, par leur propagande imbécile, tournent la tête des femmes. Celles-ci, pas plus brillantes, se laissent embrigader comme les noix creuses qu'elles sont. Non mais pour qui elles se prennent? Tu maries ça jeune, mince et gentille et tu te ramasses avec une poufiasse frustrée et hargneuse. Puis Victor se calme, cette envolée mentale lui a fait du bien. Il sait que l'on obtient plus par la douceur que par la force. Et au fond, il aime sa femme. Il donnerait tout pour que tout ça ne soit qu'un mauvais rêve, pour que Louise rentre sagement à la maison avec le petit Richard. Puis il revoit sa photo avec Jean Béliveau, il en pleurerait. Comment peut-on être si méchant et si bête? C'est un malentendu. Louise s'expliquera, il doit y avoir une explication rationnelle.

Victor s'arrêterait bien à la taverne prendre un verre ou deux, question de se regonfler le courage. Il ne veut pas se l'avouer, mais l'amie de sa femme l'intimide. Il ne sait jamais comment se comporter devant ce genre de personne. Ça se comprend facilement, avec ces créatures ambivalentes, on ne sait pas comment s'y prendre. On marche constamment sur des œufs et sans le vouloir, on déclenche facilement une réaction disproportionnée.

Tout entier pris par son malheur, Victor remarque à peine l'auto patrouille de la police et la familiale de la télé parquées devant une maison de chambres. De l'autre côté de la rue, une femme apparemment hystérique, seulement couverte d'un drap, gesticule devant un petit parc d'enfant. Pourtant le parc est vide; en haut de l'escalier, sur le palier, un gros homme tout nu se cache le sexe de ses mains et semble se demander ce qui se passe au juste. Une autre femme, une Sud-Américaine à en juger par son teint, va et vient d'une manière désordonnée. Quelques curieux et badauds observent la scène. Une ambulance blanche surgit tous feux clignotants. Victor lui cède le passage et s'engage dans une petite rue grise et triste. Seules les réclames rouges écarlates de Coke lui donnent un peu de couleur, il n'y a pas un seul drapeau sur cette artère. Un clochard longe la rue en vacillant, il tient un grand sac de jute et s'arrête pour fouiller les poubelles. Plus loin, on a installé un handicapé sur le trottoir. Il est assis, raide, sur sa chaise roulante, des sangles de toile forte le retiennent à son dossier. Parfois sa tête s'agite en mouvements désordonnés, il crie quelque chose à Victor.

Celui-ci s'arrête enfin devant la petite maison coincée entre la pharmacie et la pizzeria. Elle est construite légèrement en retrait de la rue, juste assez pour faire de la place à une véranda au premier et au deuxième étage. Selon un réflexe devenu automatique, Victor verrouille son vélo à un poteau métallique et grimpe l'escalier en tire-bouchon. Il frappe vigoureusement dans l'intention vaine de bien démontrer toute la détermination du mari bafoué venu réclamer une juste réparation. Jeanne-d'Arc se fait attendre et Victor frappe de plus belle. Enfin, l'occupante des lieux paraît, obèse et courtaude, couverte d'un peignoir vert lime. Victor fait face à une porte verrouillée dont seule la partie du haut comporte une ouverture protégée par une moustiquaire. Jeanne-d'Arc ne donne pas l'impression de vouloir ouvrir.

— Vous avez pas fini de faire du vacarme? Qu'est-ce que vous voulez?

Jeanne-d'Arc paraît de très mauvais poil, Victor ignore si la grosse femme l'a reconnu.

— C'est moi, Victor.

Jeanne-d'Arc plisse les yeux et bouge le nez comme si une mouche s'était posée dessus. C'est une femme sans grâce, aux petits yeux rusés, à la chair molle, aux traits grossiers et vulgaires.

— Et pis après?

Prompt comme un chien vicieux, Victor sent à nouveau la rage lui gonfler les veines.

— Je sais que Louise est ici, dites-lui que je suis là.

Jeanne-d'Arc croise ses gros bras courts.

— Allez voir ailleurs, elle est pas là.

— Je vais défoncer cette porte, menace Victor.

— Pis moi, je vais appeler la police.

— Ouvrez-moi, je veux voir ma femme.

— Allez-vous-en, espèce de mal amanché ou ça va faire dur.

D'un coup de pied rageur, Victor défonce le mince obstacle, il en arrache les débris, les jette en bas et repousse Jeanne-d'Arc qui s'obstine à lui barrer la route. Jeanne-d'Arc se précipite sur le téléphone. Sans plus s'occuper d'elle, Victor examine les lieux. La petite chambre est vide, la salle de bains, le salon et la cuisine aussi. Dans le lit de Jeanne-d'Arc dort une grande femme aux épaules carrées. Rien à voir avec Louise, elle est trop grande, trop blonde, trop ossue. Scrupuleusement, Victor inspecte sous le lit, dans les placards et même dans la grande armoire. Puis calmé et penaud, il vient s'asseoir à la table de cuisine et pose sa tête entre ses mains, regardant dans le vague. Ses épaules tressautent discrètement. Un peu plus et il va pleurer. Devant cette scène pathétique, Jeanne-d'Arc se radoucit. Elle lui sert même du café. Elle s'assoit en face de lui, ayant perdu toute sa rogne. «C'est bizarre, se dit-elle, comme on perd ses moyens devant un homme qui pleure.» Après un long moment, Victor relève la tête, essuie ses yeux du revers de la main et approche sa tasse de café.

— Elle a déchiré ma photo avec Jean Béliveau, gémit-il d'une voix chevrotante, elle est partie avec le petit, je lui ai rien fait, moi, je l'aime ma femme et si elle est plus là, plus rien en vaut la peine. Vous savez, vous, pourquoi elle est partie? Vous comprenez ça? Je croyais avoir été un bon mari, j'ai fait des centaines de seize heures pour lui payer des p'tits luxes, je ne l'ai jamais battue, je la respecte, j'bois pas, j'sors pas, mon seul vice, c'est de fumer un peu. J'ai peut-être pas été un père parfait, mais tabarnac c'est pas facile d'être un bon père dans ce quartier pourri. Les jeunes nous échappent à douze, treize ans, il manque pas de voyous pour les entraîner et leur crochir les idées. J'ai fait mon possible, moi, mais j'suis pas l'bon Yeu, baptême!

Victor se vide le cœur sans s'adresser à quelqu'un en particulier. Jeanne-d'Arc garde les yeux sur sa tasse de café. Gauchement, Victor se roule une cigarette et cherche du feu dans sa poche. Comme il ne trouve rien, Jeanne-d'Arc se lève et lui donne un carton. Victor s'allume et ferme les yeux. Une idée encore plus pénible que les autres lui dessine un rictus de dépit sur les lèvres. Elle m'a traité de mauvais baiseur. Pourquoi qu'elle l'a pas dit avant, j'aurais pu m'améliorer, je fais comme faisait mon père et comme faisait mon grand-père. Ma mère et ma grand-mère ne se sont jamais plaintes. Je croyais bien faire, pourquoi qu'elle l'a pas dit, viarge? J'aurais pu acheter des livres ou elle aurait pu me dire ce qu'elle voulait; quand on se parle, on se comprend.

Plus rien ne retient Victor, ni la pudeur, ni l'orgueil, une peine profonde, une pénible douleur à l'âme ont soufflé ces barrières naturelles.

— Vous me croirez peut-être pas, madame Jeanne-d'Arc, mais depuis ce matin j'ai un grand trou dans le cœur et ça fait mal, j'vous en passe un papier. J'm'attendais surtout pas à ça, j'suis plus un homme, j'suis plus rien qu'un... qu'un débris, un tas de marde, j'sais pas si vous comprenez, j'suis plus rien.

Ces mots simples touchent Jeanne-d'Arc plus qu'elle ne le voudrait. Elle sent faiblir sa défensive. Victor renifle misérablement.

— J'pouvais pas croire que ça leur déplaisait tant que ça de m'voir photographié avec Jean Béliveau. Jean Béliveau c'est mon idole. On a bien le droit d'avoir une idole, ça compense peut-être quand on est un bon à rien dans tous les domaines. Ça réconforte de voir des gens qui sont capables de faire quelque chose. Si ça la dérangeait de voir la photo, je l'aurais décrochée du mur et j'l'aurais mise dans le tiroir avec mes affaires, ça valait pas la peine de la déchirer en petits morceaux.

Victor essuie une autre larme venue du fin fond de son être. Il n'a pas encore touché à son café.

— Buvez un peu de café, dit Jeanne-d'Arc, ça clarifie les idées.

Elle s'étonne elle-même d'être capable d'un peu de compassion envers un homme qui a défoncé sa porte et forcé son intimité.

Encouragé par cette sollicitude inespérée, Victor tourne la tête en direction de la chambre à coucher.

— Vous savez, dit-il, ce matin encore je vous aurais traitée de vicieuse, j'ai toujours haï les tapettes et les lesbiennes, pour moi c'étaient des pervertis, des dénaturés, mais maintenant je comprends quelque chose. L'amour c'est de l'amour et je sais ce que c'est quand votre amour disparaît en fumée. Je sais qu'on peut souffrir le martyre, il n'y a peut-être pas de différence si t'aimes un homme ou une femme. Chacun a le droit d'être heureux.

Jeanne-d'Arc jette un coup d'œil perplexe à Victor. Elle réalise à quel point le malheur peut changer un homme, un homme d'habitude intolérant, intraitable, indécrottable. Victor avale enfin sa première lampée de café. Il paraît toujours misérable, mais malgré tout un peu rasséréné. Parler à cœur ouvert lui a fait du bien.

— J'voudrais vous poser une question, madame Jeanne-d'Arc, mais sans vouloir vous choquer.

Il attend un signe d'assentiment et se lance.

— J'voudrais savoir si vous et Louise... si... oui, est-ce que vous couchez ensemble?

Jeanne-d'Arc dépose pensivement sa tasse de café.

— Non, répond-t-elle enfin. Moi j'voudrais bien, c'est elle qui veut pas, elle dit que ça la dégoûte.

Victor opine de la tête longtemps, ensuite il se lève.

— J'vas revenir vous réparer vot'porte demain matin sans faute. Chus pas un sauvage, quand j'brise de quoi j'le répare.

Il se tourne et ajoute:

— Si Louise vient vous voir, j'peux-tu vous d'mander de m'appeler.

— J'peux pas vous promettre ça Victor, Louise est mon amie, je ferai ce qu'elle me demandera. Supposez que ce soit vous qui soyez dans mon cas, je suis certaine que votre ami ferait la même chose.

Victor acquiesce encore de la tête, il va pour sortir quand il se retrouve face à face à un policier. Celui-ci examine les débris de la porte.

— C'est ici qu'on a appelé?

Heureusement Jeanne-d'Arc déclare qu'elle ne porte pas plainte, c'est un malentendu. Le flic rouspète parce qu'on l'a dérangé pour rien mais au fond il est ravi de ne pas avoir de constat à rédiger, ou de ne pas avoir d'éclopé à ramasser.

Comme il s'en va, Jeanne-d'Arc donne un coup de balai sur sa véranda. «Ceux-là, ils ne sont pas pressés, se dit-elle, un assassin aurait eu tout le temps de me voler, de me violer et de me tuer par-dessus le marché.»

Sortant de chez le p'tit Boss, BVD se retrouve dehors avec en bandoulière un sac de toile contenant entre autres : une galette de plastic, des détonateurs, des gants en toile, une lampe de poche et quelques autres petits accessoires du parfait cambrioleur. Le p'tit Boss lui a prêté une Toyota vert foncé, dans le coffre de laquelle il y a un pic et une pioche. S'il se fait pincer avec ça, il est bon pour que l'on retire sa libération conditionnelle.

Déjà de grands cernes se dessinent autour de ses aiselles et dans le dos. Le soleil n'arrive pas à percer l'écran de vapeur d'eau en altitude, mais il fait, comme dans une serre, une chaleur moite et oppressante.

BVD réfléchit à toute vitesse. Avant tout, il lui faut une arme ; s'il se fait prendre, s'il doit retourner en prison, il serait fichu. On le retrouverait quelque part avec un couteau dans le dos et encore une fois, on n'arriverait jamais à éclaircir cet assassinat. Vivre en prison dans l'attente de cette éventualité est quelque chose d'infernal, pire que la mort elle-même. BVD a connu quelques détenus dans ce cas qui dépérissaient littéralement, rongés par l'angoisse, qui faisaient de véritables crises de paranoïa, qui tentaient de se suicider et qui perdaient finalement la raison avant de mourir assassinés par une main invisible. Et cela même si les autorités prenaient toutes les mesures possibles pour les protéger.

Pourtant le jeune homme n'a rien à se reprocher, il n'a pas violé la loi du milieu, mais encore là, le hasard l'a desservi et les apparences sont contre lui. Donc, il lui faut une arme à tout prix. Si les choses tournent mal, il ne veut pas se laisser prendre vivant. Parfois, il s'imagine qu'il se tire une balle dans la tête et il sait que s'il hésite, il n'en aura pas le courage ; il fermera les yeux, il fera le vide dans sa tête et il appuiera sur la gachette. Il imagine un éclair jaune qui s'estompe lentement, très lentement et puis le noir absolu, plus rien, comme s'il n'était plus là. Il passe d'un niveau de conscience à un autre. Non ce n'est pas ça, il n'y a pas d'autre niveau de conscience. Il n'est plus là simplement. Alors, il pense à Edgard Cayce, il a lu sa biographie à l'époque où il s'intéressait à la métaphysique. En état de transe, Cayce, par la pensée, s'insinuait dans le corps du malade à guérir. Parfois le malade était mort entre temps. Alors Cayce disait: «Il n'est plus là, il n'y a plus personne». BVD tremblait d'effroi devant cette formule laconique, brutale, définitive.

BVD parcourt trois coins de rues. La Toyota porte dur, deux capotes traînent sur le plancher du côté du passager. Quelqu'un a posé un autocollant sur la petite vitre latérale. «Dieu est un super flic» dit le texte.

Comme il est encore très tôt, il y a une place de libre devant un petit bar qui ne porte pas de nom. Un néon déglingué indique simplement «Bar». BVD parque la petite voiture, verrouille les portes et entre dans l'établissement. Un employé qui, contre toute attente, semble d'une humeur joyeuse, balaie le plancher couvert de sciure.

— Le Merle est là? demande BVD.

— Il est là, répond aimablement l'employé, mais il s'est couché tard et il ne serait pas content qu'on le réveille si tôt.

— C'est un cas d'urgence, réveille-le.

— Si tu veux, mais t'as besoin d'avoir une crisse de bonne raison.

Au bout de dix minutes, le Merle apparaît, couvert d'une robe de chambre luxueuse, ses cheveux sont en place comme s'il sortait de chez le coiffeur, il a l'air indifférent, ni hostile ni amer. BVD regarde son image légèrement déformée dans le chrome d'un distributeur de napperons, puis il regarde le Merle. Le contraste réveille en lui une petite et lancinante crampe de frustration, qui lui rembrunit l'humeur. Le Merle est beau jusqu'à l'indécence, avec sa crinière abondante et lustrée, des cheveux en santé, le teint un peu pâle, le nez droit, des lèvres sensuelles, des dents éclatantes, comme lumineuses, un sourire rendu bizarrement attachant par une timidité à peine présente, une belle tête, mais une tête qui a du caractère.

BVD a déjà vu une tête comme celle-là. Un chanteur romantique, un grand adolescent timide qui troublait aussi bien les vieilles dames que les jeunes filles. Le Merle exerce une forte attraction sur quiconque l'approche. Par exemple, BVD qui n'a pourtant rien d'efféminé se sent attiré par lui. Il n'y a sans doute rien de sexuel dans cette attirance, mais BVD se surprend à réprimer un élan, de la tendresse peut-être, peut-être aussi une sorte d'affection fraternelle. Le Merle est un être que l'on aime facilement à cause de sa grande beauté qui réussit à émouvoir. Comme ces enfants si beaux qu'on les aime tout de suite malgré leurs facéties de petites brutes. «Mieux vaut être beau qu'honnête, se dit BVD, la beauté ouvre toutes les portes, l'honnêteté aurait plutôt tendance à les refermer.»

— Qu'est-ce que tu veux? dit le Merle sur un ton neutre.

— Passe-moi un revolver, Merle, j'en ai besoin.

— Tu connais mes tarifs.

— J'te paierai avant ce soir, je suis sur un coup, tout ce qu'il y a de sûr.

— Je ne suis pas une maison de crédit.

Le Merle se lève, BVD le retient.

74

— J't'en donnerai le double, dix fois ton prix, tu veux que je te signe un papier?

Le Merle hausse un sourcil et regarde ses mains manucurées.

— J'te demande pas de me signer un papier, BVD, j'te demande de me payer le tarif normal. Tu me payes et je te donne un gun.

— Comprends-moi, je suis cassé, mais c'est temporaire. Cet après-midi, j'aurai de quoi acheter toute ton armurerie. Je te l'ai dit, je suis sur un coup important.

— Alors reviens en fin d'après-midi, j'te vendrai tout ce que tu voudras.

BVD soupire tel un agonisant qui rend son dernier souffle. Le Merle a l'air exaspéré.

— Maintenant je peux peut-être dormir? Il y a des imbéciles qui me réveillent pour rien à tout bout d'champ.

— Attends, crie BVD, un système de son, est-ce que ça suffira? J'te donne mon système de son, un Yamaha presque neuf, ça te va?

— Je ne dis pas non, montre d'abord.

— Alors attends-moi, je reviens tout de suite.

D'un bond, BVD est debout et court vers la sortie. Le Merle le regarde aller, une lueur amusée dans l'œil.

«Il y a quand même une justice, pense BVD en roulant dans le quartier. Le Merle est beau comme un dieu mais aucune femme, même la plus sexée ne peut le faire bander. Il s'intéresse aux garçons, aux adolescents. Ça doit être mortel, les femmes s'abattent sur lui comme des mouches sur une tache de sang et il est obligé de leur expliquer qu'il préfère les petits angelots blonds aux yeux bleus et à la peau satinée.»

Les femmes ne lui pardonnent pas son inclination et elles lui en veulent monstrueusement. Juste retour des choses, chacun ses malheurs.

De justesse, BVD évite une sorte de fou à vélo qui fonce aveuglément sans tenir compte des voitures et des piétons. Le cycliste parle tout seul et sa main droite frappe le vide comme s'il se trouvait devant un boxeur adverse. L'homme marmonne inlassablement un bout de phrase. Quelque chose comme «déchirer Béliveau». BVD n'y comprend rien. Il accélère pour distancer le cycliste le plus vite possible.

Plus loin, un dissident a accroché le drapeau unifolié sur son balcon. Grimpés dans un arbre voisin, des enfants essaient de l'attraper, obéissant aux directives d'un grand jeune homme en T-shirt. Quand celui-ci réalise que les enfants n'y parviendraient pas tout seuls, il grimpe dans l'arbre à son tour. Le feu tourne au vert et BVD manque la suite. Soudain, la Toyota se met à tanguer et devient incontrôlable. BVD se gare et sort constater les dégâts. Le pneu éclaté s'étale en lambeaux sur le pavé. Réprimant une série de jurons, BVD ouvre la valise à la recherche du cric et du pneu de rechange. Il jure encore quand il constate l'absence de pneu de secours. Comme il s'essuie le front, son regard tombe par hasard sur une petite japonaise jaune qui achève de rouiller dans une étroite et sombre allée. Sifflant en espérant que tout se passe bien, BVD s'accroupit le long de son flanc et s'affaire à en retirer une roue. Deux minutes plus tard, il installe celle-ci à sa voiture. Puis, il examine les autres pneus, ils sont pourris, usés jusqu'à la corde.

Un peu plus loin, le grand adolescent à réussi à décrocher l'unifolié mais le locataire des lieux apparaît au balcon avec une carabine à plomb; intimidé, le jeune grimpeur dérape et atterrit en catastrophe.

Passé inaperçu, BVD démarre et s'éloigne. Devant un collège, une fanfare de garçons en uniformes bleus fait une ultime répétition; à l'écart, un groupe de majorettes s'entraînent à rouler, lancer et rattraper adroitement leurs cannes. Dans sa niche de pierre, le saint patron du collège observe la scène d'un œil bienveillant. Un personnage émacié observe aussi la scène d'un œil moins bienveillant. BVD le connaît, c'est un homosexuel qui attire les garçons, avec des babioles. Il ne leur fait jamais de mal, se contentant de leur caresser les fesses. Si le gamin crie, il se sauve à grands pas apeurés. La police le connaît bien aussi, ils le tiennent à l'œil et le ramassent lorsqu'ils ont un instant de répit, juste pour l'intimider.

Enfin, BVD s'arrête devant la maison à deux étages où habitent ses parents. Pensivement, il contemple la vieille maison délabrée aux briques usées, les châssis de bois jadis peints en vert se cloquent et se dénudent. Un escalier latéral mène au deuxième, quelques vieux fauteuils défoncés veillent sur la galerie. Tout ça à l'air triste et déprimant, vieux et désolé. En montant les marches, BVD se voit assailli par ses souvenirs. Il se revoit à douze ou treize ans, quand prenant appui sur l'étroite corniche qui longe le mur, il entrait ou sortait incognito. La manœuvre était délicate, surtout de nuit, mais BVD était adroit, un vrai petit singe.

Comme il va frapper, un petit chien d'un blanc sale survient de nulle part, aboie rageusement et comiquement grimpe dans l'escalier. C'est Princesse, la petite chienne de sa sœur; c'est un bâtard mais elle ressemble vaguement à une chienne de race papillon. BVD s'accroupit face à l'escalier.

— Beau chien, beau chien, tranquille, tout doux.

La petite bête s'arrête à trois pas et aboie de plus belle, puis elle éternue et gronde en montrant les crocs. Conciliant, BVD tend la main pour la caresser, mais la chienne lui plante ses petits crocs pointus dans la paume. Vivement, BVD retire la main et se redresse. Princesse exécute un rapide volte-face et dévale l'escalier. Suçant sa plaie, BVD jette un regard hostile à l'animal qui du haut de sa petitesse semble le narguer.

— Sale bâtard, grommelle BVD.

«Et pis quel nom imbécile, se dit-il, un nom donné par un débile. Il doit y avoir cinquante Princesse rien que dans le quartier. Quand on a pas l'imagination pour donner un nom décent à un chien, on devrait s'en passer. Et pis encore, quel est l'imbécile qui a dit que les bêtes sentent qu'on les aime?» Lui, il aime les bêtes, toutes les bêtes, mais particulièrement les chats et les chiens. Pourtant en sa présence, les chiens grognent et les chats griffent et mordent. BVD a pris sa leçon, où qu'il aille il évite de caresser chiens ou chats. Cette fois, il a cru que Princesse l'avait reconnu. Cette situation l'attriste, secrètement il voudrait que les bêtes viennent à lui avec confiance comme elles le font devant certains individus. «Pourquoi est-ce que les bêtes ne m'aiment pas?» Il a souvent réfléchi au problème sans trouver de réponse véritable.

Sur les entrefaites, sa sœur Pascale apparaît, venant de l'avant, c'était elle qui avait baptisé Princesse. Comme d'habitude, on dirait qu'elle s'efforce de se montrer désagréable.

— Qu'est-ce que t'as fait à Princesse encore?

— J'y ai rien fait à ta sale imitation de chien mais si j'lui r'vois la face, je l'envoie voler de l'autre côté de la rue.

— Toi quand t'arrives, tu amènes le trouble avec toi.

— Qu'est-ce que t'en sais, p'tite idiote?

— J'suis peut-être idiote, mais j'sors pas de prison, moi.

— Vas-y pas, y te garderaient pas, t'es trop bêtasse.

Ignorant la réponse de sa sœur, BVD pousse la porte. Sa mère est en train de faire son repassage. Elle ne lève pas les yeux mais elle débarrasse une chaise pour lui permettre de s'asseoir.

— Te déranges pas, dit BVD, je ne reste pas longtemps, juste le temps d'aller chercher mon ampli.

La mère ne répond pas mais elle abandonne sa tâche pour faire du café. BVD s'adosse au mur de la cuisine.

— Le vieil ivrogne n'est pas là?

— Respecte ton père, proteste la vieille femme.

BVD se penche sur sa mère et la regarde droit dans les yeux.

— Pour ça, il faudrait qu'il soit respectable.

— Je ne sais pas si Dieu vous pardonnera.

— Je ne lui en demande pas tant, 'man, qu'y se contente de lui donner une cirrhose du foie, cancéreuse de préférence, c'est tout ce qu'il mérite le salaud.

— Tu parles de ton père, tu parles pas du chien.

— C'est la même chose, 'man... tiens, toi tu l'as enduré toute ta vie, je ne sais pas comment t'as fait, t'es une sainte femme, une martyre. Il t'a empoisonné la vie, il a fait de toi une femme triste, une vieille femme amère, résignée et malheureuse.

Comment est-ce que tu fais pour endurer ça encore et encore?

En silence, la vieille femme pose deux tasses de café sur la table.

— Juste une gorgée, dit BVD, je ne veux pas que le vieux débris me surprenne ici. Pas pour moi, je m'en fous, mais il est encore capable de te faire chier pendant six mois pour ça.

BVD se rapproche de sa mère et pudiquement, il touche son épaule, la chair de son bras est blanche, molle et flasque.

— T'as l'air fatiguée, 'man, est-ce que ça va?

— Je dors pas assez, mais ça ira. Le docteur m'a prescrit des valiums.

— N'en prends pas trop, ce sont des cochonneries. Pourquoi tu n'irais pas chez ta sœur un mois ou deux?

— Y faut que je m'occupe de la maison et il y a la petite.

— Cette petite bêtasse, pourquoi est-ce qu'elle ne te donne pas un coup de main. Tu te ruines la santé et cet enfant pourri se laisse torcher comme une altesse royale.

— Y faut bien que jeunesse se passe.

BVD soupire, puis soudain, ses yeux s'animent.

— Tiens, fais ta valise, ce soir je viens te chercher et on va se payer deux semaines à l'Auberge des Pins. Non, non, ne réponds pas, c'est entendu et c'est réglé, je viens te chercher vers sept heures et veux, veux pas je t'emmène. Bon, je vais chercher mon ampli.

Un épais voile de tristesse assombrit encore le regard mouillé de la vieille femme.

BVD pousse la porte de la chambre qui était la sienne, la tablette qu'il avait fixée au mur est

80

toujours là, mais pas l'ampli. Un peu inquiet, BVD revient à la cuisine.

— Où est mon ampli, 'man?

Sa mère lève une paupière lourde, son regard désenchanté indique le placard à balai. Devinant déjà ce qui s'est passé, BVD se précipite vers le placard. Il y a là trois caisses de vingt-quatre bières et une demi-douzaine de quarante onces de De Kuyper.

—Le vieux sacrement, il a vendu mon ampli pour boire.

La vieille femme n'ose regarder son fils. BVD plaque ses deux mains sur la table d'arborite. Il prononce distinctement, les traits déformés par la rage:

— Mais c'était à moi, 'man.

Pris d'une fureur aveugle, BVD attrape les bouteilles de gin et les fracasse violemment contre le profond évier de fonte. Les débris de verre fusent dans toutes les directions, l'alcool gicle sur les murs, sur le plancher et coule dans l'évier. Après le gros gin, BVD s'attaque à la bière. Il se blesse à la main et s'éponge le front déposant du sang partout sur son visage. Ainsi maculé, il paraît démoniaque, sa mère prend peur, ses lèvres balbutient des mots inaudibles. Enfin BVD se calme un peu, penché sur l'évier, les mains posées sur des éclats de verre, il retrouve son souffle. Personne n'a entendu venir le père. Hébété, celui-ci tente de se faire une idée. Puis il comprend le désastre et la colère l'emporte.

— J't'ai déjà dit de ne plus jamais remettre les pieds ici, hurle-t-il à BVD.

Celui-ci se retourne d'un bloc et pointe un index tremblant en direction de l'ivrogne.

— Toi, vieux dégoûtant, compte-toi chanceux. C'est à cause de 'man si je te casse pas ta sale gueule. Tu peux la remercier, dégénéré.

L'homme bombe grotesquement le torse et lève les poings. Ses cheveux semblent s'électriser, les nerfs de son cou se tendent à se rompre, les veines de ses tempes se gonflent à éclater.

— J'suis peut-être plus très jeune, mais je peux encore sortir un baptême de gibier de potence de chez moi.

— N'essaie pas ça ou j'te tue.

— Sors d'ici, rat de prison, vide les lieux, j't'ai interdit de v'nir salir ma maison.

— T'as eu le front de vendre mon ampli, vieux criss de sale.

— Tout ce qui est dans ma maison est à moi, y faut que tu viennes mettre ta marde icitte, sors d'icitte ou j't'étripe.

L'homme s'empare d'un couteau à viande et s'approche. La femme semble sur le point de défaillir. Les bras en croix, BVD vient se planter devant le couteau. Les deux hommes s'entre-déchirent des yeux.

— Frappe, rugit BVD, t'es même pas capable, t'es trop lâche, t'en as pas le courage, vas-y, frappe, vieux résidu. T'as jamais eu le courage de rien faire. T'as jamais eu le courage de te tenir debout. Tu ne respectes rien, pas même ta femme et tes enfants, tu ne te respectes pas toi-même. Tu as marié ta femme sans avoir le courage d'admettre que tu ne l'aimais pas, t'as jamais aimé personne. T'as jamais eu le courage de te regarder en face, t'as jamais eu le courage de vivre une seule journée sans te soûler la gueule. T'as même jamais eu le courage de gagner honnêtement ta drogue. Si t'es pas devenu un gibier de potence comme moi c'est parce que t'as eu peur, t'étais trop lâche, c'était plus facile de frauder le chômage et le bien-être. T'as l'âme du voleur sans en avoir le courage. Un voleur par effraction, t'aurais peur de braquer le dépanneur. T'es un peureux et un sans-cœur. T'as jamais pris la peine de jeter un regard affectueux sur cette femme qui te torche depuis trente ans, pas un seul regard de tendresse sur les enfants que t'as faits. T'es un pauvre type, lâche et faible, tu t'apitoies sur ton sort, pauvre petit homme misérable, pas de temps pour les autres, juste assez de temps pour gémir. Ça un homme, moi j'appelle ça un torchon sale. Tout ce que t'as jamais aimé dans ta petite vie, c'est ta crisse de bouteille.

BVD brandit un éclat de verre tranchant.

— Embrasse-la ta crisse de bouteille, baise-la ta crisse de bouteille, dors avec ta crisse de bouteille, t'as jamais rien aimé d'autre. Je t'le rends bien, j'te chierais dans'face, ta fille bêtasse rit de toi avec ses petites copines aussi idiotes qu'elle et ta propre femme te maudit. Y'a pas une maudite créature sur cette terre qui t'aime bien. C'est ça que tu voulais, tu l'as, plains-toi maintenant, y'a d'quoi se plaindre.

BVD respire à grands coups plusieurs fois, puis son débit devient plus lent, mais plus incisif encore.

— T'es une guenille, un torchon sale, t'as jamais eu le cœur de dire à cette sainte femme que tu l'aimes.

L'homme ferme les yeux et lentement, très lentement abaisse son arme. Puis en traînant les pieds, il s'en va s'enfermer dans sa chambre. BVD baisse enfin les bras, il paraît hagard. Sa mère rassemble ses forces et balbutie d'une voix blanche:

— Dieu vous punira tous.

BVD se redresse.

— Non, 'man, Dieu ne me punira pas ou alors si ton Dieu croit que je mérite l'enfer, qu'il m'y crisse en enfer. J'ai pas tué personne, j'ai volé parce qu'on me refusait du travail, j'ai jamais volé un plus pauvre. Si j'ai mérité l'enfer, oké, ça va pour l'enfer, mais qu'y me laisse jamais une parcelle de vie ton Dieu parce que j'emploierai chaque instant de mon existence pour lui briser les reins, même mort, même au fin fond de l'enfer.

Un silence très lourd ponctue cette déclaration solennelle. Après quoi, BVD sort en claquant violemment la porte. Il dévale l'escalier. En bas, Princesse s'écarte prudemment. Encore secoué par son accès de colère, il s'installe au volant de la Toyota et démarre.

Si tout va bien, il viendra chercher sa mère tout de suite après le coup du magasin des alcools. Si le vieux ose s'interposer, il l'écrase comme un pou. Pascale, la grande échalotte saura bien se faire cuire des œufs pendant deux semaines.

Ensuite en roulant, BVD sent venir les remords. Ce sera encore sa mère qui paiera pour les pots cassés. Il faudra qu'elle nettoie les dégâts et qu'elle endure les reproches de l'ivrogne. BVD se promet de lui faire la vie douce pendant au moins quelques semaines. Pour une fois, elle se laissera servir. Elle prendra un peu de soleil et il y a à l'Auberge des Pins plein de petits sentiers bordés de fleurs. BVD sait que sa mère ne voudra pas quitter la maison, mais il l'enlèvera s'il le faut. Tout à coup, il se dit qu'il faut absolument que ça marche, la pauvre femme a bien mérité une petite pause. Aussi, il n'aurait pas dû lui parler sur ce ton. Elle croit en Dieu et il sait qu'il lui a fait une peine énorme.

Pendant ses périodes d'insomnies, elle prie des nuits entières pour que Dieu leur donne la foi, à lui et à son mari. Et pourtant, ses prières ne sont jamais exaucées. BVD se durcit un peu plus tous les jours et son père n'est qu'une plaie purulente qui secrète le fiel, l'amertume, le découragement, une momie trop ravagée, trop rapetissée, trop humiliée, pour encore connaître le moindre élan vers le haut. Pour sa part, Pascale, en parfait sépulcre blanchi, se ménage une petite porte de sortie lorsqu'il s'agit d'exprimer sa foi. Disant croire en Dieu, elle se rend à la messe tous les dimanches, mais c'est sans sincérité, juste au cas, une attitude qui confirme encore sa petitesse et sa mesquinerie. BVD éprouve un dégoût méprisant devant autant de lâcheté et de calcul intéressé.

«Pauvre femme, compatit BVD en revenant à sa mère. Comment croire à un Dieu qui permet toutes ces abominations? S'il voulait vraiment l'aider, le bon Dieu, il lui planterait un revolver dans la main.» Avec tout ça, BVD n'a pas de quoi payer le Merle mais en désespoir de cause, il lui vient une autre idée.

— Comment vous écrivez ça, demande le vieux policier installé devant une archaïque machine à écrire.

Regardant Juliette Risotto du coin de l'œil, il est visible qu'il a hâte d'en finir.

— R-I-S-O-T-T-O, épelle Juliette.

— Ça s'est passé quand?

— Il y a juste une demi-heure.

Juliette répond vivement comme si chaque seconde de gagnée était capitale. N'arrivant pas à sécher ses yeux, elle distingue mal les traits du policier. Elle n'arrive pas à chasser de son esprit l'image du petit garçon, son bébé, entre les mains d'un maniaque. Tout aussi troublée que la mère, à ses côtés, Juanita fume cigarette sur cigarette.

Le policier prend bien son temps et l'intervalle entre chaque «clac» du clavier semble interminable. Juliette s'impatiente. Un peu plus elle se lèverait pour aller secouer ce fonctionnaire lambin. Mais elle se contrôle, elle se dit qu'au moins elle fait quelque chose de concret. Répondre à des questions vaseuses est encore mieux que de ne rien faire du tout. De toute façon, elle ne saurait quoi faire. Où chercher? qui chercher? elle n'en a aucune idée.

Enfin, après un interrogatoire long et pas toujours pertinent — selon les critères de Juliette —, le policier envisage brutalement quelques hypothèses plausibles.

— Votre mari a-t-il déjà manifesté la volonté d'obtenir la garde de l'enfant?

— Non, non, répète Juliette, si vous pensez à lui, il vaut mieux laisser tomber. Mon mari ne s'est jamais intéressé à son fils, il ne sait même pas son nom.

— Où habite-t-il?

— À Toronto.

— Plus précisément?

D'impuissance, Juliette laisse échapper un petit sanglot.

— Mais je ne sais pas, moi, tout ce que je sais c'est qu'il habite Toronto, le quartier italien.

— Vous voyez bien qu'elle ne sait pas, intervient Juanita. Faites vite s'il vous plaît, mon amie est très inquiète, nous sommes très inquiètes.

Le policier jette un coup d'œil peu amène à cette femme à l'accent étranger; puis déposant sa cigarette, il choisit soigneusement un stylo qu'il tend à Juliette.

— Veuillez signer ici s'il vous plaît.

Après quoi, il leur indique un banc de bois le long du mur.

— Je reviens tout de suite, attendez-moi là.

Tout de suite signifiait vingt minutes et plus. Juliette croisait ses mains, les décroisait, soupirait, changeait de position, regardait l'horloge à chaque minute, trépignait et se séchait les yeux sporadiquement. Cent fois elle veut partir d'ici, chercher son enfant, faire quelque chose, n'importe quoi, mais elle se raisonne puis elle s'impatiente à nouveau. Mais qu'est-ce qu'ils font donc? Pourquoi est-ce si long? Quelle perte de temps alors qu'il aurait fallu alerter chaque auto patrouille, mobiliser chaque policier, mobiliser l'ensemble du commissariat, tout mettre en branle pour retrouver son bébé. Au lieu de tout ça, on la fait attendre indéfiniment sur ce banc stupide. Le policier qui l'a interrogée est disparu à l'angle d'un corridor et Juliette jette de fréquents coups d'œil angoissés dans cette direction. Elle est tellement survoltée qu'elle ne voit pas vraiment les gens qui l'entourent sauf, bien sûr, Juanita. Un jeune homme décharné, couvert de haillons, les cheveux vert et orange se ronge anxieusement les ongles. Une prostituée se tient dignement droite et ne regarde personne. À ses côtés, un gros monsieur renifle bruyamment.

— Ça pue ici, maugrée-t-il.

La prostituée l'ignore.

— Ça sent la vache, reprend le gros homme au costume froissé, en regardant carrément sa voisine.

— Les cochons puent encore plus que les vaches, débite calmement la fille sans cesser de regarder le mur en face d'elle.

— Tu me traites de cochon, ma grosse plotte?

— J'te traite pas de cochon, j'te traite de purin de cochon.

— T'as du front tout l'tour d'la tête, grosse foireuse, t'as le nez fin pour une morue pourrie. Madame se vautre dans la marde et lève le nez sur un honnête citoyen.

— Des honnêtes citoyens comme toé, y'en a plein les prisons, les bordels et les asiles.

— J'me mettrais pas la queue dans ta bouche, j'aurais peur de m'la salir.

— J'voudrais pas d'ta queue pour boucher un trou de pot de chambre et...

L'arrivée inopinée d'un inspecteur met une fin abrupte à cet échange de mots particulièrement vulgaires.

— Madame Risotto, voulez-vous me suivre!

Juliette se lève vivement et Juanita la suit. Le gros homme renifle encore et d'un air dégoûté fixe le plancher.

Juliette, Juanita et l'inspecteur longent encore quelques longueurs de corridor le long duquel patientent morosement quelques autres éloquents déchets de la société. Puis l'inspecteur ouvre une porte de bureau. Un vrai bureau qui donne sur une vieille bâtisse de brique de style victorien. Sur le côté de l'immeuble, des gamins jouent dans l'escalier de secours rouillé et branlant en faisant grincer et couiner le métal rongé.

Sourd à ce bruit parasite, l'inspecteur lit de toute évidence le rapport rédigé par le vieux flic de tantôt. Il s'agit d'un petit homme rougeaud, presque chauve, avec une figure avenante et qui tète constamment une pipe éteinte. Sans dire un mot, il décroche le téléphone.

— Élias, ici Comeau, peux-tu me dire où se trouve la mère Mouchel?

Un temps mort pendant lequel Comeau dépose sa pipe dans un grand cendrier de verre brun. Puis:

— C'est bien ce que je pensais, merci.

L'inspecteur s'adosse et pour la première fois, regarde les deux femmes tour à tour. Réfléchissant, il se projette en avant et pose ses coudes sur le bureau.

— Madame Risotto, connaissez-vous quelqu'un qui aurait une raison quelconque de vous enlever votre enfant?

— Non personne.

— Ne répondez pas trop vite. Réfléchissez.

— J'ai beau réfléchir, je ne vois pas.

— J'ai cru comprendre que votre mari ne réclame pas la garde de l'enfant?

— Non, je l'ai déjà dit! clame Juliette en haussant le ton.

— Calme-toi, intervient Juanita.

Reconnaissant à l'égard de Juanita, l'inspecteur revient à Juliette.

— Je vais vous dire ce que j'en pense. Il y a dans le quartier une vieille femme un peu dérangée. Elle a perdu son enfant il y a vingt-cinq ans et elle ne s'est est jamais remise, elle est restée un peu troublée. Elle a déjà enlevé dix, douze bébés jusqu'ici. Rassurez-vous, elle ne leur fait aucun mal, elle croit

simplement avoir retrouvé son enfant. Habituellement, on retrouve l'enfant dans la journée et on
ramène la malade à l'institution psychiatrique.

— La mère Mouchel?

— Oui, c'est une dame Dumouchel, elle est
sortie de l'institution il y a quatre jours.

— Pourquoi la laisse-t-on en liberté?

— Madame, les hôpitaux, les institutions comme
les prisons d'ailleurs sont surpeuplés. Ça coûte très
cher aux contribuables. Parfois on se voit obligé de
se séparer de certains de nos éléments jugés les plus
inoffensifs. La criminalité augmente alors que les
budgets stagnent quand ils ne régressent pas simplement. Personne ne fait de miracle.

— Qu'est-cé qué vous allez faire? s'informe
Juanita.

— Je vais mettre deux hommes là-dessus et je
vais faire émettre le signalement de la mère Mouchel
à toutes les voitures-patrouilles. Maintenant, vous
devriez rentrer chez vous, je vous tiendrai person-
nellement au courant.

— Je ne peux rien faire? demande Juliette
quelque peu réconfortée par ce programme.

— Non, répond doucement l'inspecteur
Comeau, rentrez chez vous et reposez-vous, ne vous
inquiétez pas trop, je parie ma chemise que la mère
Mouchel est là-dessous. Elle ne fait jamais de mal
aux enfants qu'elle enlève. Nous allons ratisser le
quartier. Ne perdez pas confiance.

L'inspecteur Comeau voudrait bien s'en
convaincre complètement. Évidemment, il y a de
fortes chances qu'on ait affaire à la mère Mouchel,
mais de nos jours, on enlève des enfants pour des
tas de raisons: du maniaque sexuel jusqu'au trafiquant
de bébés sur le marché noir. La semaine passée un

adolescent bourré de LSD a enlevé une petite fille et l'a mise au congélateur. Il croyait avoir volé un poulet à une ménagère.

Comeau ne sait même pas s'il aura deux hommes à mettre sur cette affaire, le service est débordé; en fait, le service est constamment débordé, mais il fera un effort spécial. Parmi tous les cas auxquels il a été mêlé, l'enlèvement d'un enfant est toujours le plus pénible.

Une fois dans la rue, Juliette se laisse aller à une crise de larmes.

— Viens, dit doucement Juanita, jé vais té faire dou café, dou vrai café. Dans mon pays, les hommes sont mineurs, des mines de cuivre. Quand ils sortent dé là, épouisés après oune journée dé seize heures, ils arrivent à peine à se traîner jusqu'au lit. Ils plient sous la fatigue, moulus dé courbatoures et dé crampes, parfois ils s'endorment sous la douche. Mais les femmes connaissent lé rémède miracle; dou café dans léquel elles mêlent oune peu d'épices en poudre, des épices spéciales. Cette mixture réveillerait oune statoue dé bronze et dans la ploupart des familles, il y a quand même six ou sept gamins autour dé la table. C'est té dire l'efficacité dé la potion.

Juliette s'arrête et se crispe.

— Juanita, ils ont enlevé mon bébé.

Une lueur de folie brille dans ces grands yeux mobiles et brillants.

— On lé rétrouvera, affirme la Chilienne, ces hommes connaissent leur métier, cé soir tou tiendras ton bébé sur ton corazon.

L'autobus s'arrête pour les prendre, quelques passagers jettent un coup d'œil perplexe sur cette femme éplorée, pâle et défaite.

Chez Juliette, Fisette a remis son slip et il ronfle sonorement bras et jambes écartés. Il a rejeté le drap, sans doute à cause de la chaleur. Les muscles de ses bras et de ses cuisses s'affaissent, il respire du ventre et grogne dans son sommeil.

— Tou veux qué jé lé déboule dans l'escalier? propose Juanita.

— Non, répond Juliette, comme si la présence de son patron dans son lit n'avait plus aucune espèce d'importance. En fait, rien n'a plus d'importance tant qu'on ne lui aura pas rendu son bébé.

— Alors viens chez moi, jé vais faire lé café aux épices. Après, tou té sentiras mieux.

Juliette amorce le mouvement de se lever mais elle se ravise.

— Non, si l'inspecteur appelait.

— J'entends le téléphone dé chez moi, les moures sont en papier journal, jé viendrai répondre.

— Non, répète Juliette, il vaut mieux que je reste ici.

— Bon dans cé cas, jé vais aller chercher lé nécessaire, mais ferme cette porte, ajoute-t-elle en indiquant la chambre à coucher, sinon cette vision pourrait mé dégoûter à jamais dé l'amour.

Juanita prépare le café en chantonnant en sourdine. Elle fait des efforts méritoires pour forcer Juliette à se détendre un peu, mais sans obtenir de résultats palpables. Juliette a l'air d'une bête traquée, une bête qui tend tous ses mucles devant l'attaque féroce du prédateur. Elle semble prête à tenter le tout pour le tout pour sauver son petit, affichant une détermination farouche. Elle ne touche pas à son café.

— Juanita, allons chercher cette femme, elle ne peut pas être loin, cherchons aux alentours.

Juliette s'était levée et poussait Juanita vers la porte.

— Oui, tou as raison, admet Juanita.

Au bas de l'escalier, jouent quelques enfants, garçons et filles. Personne n'a vu le kidnappeur sauf peut-être un petit rouquin qui prétend avoir vu quelqu'un prendre le bébé, le mettre dans un landau et «partir par là». Il indique l'ouest. Malgré ses questions insistantes, Juliette ne parvient pas à savoir si ce quelqu'un est un homme ou une femme, le gamin dit qu'il ne se souvient pas. Une fillette aux cheveux raides affirme que le garçon vient tout juste d'arriver et qu'il n'a rien vu.

— Qu'est-cé qué l'on fait? demande Juanita.

— On va par là, décide Juliette, de toute façon c'est le seul indice qu'on a.

— Et si la police appelle?

— Nous retrouverons mon bébé avant eux.

Il n'y a plus que quelques badauds qui s'attardent devant la pension où on a commis un meurtre la nuit d'avant. Juliette et Juanita marchent à grands pas, s'arrêtant devant les vitrines pour inspecter l'intérieur des magasins.

Poinsettia sait qu'il lui faut prendre une décision rapide. Son client peut s'apercevoir de sa méprise et revenir d'une minute à l'autre. Mais elle n'a jamais vu autant d'argent et cette vision lui coupe le souffle. Pendant une seconde, mille projets défilent dans sa tête. Si elle vole cet argent, il lui faudra disparaître. Elle a une amie qui travaille à Toronto. Pourquoi ne pas aller la rejoindre et mener une vie de château pendant un an ou deux? Non, Poinsettia déteste Toronto et elle déteste encore plus ses habitants, des blocs de glace qui doivent se soûler avant de se défouler. Mais surtout, pourquoi est-ce qu'elle partagerait le magot avec Mado? Elle n'est même pas une vraie amie. Poinsettia pourrait aller en Europe, mais elle ne connaît personne là-bas et elle est du genre à ne rien faire toute seule, il lui faut de la compagnie. Pourquoi ne pas rejoindre sa petite sœur à la campagne? Non, il serait trop facile de la retrouver. Poinsettia s'amuse à examiner toutes ces alternatives, mais elle sait déjà ce qu'elle fera. Elle ira rejoindre son maquereau et elle laissera l'Acteur décider pour elle. Poinsettia n'aime pas se faire d'illusions, particulièrement sur sa liaison avec l'Acteur, mais ce n'est pas le moment de s'arrêter à ça. Si ces relations lui paraissent fragiles peut-être que quatre-vingt mille dollars méritent de reconsidérer le problème et de le voir d'un autre œil. L'Acteur n'est pas insensible à l'argent et peut-être montrera-t-il plus d'égards envers elle qui lui en offre plus qu'il ne l'aurait espéré. L'Acteur est un homme vénal, égoïste, sans chaleur, sans sensibilité, une brute et un vaurien, mais il est beau selon les critères de Poinsettia et elle l'aime; aussi bizarre que ça puisse paraître, Poinsettia aime les brutes et les vauriens. C'est bizarre, se dit Poinsettia, les prostituées ont tendance à s'acoquiner avec le bon à rien de la pire espèce. Peut-être qu'à cause de leur style de vie, elles écartent inconsciemment de leur vie les types évoluant à l'extérieur de leur milieu, peut-être aussi à cause de ce sentiment de culpabilité que leur impose tôt ou tard la société, peut-être à cause de ces vagues, mais lancinants remords qui inévitablement leur hantent la cervelle. Les guidounes finissent par croire — peut être à raison, peut-être à tort — qu'elles sont indignes de l'honnête et sage petit mari fréquentant régulièrement le bureau et l'église paroissiale.

Avec l'Acteur, c'est différent. L'Acteur est une fripouille, les fripouilles avec les fripouilles. L'Acteur connaît le tabac, il sait à quoi s'attendre, il connaît la vie et la misère. Le délabrement de l'âme et les faiblesses du corps. Il connaît la faim, toutes les catégories de la faim, celle qui fait geindre, supplier, celle qui fait s'humilier, celle qui fait trahir, celle qui rend lâche ou véreux, celle qui nous fait démissionner, celle qui nous avilit, celle qui fait tricher avec les autres et avec soi-même. L'Acteur juge selon d'autres critères où les principes n'ont pas leur raison d'être. Les principes sont les choses les plus puissantes du monde lorsqu'ils ne servent pas. Les principes sont les choses les plus fragiles du monde lorsqu'on vient pour les appliquer.

L'Acteur méprise profondément les prostituées, mais en même temps, il sait qu'elles sont de sa race. Il sait bien les reconnaître et coexister. Paradoxalement, il ne pourrait pas vivre sans elles, comme le champignon qui détesterait le fumier, mais qui sait que le fumier lui est essentiel pour sa croissance. L'Acteur ne pourrait pas vivre dans un monde aseptisé qui ne donnerait pas prise aux travers humains, au vice, à la basesse, à la veulerie.

Son idée étant faite, Poinsettia s'abstient de prendre quoi que ce soit parmi ses pauvres affaires. elle referme la mallette, ne prend pas la peine de verrouiller sa porte, descend l'escalier et court à toutes jambes vers le meublé de son maquereau.

Relativement jeune, l'Acteur ressemble à un chanteur western célèbre. Il a déjà fait de la figuration dans un film de Jean-Claude Lord, c'est pourquoi on l'a surnommé l'Acteur. Assez petit, mais costaud, l'Acteur paraît bourru.

— J't'avais dit de ne pas venir me déranger chez moi.

Sans tenir compte de la remarque, Poinsettia file tout droit vers la table de la cuisine et sans avertissement ouvre la mallette. L'Acteur en reste bouche bée. Son regard incrédule va de la mallette à Poinsettia et de Poinsettia à la mallette, ses yeux éberlués posant un tas de questions muettes.

— Un client a laissé ça chez moi, explique finalement la fille ravie par la mine ahurie du souteneur.

Retrouvant subitement son sang-froid et sa bonne humeur, l'Acteur soulève Poinsettia de terre et se met à rire à gorge déployée. Il la promène partout autour de la pièce, la dépose enfin et l'embrasse partout sur le corps.

— On est riches, ma sardine. On est riches.

Puis redevenant soucieux:

— Combien y peut-y avoir là-dedans?

Poinsettia ne sait pas. Pour se calmer de ses émotions, l'Acteur se verse et avale deux doigts de vodka pure. Il réfléchit laborieusement, son front se plisse et ses narines palpitent au rythme accéléré de son cœur. Soudain, il retrouve sa sérénité et un sourire large et chaleureux. Il prend deux billets de cent dollars dans sa poche et les tend à Poinsettia.

— Cours t'acheter une robe, une paire de souliers, un sac, l'essentiel, on file, ma p'tite sardine.

N'en croyant pas ses oreilles, Poinsettia jubile comme la jeune fille demandée en mariage par le plus bel officier de toute la cavalerie.

— Je reviens tout de suite, dit-elle en embrassant son compagnon.

— Fais ça vite ma jolie, je t'attends, je prépare une valise. Surtout ne retourne pas chez toi.

Soudain, Poinsettia réalise qu'aujourd'hui c'est la Saint-Jean et que les magasins sont fermés.

— Ah, dit l'Acteur, va chez Irène, je vais l'appeler, elle ouvrira juste pour toi, passe par la maison.

Poinsettia disparaît en sautillant, l'Acteur contemple sa nouvelle fortune, l'air incrédule.

Partagée entre le désir de faire vite et celui de magasiner, Poinsettia s'admire dans le miroir sur pied, une petite robe de coton jaune plaquée contre son corps. Le jaune lui va bien, le jaune c'est gai et ensoleillé. En robe de chambre, Irène l'observe d'un œil faussement bienveillant, mais secrètement envieux et hostile. Elle semble ruminer de mauvais souvenirs. L'Acteur l'a laissé tomber pour cette bécasse stupide et l'affront encore tout frais dans sa mémoire lui bloque la gorge comme une arête qui ne voudrait pas passer. Mais elle joue le jeu de la dignité bafouée et elle sait une chose, l'Acteur lui reviendra. L'Acteur batifole à gauche et à droite, mais il revient toujours à Irène. Il a besoin d'elle comme l'enfant a besoin que sa mère le regarde quand il va dans une cave obscure. Elle sait bien ce qui l'attire chez elle. Son assurance, son sens pratique, une certaine façon de voir les choses et une sorte d'autorité qui l'intimide. Avec elle, il n'y a pas de chichi, les choses sont claires et nettes, elle sait où elle va et elle y va rondement. L'Acteur, malgré les apparences, est resté un grand enfant, il aime se faire rabrouer et houspiller à l'occasion. Pas par n'importe qui cependant. Ce qu'il accepte de la part d'Irène, il ne le tolèrerait pas de la part de Poinsettia ou de quiconque d'autre. Irène a la manière; avec elle, l'Acteur retrouve sa mère et l'Acteur éprouve un trouble plaisir à se faire gronder. Par contre, Irène s'imagine facilement dans les jupes d'une grande sœur qui s'attendrit sur l'épaule du grand garçon qui a mal tourné faute d'affection adéquate. Le caractère franchement voyou de l'Acteur l'a séduite et l'émeut. Irène aussi aime les mauvais garçons et au fond d'elle-même malgré ses vives remontrances, elle ne voudrait pas qu'il change pour tout l'or du monde. Elle n'a jamais essayé d'analyser à fond toutes les fibres intimes de ces liens qui l'unissent à l'Acteur. Elle se contente de les identifier à la lueur amère des nombreuses «absences» de l'Acteur. Alors, elle attend patiemment qu'il se lasse de sa dernière conquête et qu'il revienne au nid comme le matou qui rentre à la maison après trois nuits de débauche dans la nature. Irène sait que l'Acteur ne tardera pas à quitter Poinsettia et à lui revenir. Elle sait qu'il y aura une chaude réconciliation et plus ou moins longue période de parfaite entente jusqu'à ce qu'il s'amourache d'une autre échalotte plus jeune. Mais Irène a l'habitude, elle accepte ces petits contretemps comme on se résigne lors d'une journée de pluie. Un jour, l'Acteur perdrait le goût pour ces petites fredaines de carabin et ce jour-là, lui et elle envisageraient peut-être de se marier. Le mariage. Ce mot déclenche une sorte de douce rêverie chez Irène. Il y a seulement un an, elle n'aurait jamais pu s'imaginer mariée. Ce doit être l'âge. Le mariage a quelque chose de sécurisant, en vieillissant, on sent le besoin de s'accrocher à quelque chose; en vieillissant, on devient plus prudent et moins aventureux. À vingt ans, on évolue sur des trottoirs grouillants de monde; en vieillissant, on sent la foule qui se clarifie, on sent la solitude qui vous attend sournoisement au détour, le large chemin devient sentier, le sentier devient piste et la piste s'enfonce dans la forêt déserte, humide et noire.

Et puis, se dit Irène, les mariages tardifs font les meilleurs mariages. On s'y embarque en toute connaissance de cause en ayant déjà perdu ses illusions. Plus jeune qu'elle, l'Acteur finira bien par partager ce point de vue. Irène en est convaincue, elle pense connaître l'Acteur comme si elle l'avait tricoté.

Cependant, il faut que jeunesse se passe, simplement que la jeunesse s'incruste chez l'Acteur. À quarante ans, il réagit toujours comme un grand adolescent insécure et fanfaron. Qu'importe! Irène attendra, elle sait qu'à long terme, elle ne peut pas se tromper.

Après mille hésitations, Poinsettia fixe son choix sur la petite robe jaune, la première qu'elle avait examinée. Elle achète également un sac et des souliers de couleur assortie. Irène l'observe de haut, un sourire perfide sur les lèvres. Poinsettia ne se doute pas des liens qui unissent Irène et l'Acteur, mais l'expression un peu méprisante de la marchande la trouble un peu. Elle explique cette hargne polie du fait qu'Irène a dû sortir de son lit et ouvrir la boutique un jour férié. Elle ne peut pas savoir, l'Acteur ne confie jamais ses affaires de cœur.

Poinsettia fait emballer le tout et revient à la hâte vers l'immeuble où habite l'Acteur. Elle se sent libre et légère. C'est à peine si elle remarque les rues sales, les façades décrépites, les odeurs stagnantes, la moiteur de l'air. L'Acteur l'emmènera peut-être à Paris, peut-être à Rio. Après des années et des années de vaches maigres, elle vivra dans l'oisiveté, le luxe et l'opulence. Et cela, avec l'homme qui lui plaît le plus au monde. Quoi demander de plus? Elle ignorait Dieu, voilà qu'elle se sent prête à l'envahir de remerciements et de reconnaissance, ce Dieu qui pendant un quart de siècle s'était désintéressé de son sort, l'obligeant à mendier, à se prostituer, à s'humilier, en pratiquant le plus dégradant métier du monde. Elle se sent prête à tout oublier, à tout lui pardonner. Poinsettia n'a pas une once de rancune, un bon mot lui fait oublier des années de brimades. Pour l'instant, elle savoure les merveilleuses perspectives qui s'offrent à elle. Tiens, elle aurait dû prendre cette perruque blonde qui trônait chez Irène. Une perruque change une femme du tout au tout, n'est-elle pas une nouvelle femme? Le blond fait peut-être un peu vulgaire — il faut savoir le porter — mais il fait aussi sexy et flamboyant. Du blond, c'est explosif et Poinsettia veut désormais servir de l'explosif à l'Acteur pour le garder toujours, pour se le gagner un peu plus chaque jour.

Quatre à quatre, elle grimpe l'escalier qui mène au deuxième puis elle entre sans frapper, certaine que le souteneur l'attend impatiemment. Le salon est vide. Elle inspecte la chambre à coucher et la cuisine. Un vague pressentiment lui serre le cœur. L'Acteur n'est nulle part, le logement est désert. Suffoquant, elle revient au salon. Alors elle découvre le petit mot que l'Acteur a laissé à son intention. Elle sait déjà ce qu'il contient. La fureur lui trouble la vue, mais elle déplie le papier et s'astreint à en déchiffrer le message pour mieux stocker sa rage et son dépit, pour mieux tuer l'Acteur lorsque leurs chemins se croiseront à nouveau.

Excuse-moi, a écrit l'Acteur — (les mots dansent insolemment devant ses yeux) — *mais qu'est-ce que tu veux que je fasse d'une petite bécasse idiote et ignorante. Je saurai bien mieux utiliser cet argent tout seul. Ne m'en veux pas trop, je suis un voyou et tu le savais bien. Je penserai souvent à toi. Salut!*

L'Acteur

Poinsettia ferme les yeux et serre les poings, ses mains tremblent, elle se sent envahir par une fureur démoniaque. Puis l'orage éclate; saisissant tout ce qui lui tombe sous la main, elle le lance rageusement à travers de la pièce, les lampes, les cendriers, le téléphone, la vaisselle, les livres viennent se fracasser contre les murs, elle renverse la bibliothèque, la table, les chaises. Bientôt, les trois pièces sont dans un état inimaginable. Pour finir en beauté, elle fracasse les vitres du bahut et déchire en lambeaux la jolie petite robe jaune. Enfin à bout de souffle, elle se laisse tomber sur le divan encombré et braille un bon coup. De la rage et du dépit, non pas pour avoir perdu l'argent, mais dans un premier temps, pour avoir été lamentablement trompée. L'Acteur dit vrai, il est cupide, menteur, lâche, mécréant, vile et hypocrite. Le pire c'est qu'il ne s'en cache pas, et elle le savait. «Idiote, idiote, idiote, répète-t-elle à l'infini, comment j'ai pu faire confiance à cette racaille?» Puis les injures fusent, colorées et grasses, cette fois à l'intention de l'Acteur.

En sortant de chez Poinsettia, Réal Sautier, s'il ne se retenait pas, sautillerait comme un gamin. Malgré la chaleur de sauna, il ne lui vient pas à l'idée d'enlever sa veste ou de déserrer sa cravate. Dans son milieu, avec son éducation, un petit comptable consciencieux ne peut pas se permettre un tel laisser-aller. Il se sent déjà enveloppé de cette désagréable pellicule moite qui couvre le corps par temps chaud et humide. Peu lui importe, dans quelques heures, il sera dans un avion climatisé et une nouvelle vie commencera, la grande vie, il est libre et riche.

Comme il a du temps devant lui, il s'arrête à un petit bar décoré à la mode des années 30. Partout de vieux objets, un bar en zinc, des photos anciennes dans de beaux cadres ouvragés. Réal s'installe près d'une fenêtre à petits carreaux et commande un double scotch. «L'ivresse du matin est la meilleure» se dit-il. Deux ou trois onces d'alcool suffisent, quand on a l'estomac vide, à créer cette allégresse qui donne des ailes à l'imagination, à procurer le bien-être et la félicité. Après, il prendra un taxi pour l'aéroport. Il a puisé dix billets de cent dollars dans la mallette, ceux-ci forment une sécurisante galette au fond de sa poche. Par rapport à l'extérieur, il fait un peu sombre, une hélice de DC-9 au plafond brasse l'air épais. Une jeune fille au visage rond tient le bar. Elle sert Réal et retourne à son livre, un livre qui vante les vertus du blé entier. Un gros chat renifle les coins et se faufile silencieusement entre les pattes des chaises, puis il vient se poster devant un trou de souris, immobile et aux aguets. Réal l'observe un moment puis revient à la fenêtre. La Main est couverte de drapeaux, une enfilade de bleu et de blanc, mais il n'y a pas le moindre souffle de vent pour agiter tout ça. Une voiture de police passe très lentement et Réal ressent un pincement au cœur. Si Galant avait prévenu la police? Non, c'est idiot. À l'heure qu'il est, Galant ne peut pas avoir découvert le vol et il ne le découvrira pas avant le lundi matin. De plus, il n'oserait pas appeler la police. On ne signale pas de l'argent escroqué ou escamoté au fisc. Réal regarde encore la mallette et soudain, l'ampleur de son geste le déroute. Comment en est-il arrivé-là, lui qui a été élevé dans une famille pauvre, mais rigoureusement honnête, où voler était une chose inadmissible que même la plus sordide misère ne pouvait justifier. Quelques mois auparavant, il se serait cru parfaitement incapable d'une telle action. Il a toujours vu son père travailler d'arrache-pied pour une maigre pitance et pourtant celui-ci n'aurait jamais volé ne serait-ce qu'un bout de crayon. Son père travaillait au port. À l'époque, les opérations cessaient pour l'hiver, alors c'était le chômage et l'argent était rare à la maison. Son père ne buvait pas et roulait ses propres cigarettes. Jamais il ne s'accordait une soirée au théâtre ou au cinéma. Les seules sorties de la famille consistaient à aller pique-niquer les beaux dimanches d'été. Ses compagnons de travail sortaient parfois diverses marchandises du port, son père, jamais. Seuls les grands pauvres peuvent être aussi honnêtes. Cette pensée fait sourire Réal, un sourire amer. Un pauvre bougre suant sang et eau pour des misères se refuse à voler un bout de tuyau de cuivre alors que nos ministres, sénateurs, hommes d'affaires, grands patrons volent le peuple à qui mieux mieux. C'est risible et pitoyable. C'est tout récemment que Réal a pleinement réalisé cet état de choses. Avant, il refusait de voir l'évidence. Pendant des années, son subconscient a enregistré les pires abus, les pires tromperies, les pires excès. Aujourd'hui, le subconscient fait rapport au conscient et le spectacle n'est pas joli à voir, les dégâts sont irréparables. On prive le pauvre de son gagne-pain pour avoir volé une agrafeuse, on décore le riche qui a pillé la matière première, exploité le travailleur, pollué la nature.

À cause de son éducation rigide, Réal a long-temps cru que son père suivait la bonne voie. Il en était même très fier. Mais peu à peu, il a compris les règles du jeu. Les règles du jeu défavorisent systématiquement l'honnête homme. Alors, incons-ciemment, il s'était mis à attendre la belle occasion, se jurant de ne pas la laisser passer.

Malgré tout, sa plus grande satisfaction ne consiste pas à avoir volé près de cent mille dollars à son beau-frère. Sa plus grande satisfaction consiste à l'avoir filouté, l'avoir humilié, l'avoir violé en quelque sorte, lui, le prétentieux, le vantard, le pontife et la petite crapule.

Puis, Réal revoit sa propre femme telle qu'elle est: une petite fille à papa, oisive, gâtée, creuse, superficielle et inutile, la fille qui se nourrit de propos insignifiants, qui n'a aucune idée des vraies valeurs humaines et qui ne connaît rien à la vraie vie. Une petite madame qui ne vit que sur le clinquant et les apparences. Une petite idiote sans substance, une enveloppe sans contenu, qui peut passer des heures à se peinturer le visage comme on peinture une façade rongée et pourrie, un masque humain sur le creux et sur le vide.

Elle retournera probablement chez papa et au bout de trois semaines, elle aura oublié jusqu'à l'existence même de son mari comme le petit animal inconscient qui oublie son maître après deux jours d'absence.

Retournant en arrière, Réal revoit une photo, la photo de noces de ses parents. Son père est le type même du grand garçon fort, mais naïf, fiable et généreux. Celui qui croit dur comme fer que la vie et la société le traiteront équitablement s'il n'a pas peur du travail. Toute une vie de labeur et de misère n'avait pas réussi à lui rogner ses croyances, elles étaient ancrées bien trop profondément, mais il était devenu de plus en plus muet et renfermé. Il était désillusionné et blessé, mais jamais quiconque n'aurait pu l'accuser d'avoir volé ne serait-ce qu'un clou.

Comble d'ironie, son père est mort électrocuté sur le port deux mois avant d'arriver à sa pension. Et cela à cause d'un équipement défectueux installé par un fournisseur négligent.

Après six ans, l'affaire est encore devant les tribunaux; patience et pauvreté vont de pair. Entre temps, sa mère est morte aussi, de solitude et de peine.

C'était à l'époque où les pauvres acceptaient leur sort sans trop rechigner. Les choses changent et, en conséquence, la police a toujours plus de pain sur la planche. Un jour, cette société pourrie allait s'écrouler, un million de fissures s'élargissent dans les fondations et personne n'y fait attention.

Maintenant qu'il a accompli son geste asocial, Réal s'estime un peu plus. Il se regarde dans la plaque de cuivre poli. L'image un peu floue montre un homme encore jeune, presque un jeune homme. Il a l'air d'un doux garçon inoffensif à qui on donnerait la communion sans confession. Son visage étroit conserve quelque chose de juvénile. Il plaisait bien aux femmes dans le temps avec son petit air goguenard qu'il savait très bien exploiter. Possessive et autoritaire, Corinne avait rigoureusement mis fin à toutes ces fredaines. Réal s'était rangé, mais aujourd'hui il meurt d'envie d'essayer son coup d'œil pour voir si la magie opère toujours.

La jeune fille au visage rond joue discrètement de la flûte derrière son bar. Réal reconnaît l'air: «Si vous mourrez de nos amours». Le chat vient d'abattre une patte alerte sur le corps d'une toute petite souris toute obèse. Il y a quelque chose d'étrange ici; le petit jeune homme honnête et inoffensif reconverti en escroc, cette chaleur moite dans la pénombre, la fille qui joue un bucolique air de flûte et le gros chat qui s'amuse avec la souris obèse.

Réal doit monter au deuxième pour soulager sa vessie. Naturellement, il traîne sa mallette avec lui. Pour la première fois, il prête l'oreille à un petit bruit insolite venant de la valise. On dirait un tintement de verre. Vaguement inquiet, Réal examine la mallette et presse le pas; encore ce cliquetis qui n'a pas sa raison d'être, il n'avait pas remarqué ça auparavant. Aussitôt, il s'enferme dans la petite pièce et ouvre la mallette.

Quand il redescend trois minutes plus tard, il a le regard fixe et hébété, l'air hagard et perdu; tellement, que la serveuse interrompt sa musique et demande muettement si quelque chose ne va pas. On dirait que son client a vu un spectre là-haut. Réal se rassoit, ferme les yeux et commande un autre scotch. Il l'avale d'un trait, se lève et se dirige vers la sortie à grands pas.

peut-être qu'en faisant vite, il pourra récupérer son bien chez la prostituée.

Encore une fois, Victor Émond enchaîne son vélo à un poteau métallique, il le fait consciencieusement comme si de cette opération dépendait le sort du monde. Puis, presque timidement, il va frapper à la porte de ses beaux-parents. Si Louise ne s'est pas réfugiée chez son amie Jeanne-d'Arc, elle sera problablement venue ici. Les Otis habitent le rez-de-chaussée d'une grosse maison carrée faite de briques brunes et ocres. C'est un grand appartement délabré, mais haut de plafond avec de vastes fenêtres et un âtre véritable.

C'est la belle-mère qui vient ouvrir. Elle paraît maussade et ne semble pas vouloir inviter Victor à entrer. Celui-ci doit insister:

— Est-ce que je peux entrer madame?

La belle-mère s'écarte pour lui livrer le passage comme si elle se disait que puisqu'elle ne pouvait faire autrement... Par contre, le beau-père exprime quelque enthousiasme à le voir. Cela se limite à un éclair vite éteint dans le regard terne, mais il était là, et aux aguets, Victor l'a perçu clairement. Le beau-père lui décapsule une bière, geste qui déplaît visiblement à sa femme. Celle-ci attend impatiemment que Victor veuille bien déballer sa salade. D'un regard reconnaissant, Victor remercie le beau-père et gauchement demande la permission de s'asseoir. Comme Victor tarde à s'exprimer, la femme croit nécessaire de houspiller le mari.

— Y faut toujours que tu leur plantes une bière dans le bec avant même qu'on ait dit bonjour. Tu pourrais au moins attendre qu'il s'assise.

C'est comme si le beau-père n'avait pas entendu. Depuis le temps, il a appris à faire le sourd.

— Louise est partie, dit enfin Victor mal à l'aise, je croyais qu'elle serait ici. Je veux lui parler, juste lui dire deux mots.

La belle-mère se lève et fait un tour de pièce. Puis, elle s'arrête devant un bahut vitré. Victor peut l'apercevoir dans le reflet. Il jurerait qu'elle sourit. Pas vraiment un sourire, mais quelque chose qui dirait: «Ça devait arriver tôt ou tard et je ne suis pas fâchée que ça arrive enfin». Reprenant son masque impassible, elle se retourne finalement en se massant les mains. Elle parle sans regarder personne.

— Louise est pas ici, Victor, et si elle y était, je ne pourrais pas lui conseiller de retourner à la maison.

Victor, la bouche ouverte, prend bien le temps de digérer cet énoncé teinté d'une pointe de rancune.

— Vous ne m'avez jamais aimé, la belle-mère!

— Ce n'est pas de moi qu'il s'agit, mais de ma fille.

— Vous avez tout fait pour m'abaisser auprès de Louise, pour me faire passer pour un bon à rien.

— Si c'était le cas je n'aurais pas eu grands efforts à faire.

— Qu'est-ce que vous avez contre moi? Je lui ai donné un toit à vot' fille, je lui ai donné à manger et à boire trois fois par jour, je l'ai habillée, selon mes moyens, je lui ai donné du respect, je lui ai donné de l'amour et d'la tendresse aussi, j'aime mes enfants et j'aime ma femme. Qu'est-ce que vous voulez que je fasse de plus, câlisse?

La belle-mère l'écoute comme on écoute l'idiot du village. Deux rigoles se creusent de chaque côté de sa bouche alors que ses yeux semblent s'enfoncer dans leur orbite. En réalité, ils disparaissent derrière l'étroite meurtrière de ses paupières.

— Vous autres les hommes, vous croyez qu'il suffit d'apporter du pain et du beurre. Vous vous regardez pompeusement dans le miroir, vous vous donnez des airs paternalistes et vous vous dites que tout va pour le mieux dans le meilleur des mondes. Une femme a besoin d'autre chose, mon gendre. Sais-tu pourquoi une femme va voir des vues de John Travolta pis d'Éric Estrada? Savais-tu que ma fille rêve de vivre une nuit avec Éric Estrada? Sais-tu pourquoi? Parce qu'Éric Estrada l'emmène danser, parce qu'Éric Estrada l'emmène marcher sur une plage au clair de lune, parce qu'il l'emmène dans sa voiture seulement pour jouir de sa présence, pour lui parler d'autres choses que du base-ball pis d'la politique, parce qu'il lui montre qu'elle existe, parce qu'il lui fait sentir qu'elle est encore une femme dont on a envie, une femme sensible. Naturellement, les Éric Estrada n'existent que dans les vues.

— Mais madame, réplique maladroitement, Victor, tout le monde peut pas ressembler à Éric Estrada et pis j'ai pas de voiture sport, j'ai même pas les moyens d'avoir une minoune, et pis les plages y'en avait une dans l'est pis ça fait quinze ans qu'est fermée à cause de la pollution. Pis j'peux pas lui parler comme dans les vues, chus pas un acteur, chus un ouvrier.

— Pas de fantaisie, pas de romantisme, incapable de rêver en couleurs, reprend la belle-mère. Des femmes, j'en connais qu'y sont jamais sorties du quartier, j'en rencontre tous les jours, elles ne savent pas ce qui se passe de l'autre côté du pont. Pour elles, le monde s'arrête chez l'épicier Samson, le monde s'arrête dans la cour d'école, chez le cordonnier Fortin, pis au 5-10-15.

— C'est quand même pas de not'faute, plaide Victor, on est dans le même bateau.

— Quand Loulou était jeune, je voulais lui donner une chance de faire mieux que sa mère, une chance de sortir de ma misère, mes efforts n'ont servi à rien, elle ne m'a pas écoutée, elle se croyait différente des autres, la misère ne pouvait pas lui tomber sur la tête.

— Vous lui avez rentré dans' tête de pas marier un bon à rien comme moi!

— Je ne m'en cache pas et j'avais raison. Regarde-la aujourd'hui, vieillie, amère, désenchantée, sans avenir, avec deux enfants mal élevés et polissons qui n'ont aucun respect pour leurs parents, avec un pauvre mari raté qui subvient à ses besoins de peine et d'misère, un quartier pouilleux, une vieillesse misérable qui s'en vient. C'est une vie ça?

À travers les malheurs de sa fille, c'est bien des siens dont parle la belle-mère. Ni Victor, ni le beau-père ne l'ignorent. Celui-ci regarde la cour, le dos encore un peu plus voûté et le regard encore un peu plus terne.

— Croyez-vous que c'est mieux pour nous autres, remarque Victor. La différence, c'est qu'on a pas le temps d'y penser, nous, on passe pas not'temps à gémir pis à brailler sus not'sort. Pendant que vous vous pâmez avec Éric Estrada, nous, on travaille, on gagne vot'pain et vot' toit même si y a pas toujours du beurre dessus pis qu'y ressemble pas à Buckingham Palace. Au moins, vous êtes pas dehors, le ventre creux et le corps couvert de guenilles. Mais c'est pas assez, madame voudrait jouer à la princesse Graisse de Monaco, madame voudrait aller voir *Casse-Noisette* au Radio-City Music Hall, madame voudrait visiter les vieux pays pis la tour de Pise, madame voudrait rêver sous le clair de lune d'Acapulco? Je sais ben que j'y ai pas donné la lune à vot' fille, mais viarge, j'ai fait mon gros possible. Y'a pas un homme qui a fait plus que moé, seulement j'ai pas d'instruction. Mon père aussi y tirait le diable par la queue, chus pas une bolle, je sais ça, mais chus vaillant, j'ai pas manqué deux jours d'ouvrage en vingt ans et pis j'ai fait plus de seize heures à moé tout seul que tous les gars de la shoppe ensemble. Câlisse, j'peux quand même pas faire une banque pour y faire plaisir à vot'fille.

Le beau-père jubile en douce. Victor vient de prononcer les paroles qu'il n'a pas osé dire en quarante ans de mariage. Pour réconforter Victor, il ouvre une seconde bouteille affrontant le regard courroucé de sa femme avec un fin sourire. Celle-ci s'est assise raide, les mains sur les genoux, le regard dans le vague.

— On ne vous demande pas la lune, murmure-t-elle, un peu de compréhension, un peu de fantaisie, un peu de complicité, c'est tout. J'ai usé quinze couches de peinture à nettoyer les murs, j'ai usé cinq ou six prélarts à laver les planchers, mon set de vaisselle a perdu ses dorures aux lavages, j'ai passé au travers de trois moulins à coudre, j'ai marché d'ici à la lune deux bonnes fois à faire les commissions de la maison et pourtant j'suis jamais allée à Percé. Deux semaines de vacances, je ne sais pas ce que c'est, j'ai eu neuf enfants et j'ai jamais eu le temps d'être malade. Et vous vouliez que j'encourage ma fille à se marier, vous voulez que j'encourage ma fille à retourner à son esclavage.

— On est tous des esclaves, madame Otis, plaide Victor, et entre esclaves il faut s'entraider, j'aime ma femme pis j'aime le petit, y s'ront pas plus heureux tout seuls, sans moi, et pis Louise ne sait rien faire, comment va-t-elle gagner sa vie et celle du p'tit?

— Vous allez lui payer une pension, le gendre.

— Vous, vous saviez qu'elle allait partir?

La vieille déglutit avec quelques difficultés.

111

— Pis après, une fille a bien le droit de se confier à sa mère.

— Vous avez comploté ça ensemble, avouez la belle-mère, vous lui avez monté la tête contre moi.

— Je n'ai pas à me justifier devant un minable.

— Un minable, c'est pas moi le minable, c'est vous la minable, regardez votre homme, vous lui avez tellement empoisonné l'existence qu'il marche à quat' pattes et qu'il ose pas ouvrir la bouche, même pour se plaindre. Vous avez tué tout ce qu'il y avait d'humain en lui, à force de gémir et de brailler sus vot' sort, vous avez rendu la place invivable. Vos enfants sont tous partis avec le premier venu — vous l'avez dit souvent — juste pour vous fuir, vieille insupportable. Partout où vous allez, ça tourne au vinaigre. Au lieu de gémir jusqu'à demain matin, vous auriez peut-être pu l'encourager, le beau-père, ça coûte pas cher de mettre un peu de bonne humeur dans la maison, un homme a besoin d'un peu de support, vous avez usé j'sais pas combien de prélarts, savez-vous seulement combien d'paires de salopettes de toile il a usées, lui, dans sa vie? Vous lui avez tout enlevé par vos éternelles jérémiades. Vous lui avez enlevé le droit de parler, de donner son avis, vous lui avez enlevé le droit de respirer, de croire en quelque chose, vous lui avez enlevé son statut d'être humain, sa paternité et pis finalement, vous lui avez enlevé les goces. C'est pus un homme, cet homme-là, c'est une ombre. Ben moi, je me laisserai pas égocer ni par vous ni par votre fille. Quand j'y mettrai la main dessus, elle rentrera à la maison ou je s'rais capable de... de...

— C'est ça le gendre, frappez-la et ramenez-la de force. C'est tout ce que vous savez faire quand vous êtes à court d'arguments.

— Assez finassé, la belle-mère! Si Louise est ici vous allez me le dire, pis tout de suite.

De façon tout à fait inattendue, c'est le beau-père qui répond.

— Elle n'est pas là, Victor, si j'la vois j'lui dirai d'aller vous dire un mot.

Il a parlé d'une voix forte et ferme. Mais aussitôt après, il se tait, sidéré par sa propre intervention. La belle-mère le foudroie des yeux, mais pour une fois, il soutient le regard furibond. La femme se lève brusquement et va ouvrir la porte.

— Maintenant le gendre videz la place et ne remettez plus jamais les pieds dans cette maison. Quand on ne respecte pas ses beaux-parents, on ne respecte rien.

— Écoutez, la belle-mère, je vous ai jamais aimée, c'est vrai, mais j'aime Louise. Cessez de penser à vous une minute et pensez à votre fille. J'ai mes défauts, c'est vrai, mais je peux m'améliorer, j'suis même prêt à lire des livres de sexe, à lire des revues de bonnes femmes, j'suis prêt à l'emmener aux vues tous les soirs, j'me peignerais même comme Éric Estrada, mais dites-lui de revenir, je ne sais plus quoi faire, moi, sans elle et le petit.

Encore une fois, ses yeux s'embuent. De sa grosse main pataude, Victor s'essuie. La belle-mère ouvre la porte encore plus grand. Misérable, Victor sort à reculons en cherchant quelque réconfort du côté du beau-père, mais celui-ci s'est tourné et regarde les panneaux d'armoire.

BVD croit savoir où trouver un revolver. Il démarre et Princesse lui court après en aboyant furieusement, de petits aboiements rageurs et aigus. Des enfants se sont costumés pour se joindre à la queue du défilé. Comme tous les enfants du monde, ils font des pirouettes et se montent un scénario grandiose. Les pirates côtoient les Indiens, les astronautes, les cow-boys, les Superman et les E.T.

Lorsqu'il était enfant, BVD jouait déjà à l'astronaute. Dans sa capsule d'acier lancée à travers l'espace, il se sentait bien. Là, personne ne pouvait l'atteindre. Il laissait derrière lui, des années-lumière plus loin, tous ces personnages à la fois fantasques et grotesques qui animaient son petit monde; son père soûl, humiliant sa mère et bavant des insanités, sa sœur Pascale, spécialiste du chantage et de la dénonciation, l'épicier du coin qui entraînait les garçons dans la cave et se déculottait devant eux. Il laissait aussi sa mère qui était l'image incarnée du désenchantement et de la douleur d'exister. Alors il voyageait parmi les étoiles, là régnait la paix et la sérénité, une paix inaltérable qui durerait pendant l'éternité. BVD finissait par s'endormir dans son cocon au fond d'une glacière éventrée dans une cour laissée à l'abandon.

«C'était une façon de fuir la réalité, pense BVD, j'ai toujours fui la vraie vie, seulement la vraie vie elle m'a rattrapé. Obéir au p'tit Boss, c'est encore une façon de fuir la vie, de fuir les responsabilités, d'abandonner sa liberté de pensée et sa liberté d'action. On me manipule et on m'a toujours manipulé.

Un jour, je dirai non, quelles qu'en soient les conséquences. Je dirai non, seulement non, sans excuses et sans explications, sans rien. Je m'en irai et il arrivera ce qu'il arrivera. Non est le plus beau mot du monde, celui par lequel les humains affirment leur liberté, leur droit à la dissidence, leur volonté, leur personnalité, leur autorité, leur dignité...»

Il laisse le mot rouler sur sa langue. Il a un goût de miel et une rondeur sensuelle. Pourquoi ne pas retourner voir le p'tit Boss et lui dire «non» tout de suite. Le petit Boss en ferait une crise d'apoplexie et se planterait son cigare dans le front. Pas encore, se dit BVD, j'ai promis à 'man deux semaines de vacances et une fois ma dette épongée, c'est fini le p'tit Boss, je trouverai une job même si je dois torcher les chiottes publiques, 'man sera fière et contente, elle passe ses nuits à prier pour que je redevienne honnête. Je lui dois bien ça avant de la voir mourir. C'est à peu près la dernière chose qu'elle attend encore de la vie.

BVD s'arrête devant une grosse maison de bois qui penche du côté gauche. Elle s'appuie sur ses voisines et il n'y a pas besoin d'un fil à plomb pour en juger. À gauche, s'ouvre un tunnel carré, sombre et étroit, qui débouche sur la cour arrière. BVD descend et s'engage dans ce tunnel, ça sent le moisi humide, puis il gravit l'escalier de bois qui s'élève entre de grands hangars agglomérés recouverts de plaques de tôle rouillée. Un pâle gazon jaunâtre couvre la cour, des débris de toutes sortes dont une ancienne balançoire sur rail déparent encore les lieux.

BVD a de la chance, Honey Comb est à la maison, c'est lui qui vient ouvrir avec son air rusé, son grand menton et son regard qui semble se foutre de tout.

— Ça va? s'informe BVD.

— Un peu plus pire que pas très bien, répond Comb.

Une caisse de bières trône sur la table de cuisine, gentiment Comb en ouvre une à l'intention de sa visite.

— Merci, dit BVD en suivant le jeune homme.

Ils pénètrent dans une grande chambre où Comb et son frère étaient en train de coller et de souder de petites plaques de tôle portant un faux numéro de série. L'opération vise à masquer la gravure déjà tracée par le propriétaire légitime de l'objet suite aux conseils de l'opération Volcan.

— Comme ça c'est plus facile à revendre, explique Comb en s'emparant d'un petit fer à souder.

— Y'a de l'idée là-dedans, remarque BVD dans l'intention secrète de flatter un peu son hôte. De cette façon, il le prépare à considérer favorablement sa petite requête.

En tout cas, ça ne peut pas nuire. Comb reste imperturbable. BVD s'éclaircit la voix, il ne connaît pas l'art de tourner autour du pot.

— Dis donc Comb, je me d'mandais si tu pourrais pas me prêter ton feu, pas longtemps, je te le rendrai ce soir, demain matin au plus tard.

Une longue minute s'écoule pendant laquelle BVD regarde alternativement Comb et son frère obèse. L'obèse sourit, BVD le jurerait.

— J'te paierai, ton prix, poursuit BVD, juste pour quelques heures, je n'aurai même pas à m'en servir, je le prends juste en cas...

Comb renifle.

— Je n'aime pas prêter mon revolver, c'est quelque chose qui ne se prête pas.

— Tu me connais, plaide BVD, tu peux te fier à ma parole, j't'en donnerai le double de sa valeur, on est de bons amis non? Oublie pas la fois où j'ai témoigné en ta faveur, pis j't'ai repassé quelques bons tuyaux, non?

— Je vais le chercher, dit Comb, attends-moi ici.

BVD est ravi.

— J'te rendrai ça.

Quand Comb est sorti, BVD reporte son regard sur l'obèse, concentré sur son travail. Celui-ci paraît enchanté de la tournure des événements, il arbore un petit sourire satisfait, sa bouche ressemble vaguement à un bec de baudruche gonflée. BVD réfléchit. «Comment elle s'appelle déjà cette grosse pédale? Ah oui, l'Avocat.» Parce que quand il était gamin dans le quartier, il montait des petites séances où il jouait toujours le rôle de l'avocat de la défense. Il lisait déjà les livres de Perry Mason. Il paraît qu'il prend des cours de droit le soir.

BVD attend. L'Avocat semble pris par son travail délicat. Ici, il y a des appareils électroniques de toutes sortes, il y en a partout sur le lit, les armoires, le rebord des fenêtres, les placards. Des amplis, des caisses de son, des lecteurs de cassettes, des enregistreuses, des huit pistes, des rasoirs électriques, des grille-pain, un bric-à-brac incroyable. L'Avocat transpire abondamment, de grands cercles s'agrandissent à vue d'œil dans son dos et autour des aisselles. Malgré la chaleur du dehors, toutes les fenêtres sont closes. L'obèse soude la minuscule plaque de fer blanc au boîtier et en vérifie la solidité, ses gros doigts boudinés manipulent adroitement le fer à souder et la tige d'étain. Il commence à se dégarnir à l'arrière de la tête. BVD l'observe distraitement, ils ne se parlent pas, ils se connaissent à peine et une sorte de vague dédain fait que BVD garde ses distances. L'ambiance commence à devenir inconfortable lorsqu'enfin Comb revient, sans le revolver toutefois.

— Il n'est plus là, dit-il pensivement, mon revolver n'est plus dans sa cachette.

— Où est-il? s'inquiète BVD.

— Sais pas, quelqu'un l'a pris, peut-être la mère qui l'aura trouvé.

— Tu ne veux pas me le prêter peut-être? siffle BVD.

— Si j'ai dit que j'allais te le prêter c'est que j'avais l'intention de te le prêter. Il n'est plus là, j'peux pas t'en chier un!

Comb a parlé avec brusquerie, BVD se renfrogne. Alors une voix fluette dit d'un ton neutre:

— C'est moi qui l'ai, le revolver.

Perplexes, BVD et Comb se tournent vers l'Avocat sans trop comprendre. Comb réagit enfin:

— C'est toi qui l'as? Où est-il? Comment as-tu su où il était? Rends-le moi tout de suite.

— Je t'ai suivi un soir et j'ai vu où tu le cachais. Je l'ai pris et je ne te le rendrai pas.

— Tu ne me le rendras pas? J'voudrais bien voir ça! Tu vas me le donner tout de suite.

L'Avocat se bute.

— Non.

Comb se raidit.

— J'ne permets à personne de prendre mon revolver, encore moins aux grosses tapettes, alors tu me le rends ou j'te défigure.

— Non, répète farouchement l'obèse.

Comb lui flanque une retentissante claque sur le nez.

— Donne-moi mon revolver gros plein d'marde ou j'te massacre ta grosse gueule joufflue.

L'Avocat encaisse stoïquement. Suit une dégelée de coups hésitants entre la giffle et le coup de poing franc. La face de l'Avocat prend des teintes violacées. Comb gueule de plus belle.

— Tu vas m'le donner oui ou non?

L'Avocat se dresse sur son large séant le temps de dire non, puis il s'étend à nouveau en se protégeant la figure de ses bras potelés. Comb en reste démonté. Il ne s'attendait pas à une telle résistance; d'habitude son frère, sensible comme une fille, cède à la première menace et s'en va pleurnicher dans son coin. Cette fois il n'y a rien à faire; la fermeté du roc. Comb ne comprend plus rien. Il finit par retrouver son souffle les bras ballants.

— Mais baptême, explique-toi, qu'est-ce que tu veux en faire de ce revolver? D'ordinaire tu t'évanouis devant un revolver.

L'obèse a l'œil peureux.

— Je te le rendrai à condition que ton ami couche avec moi.

Il a dit cette énormité d'une voix ferme, aiguë et déterminée. Comb et BVD en restent muets de stupéfaction, l'Avocat se lève et rajuste ses bretelles de culotte.

— Oui, c'est comme ça, j'en ai assez de faire rire de moi. Personne ne veut de moi, je suis peut-être gros pis pas beau, mais moi aussi j'suis un être humain, une personne avec un cœur, moi aussi j'suis capable d'aimer quelqu'un. Je fais rire les filles, les hommes me méprisent, même les enfants se moquent de moi, mais c'est fini, si on ne veut pas me donner je vais prendre. Je veux coucher avec ton chum, sinon pas de revolver.

BVD déglutit de dégoût. Il regarde ce gros tas de chair molle et il sent monter une nausée fielleuse bien qu'il soit à jeun depuis vingt-quatre heures. Dans cette position, l'Avocat ressemble à un dugong.

— C'est un fou, clame Comb.

Puis il se penche sur son frère, son ton s'adoucit.

— Moi, j'te traite bien, j't'apporte de la job, tu es plus riche que moi, 'man te bichonne comme une poupée, elle te fait tes p'tits plats préférés, moi, j't'aime bien, tu as un toit, une grande chambre, j't'empêche pas de sortir, pis j't'achète un Perry Mason toutes les fois que j'y pense; encore hier, on est allé aux vues et souvent on va faire un piquenique et j'te paye la bière. Alors sois gentil, donne-moi ce revolver.

— Non, s'entête le gros garçon avec une sorte de dignité farouche.

Comb fourrage dans sa chevelure.

— C'est une maison de cinglés, moi j'm'en vas prendre un verre, arrangez ça entre vous autres, j'veux plus rien savoir.

Le désespoir au cœur, BVD voit disparaître Comb, le dernier obstacle entre lui et l'homosexuel. Puis une vague de colère dévastatrice s'empare de lui. Le faciès déformé, il se tourne vers l'Avocat.

— Écoute-moi, grosse nouille, j'te donne cinq secondes pour aller me chercher ce revolver, après ça je t'étrangle comme le pourri que tu es.

Cinq secondes s'écoulent. BVD halète, l'Avocat l'observe avec ses grands yeux mélancoliques. Puis il s'étend tranquillement sur le lit, dégage son cou et ferme les yeux.

— Étrangle-moi, je vais me laisser faire, de toute façon je préfèrerais être mort. Tu sais pas ce que c'est de vivre tout seul comme un chien galeux. De dire à un garçon qu'on l'aime bien et de se faire traiter de gros pot de chambre, de soulever les rires et les murmures sur ton passage... vas-y, étrangle-moi, je t'en voudrai même pas, tu me rendrais service.

— T'as qu'à te descendre, tu as le revolver.

L'Avocat rouvre les yeux.

— Me tuer moi-même, je peux pas. Je suis gros, je suis laid, je suis antipathique, je suis une grosse tapette, mais il y a une chose que tu sais pas, je suis lâche aussi, je m'évanouirais avant d'appuyer sur la gachette. Non, je préfère que quelqu'un d'autre le fasse.

— Montre-moi le revolver, peut-être que tout ça c'est des histoires.

L'Avocat fait un petit sourire malin.

— Pas si folle la grosse tapette, si je te montre le revolver, tu le prendras et tu t'en iras, je ne suis pas assez fort pour t'en empêcher. Il faut me croire sur parole.

BVD se durcit.

— Peut-être qu'après tout tu fonds de peur, tu mouilles ta culotte...

Il s'assied sur le bout du lit.

— C'est désagréable de se faire étrangler, si j'essayais un peu.

L'Avocat déglutit difficilement et lève le menton pour dégager un peu plus son cou de porcelet.

— Tue-moi, mais si tu le fais, tu n'auras jamais le revolver.

BVD tend les mains, elles tremblent, un spasme les secoue lorsqu'elles entrent en contact avec la peau grasse. Contrarié par ces symptômes de faiblesse et de dégoût, BVD se venge sur sa victime. Ses doigts nerveux s'enfoncent dans la chair molle et se crispent, il sent les muscles fibreux sous la graisse. L'Avocat sursaute grotesquement et BVD renforce sa prise. Maintenant, l'obèse râle et les yeux lui sortent des orbites. Puisant dans ses ultimes réserves de courage, BVD serre encore sa proie jusqu'à s'en blanchir les jointures. Contrairement à ce qu'il croyait, l'Avocat ne gigote pas, ne se débat pas, il se laisse placidement tuer comme il l'avait dit. Sauf qu'il bande. BVD a entendu dire qu'un étranglé meurt bandé. Cela n'a rien à voir avec l'appétit sexuel, c'est une réaction naturelle du corps.

Peut-être l'Avocat est-il déjà mort. Terrifié par cette idée, BVD retire ses mains comme s'il venait de prendre un choc électrique. Anxieux, il fixe le visage gris de l'Avocat. Heureusement, celui-ci se colore subtilement peu à peu. BVD soupire de soulagement. L'Avocat toussote faiblement, un peu de bave coule aux commissures des lèvres, il saigne du nez, mais grâce à Dieu, il est vivant. Il récupère lentement, puis il s'essuie la bouche et s'éponge le nez à l'aide d'une quantité de Kleenex. BVD l'observe en silence comme s'il assistait au plus prenant des spectacles.

— Tu te serais vraiment laissé étrangler?

L'Avocat tient la tête renversée pour que son sang cesse de couler, sa voix en paraît encore plus faible et plus fluette.

— Je passe ma vie dans cette cage à bricoler des ferrailles volées. Je n'ose plus sortir parce qu'on se moque de moi, on me lance des cailloux et on me bat. Je suis un doux, je ne sais pas me défendre. Je n'ai pas un seul ami; une fois je suis sorti avec une fille, des voyous ont insulté la fille juste pour que je prenne sa défense et qu'ils puissent me cogner dessus. Je me suis sauvé et la fille n'a jamais plus voulu me regarder. Une autre fois, je suis allé à la piscine municipale, trois garçons ont failli me noyer. Ils croyaient que j'emmagasinais plus d'air dans mon gros ventre et que je pouvais tenir plus longtemps sous l'eau. J'ai eu un ami une fois, mais quand on lui a dit comment j'étais, il n'est jamais revenu. Pourtant, je ne pensais pas à ça, on était ensemble et j'étais content, c'était la première fois que j'pouvais me sentir bien avec quelqu'un. Ma mère joue avec moi comme elle jouerait avec l'idiot du village, mon frère a pitié de moi, ma sœur fait semblant de ne pas me connaître quand on se rencontre. T'aimerais pas mieux mourir, toé?

BVD acquiesce de la tête, il se sent soudain très triste, il pivote et va s'en aller sans le revolver qu'il était venu quémander.

— Attends, crie l'Avocat, je vais te donner le revolver.

Il s'éloigne et revient deux minutes plus tard avec l'arme et une boîte de balles. Il tient le revolver à pleine main comme si l'objet ne l'effrayait plus tout d'un coup. BVD le prend et le contemple pensivement.

— Quand t'en auras fini, remets-le-moi, murmure l'Avocat, pas à mon frère, à moi en main propre. Il me sera plus utile qu'à Comb. Promets-le, parole d'honneur.

— C'est promis, dit BVD, en baissant les yeux.

C'est une promesse qu'il n'a pas l'intention de tenir. Il fait trois pas dans la direction de la porte et il s'arrête.

— Pourquoi moi? dit-il, pourquoi t'as envie de moi? J'suis pas très beau non plus, j'suis pas le genre plaisant et sympathique, j'suis pas très attirant?

La réponse de l'Avocat le stupéfie.

— J'ai toujours aimé les chiens battus, peut-être parce qu'ils me ressemblent, on s'enlève nos puces et on se lèche les plaies.

Sans se retourner, BVD s'en va. Il a soudain un immense besoin d'air frais.

Juanita a du mal à suivre l'allure effrénée de Juliette. Celle-ci inspecte chaque tabagie, chaque dépanneur, chaque bar miteux, chaque arcade, chaque allée sombre, tous les endroits possibles où pourrait se cacher une voleuse d'enfants poussant un landau.

— Laisse-moi souffler oune pétit peu, supplie la Chilienne, tou vas té créver sous cette chaleur.

— Repose-toi, moi, je continue, répond Juliette.

Et Juanita allonge le pas pour se tenir à la hauteur de Juliette Risotto. Juliette s'éponge le front, une sueur salée lui brûle les yeux. Il lui faut faire vite; dans quelques temps, il y aura une foule immense par ici et il sera impossible de repérer la mère Mouchel parmi tout ce monde.

Devant leur caserne, un groupe de pompiers jouent aux cartes.

— Vous n'auriez pas vu une femme avec un bébé, demande Juliette, c'est un bébé volé, c'est mon bébé.

Les hommes restent interloqués par cette étrange façon de faire.

— Non, mais j't'en frais bien un autre, crie l'un deux sans réaliser toute la stupidité de sa remarque. D'un regard, le plus vieux fait taire les ricanements imbéciles et se lève pour répondre:

— Non madame, mais nous ouvrirons l'œil — il désigne ses hommes —, ces idiots-là aussi. Elle ressemble à quoi cette femme qui a volé votre enfant?

Du fond de son désespoir, Juliette réalise qu'elle n'en a aucune idée. Elle ne l'a pas demandé à l'inspecteur Comeau et celui-ci ne lui a pas dit.

— C'est une vieille femme un peu folle.

Tant bien que mal, Juliette et Juanita racontent toute l'histoire.

— Vous feriez mieux de rentrer chez vous et de laisser faire la police, conseille le pompier, venez quand même prendre un thé glacé, ça vous rafraîchira.

— Non, répond Juliette, je n'ai pas le temps. Allons-y Juanita.

Le vieil homme les regarde aller en hochant la tête.

— Si on appelait l'inspecteur pour savoir à quoi elle ressemble? suggère Juanita.

— D'accord, répond Juliette en cherchant une cabine des yeux. Elle trouve le numéro de la police et le compose d'un doigt tremblant. On lui répond qu'elle n'est pas au bon endroit et on lui donne un autre numéro. On la fait patienter. Non, on ne peut pas lui donner l'inspecteur, son poste sonne occupé. Est-ce qu'elle veut parler à quelqu'un d'autre? Non, elle rappellera.

— Ces flics, raille Juanita, on les a collés au cul quand on passe un feu rouge, mais quand on en a bésoin, tou peux toujours courir.

Juliette prend une rue large et inondée de soleil. Cette rue est bordée de maisons de brique toutes séparées par une allée d'asphalte. Il y a des dizaines de portes de garage, au moins une demi-douzaine d'épiceries, deux restaurants, quatre stations-service et un grand magasin des alcools. Celui-ci est fermé, mais les épiciers licenciés en ce jour des festivités font de très bonnes affaires. Un garçon d'une dizaine d'années vient de piquer une grosse bouteille de bière. Protégeant soigneusement son butin, il rejoint un camarade et tous les deux disparaissent derrière une porte cochère.

Juliette et Juanita visitent les épiciers, les restaurants, les toilettes des stations-service. Plus loin, il y a une femme poussant un landau et telle une échappée d'asile, Juliette se précipite vers elle au rique de se faire heurter par une voiture. Elle s'arrête devant le landau... examinant le bébé. La mère s'apprête à la repousser. Juliette est déçue, ce n'est pas son bébé, elle s'excuse platement et revient rejoindre Juanita. S'adossant au mur, elle se masse les yeux pour ne pas pleurer encore. La ville est trop grande, elles n'y arriveraient jamais, il y a trop d'endroits où aller, trop d'endroits où se cacher. Pourquoi n'a-t-elle pas pensé aux voleurs d'enfants avant de sortir le bébé? Dehors, c'est la jungle, c'était de la folie pure. Si elle retrouve son bébé, elle jure de ne plus le quitter des yeux.

— Allons manger quelqué chose, propose Juanita, tou té sentiras mieux après et pouis on réfléchira à la questionne, jousqu'ici on s'est condouites commé deux véritables folles, on a couru dans tous les sens comme deux poules étêtées.

Juliette se laisse convaincre; elles s'installent à une petite terrasse et commandent des sandwiches et de grandes limonades fraîches. Un peu plus tard, une petite chienne sans laisse vient quêter du regard un petit bout de viande. C'est une petite bâtarde aux grands yeux mouillés, aux oreilles tombantes, au museau humide, le genre à donner mauvaise conscience quand on la voit à la SPA. Elle s'assoit sur ses pattes arrières et regarde Juanita et Juliette à tour de rôle.

— T'as vou la pétite bête? remarque Juanita, c'est oune bon présage.

— Un bon présage, tu es supertitieuse?

— Toutes les artistes sont soupertitieux. Il faut qué jé té conte celle-là. Un jour qué j'arrivais dé ma campagne et qué jé débarquais à Santiago dou Chili avec sept pesos en poche, j'ai regardé lé ciel pour voir si jé pouvais dormir dehors. Lé ciel était clair et étoilé. Alors j'ai vou oune étoile filante. Commé c'est la tradition, j'ai fait un vœu. Jé n'avais nulle part où aller alors j'ai décidé d'aller dans la direction dé l'étoile. Jé vois l'Opéra, les boîtes chics, les grands magasins où oune robe coûte lé salaire d'oune année. Jé vois les restaurants dé grande classe, les bijoutiers et les grands hôtels. Jé mé dis qué quelqué chose va arriver, mais non, rien. Alors jé poursuis mon chemin. Le quartier dévient de plous en plous miteux, des pétits hôtels borgnes, des cafés pouilleux, des boîtes malfamées, jé suis rendoue dans la banlieue pauvre. Soudain dévant un variété, un gros homme grossier pousse oune danseuse dehors à coups de pied dans le derrière. Quand la fille est partie, il se retourne et il mé voit. Il mé régarde partout à part dans les yeux. Il démande si jé sais danser. Aussitôt jé dis oui, toutes les Soud-Américaines ont la danse dans lé sang. Il mé dit: «Je t'engage, tou commences tout dé souite». Et tou vois, je souis devenue oune danseuse, oune grande danseuse, tout ça grâce à la souperstitionne.

Enfin Juliette consent à sourire. Puis elle jette un morceau de jambon à la petite chienne. Celle-ci l'attrape adroitement et l'avale aussitôt.

— On dirait Dix-Heures-et-Demie, dit-elle.

— Qu'est-ce qué tou as dit? Dix-Heures-et-Demie?

— Oui, c'était le nom de ma petite chienne quand j'étais chez moi en Gaspésie. Tous les soirs à dix heures et demie, juste avant les nouvelles, elle demandait à faire sa promenade. Alors, été ou hiver, je la sortais jusqu'à onze heures.

Émue par ce souvenir heureux, Juliette sourit, mais elle se rembrunit aussitôt.

— Jé té vois sourire, dit Juanita le front plissé, et tout dé souite tou redeviens touté triste.

— À dix-huit ans, je suis partie de chez moi. Ce soir-là, j'ai pris sa petite tête dans mes mains et je lui ai expliqué que je devrais la laisser toute seule, que là où j'allais je ne pouvais pas l'emmener, ce n'était pas un endroit pour les petites chiennes, que Luc, mon grand frère, prendrait soin d'elle et qu'il la sortirait tous les soirs comme je le faisais. On aurait dit qu'elle comprenait tout ce que je lui disais, mais ce qui m'a crevé le cœur c'est quand l'autobus est parti, Dix-Heures-et-Demie courait derrière de toutes ses petites pattes, les oreilles au vent, le museau en l'air. Longtemps après, elle courait toujours et soudain elle est disparue derrière une petite butte, je ne l'ai jamais revue. Je reniflais toute seule à l'arrière de l'autobus et je me disais que je n'aurais plus jamais de chien pour ne plus avoir à les abandonner comme ça. J'en rêve encore de temps en temps et ça me gâche ma journée. On a pas le droit de faire ça à une petite bête fidèle et loyale. Elle doit être morte maintenant, Dix Heures-et-Demie.

Juliette n'a pas très faim, aussi elle lance la seconde moitié de son sandwich à la petite chienne. Celle-ci le happe goulûment en un coup de gueule puis elle reprend la pose comme si elle savait que son air pathétique allait lui valoir peut-être un autre morceau.

— Dix-huit ans, c'est jeune pour quitter la maison. Tes parents t'ont laissée partir?

— Je crois qu'ils se sont sentis soulagés, c'était une bouche de moins à nourrir. C'était une famille de glaçons, pas de chaleur, pas de tendresse, des blocs de glace. Seul mon grand frère Luc m'a manifesté de la sympathie. Il m'a offert toute sa fortune, pas grand-chose, mais c'était tout ce qu'il avait. J'ai refusé son argent, mais je n'ai pas oublié le geste. Surtout qu'il était tout triste de me voir partir. Il m'a promis de m'écrire et de prendre soin de Dix-Heures-et-Demie. Je n'ai jamais revu personne, sauf Luc qui vient en ville tous les deux ans.

— On prend oune bière? propose Juanita.

— Non, on a pas le temps.

— Allons, ça va té donner de l'énergie et pouis il faut réfléchir. Toi si tou volais un bébé, où irais-tu?

— Comment savoir? une folle ne réagit pas comme tout le monde.

— Elle est folle par rapport aux bébés, mais autrement elle réagit peut-être normalement.

— J'irais le plus loin possible de l'endroit où je l'aurais enlevé pour ne pas me le faire reprendre comme les autres fois.

— Oui mais où aller? C'est grand, la ville.

— Et elle n'a probablement pas le sou.

— Supposons qu'elle a dé quoi prendre le métro, où irait-elle?

Juliette s'illumine.

— Elle doit se cacher dans le métro, les flics n'iront pas la chercher dans le métro et elle est à l'abri, elle peut y passer la nuit. Allons-y, il faut faire toutes les stations.

Réal Sautier court à toutes jambes, bousculant les passants, éparpillant une meute de gamins qui jouent sur le trottoir. En même temps, il réfléchit à toute allure. Si les deux mallettes sont semblables, il est probable que Poinsettia n'aura pas ouvert celle qu'il a laissée chez elle. Il n'y a aucune raison. Il ralentit un peu pour traverser la Main, les enfants forment un défilé miniature en tirant des voiturettes, en poussant des brouettes ou des tricycles décorés de rubans de papier de couleur. Une femme lui demande une information, mais il ne s'arrête même pas, c'est à propos d'un bébé perdu, qu'est-ce qu'il en a à foutre des bébés perdus dans un moment pareil? Lui, il risque de perdre quatre-vingt-cinq mille dollars. Tout son avenir en dépend. Il refait en courant tout le trajet qu'il avait parcouru un peu plus tôt, alors qu'il lévitait presque de bien-être. Cette fois, il se sent lourd et anxieux, les jambes de plomb. À bout de souffle, il se met à trotter, les escaliers en colimaçon défilent tous pareils, les drapeaux bleus et blancs pendent inertes, un chien aboie. S'arrêtant au pied de l'escalier qui mène chez Poinsettia, il respire profondément et se force à monter d'une façon posée. Il frappe, il attend anxieusement, il cogne plus fort, des coups impatients. Pas de réponse. Il pousse une porte libre. L'appartement semble désert. Dans la pièce encombrée, son premier regard se pose à l'endroit où il se rappelait avoir déposé sa mallette. Rien. Il est trop tard. Poinsettia a déguerpi avec son argent.

Réal se laisse tomber sur une chaise de cuisine et s'éponge le visage avec application. Quoi faire maintenant? Oui, Poinsettia est peut-être chez sa copine Orchidée. Aussitôt, il reprend courage, il se lève, dévale l'escalier et frappe chez Orchidée. On ne répond pas non plus, la porte est verrouillée, mais la fenêtre est à demi ouverte. Il se faufile par là en espérant que personne ne le verra, il atterrit dans la chambre à coucher. Orchidée dort à poings fermés, pâle et anémiée. Ses tempes sont bleutées et de fines gouttes de sueur perlent sur son front. Elle semble respirer avec des efforts démesurés, ses narines presque transparentes palpitent doucement, on dirait du nacre vivant. Il n'y a personne d'autre dans l'appartement. Ne sachant plus où il en est, Réal jette un coup d'œil curieux autour de lui. Les murs sont couverts de puzzles géants représentant des paysages de montagne: des montagnes jeunes, la France, l'Italie, l'Espagne, la Suisse. Il y en a partout, même dans la salle de bains. Il y en a encore un autre en cours de réalisation sur la table de cuisine, mais celui-ci est mal foutu. Les pièces inadéquates occupent les mauvaises ouvertures, les couleurs ne se marient pas, les lignes sont aberrantes, les formes anarchiques, un résultat dément. Sans doute qu'en le reconstituant, Orchidée avait encore abusé de ses petites pilules bleues.

Pensif, Réal revient à la chambre à coucher. La fenêtre ouverte donne sur un mur de brique lépreux. C'est peut-être pourquoi Orchidée s'invente des paysages grandioses. Il éprouve un vague remords à réveiller la fille, mais il le faut, elle doit avoir une petite idée où a pu se réfugier sa voisine de bordel. Comment faire? Puis la formule secrète de Poinsettia lui revient en mémoire: de l'eau gazéifiée, du vinaigre, une cuillerée à thé de moutarde forte, faire avaler de force et gifler si nécessaire. Il vient farfouiller dans la cuisine, éprouve quelques difficultés à dénicher les ingrédients puis prépare son explosive mixture.

Orchidée dort les lèvres entrouvertes. Sous ses paupières, ses yeux semblent révulsés. Réal lui soulève délicatement la tête et porte sa médecine à ses lèvres. Le liquide amer glouglloute entre celles-ci et s'infiltre doucement. Orchidée régurgite et Réal fait un nouvel essai en lui pinçant le nez. Cette fois, elle absorbe un peu de liquide mais en même temps, un spasme nerveux lui secoue les membres. Elle tousse et risque de s'étouffer. Avec une patience de sœur, Réal réussit à lui faire avaler presque toute sa mixture. Mais la fille ne réagit pas, elle paraît plus morte que vive. Réal lui applique deux ou trois gifles mais c'est plus fort que lui, il est incapable d'y mettre suffisamment de vigueur. À bout de ressources, il lui soulève la paupière et il s'affole. La pupille vitreuse est démesurément dilatée, elle disparaît presque derrière le globe oculaire, c'est à peine si Orchidée respire.

«Elle va me claquer dans les mains», pense Réal. Il se précipite sur le téléphone et sans donner trop de détails, il alerte la police. Puis comme un cambrioleur, il quitte les lieux sur la pointe des pieds.

Il s'éloigne vers l'est, traînant toujours la mallette de l'Acteur. Il se retourne de temps en temps. De loin, lui parvient le gémissement de la sirène de l'ambulance. Alors il s'inquiète, il a laissé des empreintes partout... si le vinaigre et la moutarde allaient achever Orchidée? Où aller maintenant? Câlisse, quand ça va mal...

Soudain, il s'immobilise. Il n'en croit pas ses yeux, il a une chance de cocu, là-bas au coin de la rue, il reconnaît la silhouette étriquée de Poinsettia. Elle rentre probablement chez elle, marchant lentement, l'air démonté et las. Elle regarde le trottoir et balance son sac avec la désinvolture qu'adoptent ceux pour qui plus rien n'a d'importance. Un passant la bouscule par inadvertance et Poinsettia ne prend même pas la peine de l'injurier copieusement comme elle l'aurait fait normalement.

Réal se camoufle derrière un poteau bardé de panonceaux et quand la fille passe à sa hauteur, il lui saisit vivement le bras. Il faut une bonne demi-minute à Poinsettia pour revenir de sa surprise. Elle ne croyait pas retrouver son client si vite, de cette manière. Il a l'air furieux, mauvais comme une bête blessée. Elle aussi se sent blessée et sans doute beaucoup plus profondément.

— Où est ma mallette? demande Réal.

— Je ne l'ai plus, répond-elle aussitôt, l'air exaspéré, et pis lâchez-moi ou je crie.

— Si tu cries, j'te tues, tonne Réal en mimant le geste de tâter un revolver dans sa poche.

Cette feinte semble avoir le mérite de calmer Poinsettia. Après tout, s'il s'agit d'un pègreleux comme elle le pense... on a déjà vu des règlements de compte en pleine rue et en plein jour.

— Où est-elle? répète Réal.

— Je l'ai donnée à un salaud.

— Où? Qui?

Poinsettia se referme, mais elle réfléchit à toute vapeur. Humiliée, elle voudrait bien dénoncer l'Acteur, mais un vague scrupule la retient encore. Contre tout bon sens, elle aime ce sale type, c'est contre sa volonté, elle l'aime et elle ne veut pas le perdre définitivement. Un féroce duel se livre dans sa tête. L'amour aveugle contre la fierté blessée. La rancune l'emporte. Tant pis pour lui, il l'aura voulu, qu'il aille se faire foutre, l'enfant de charogne.

— Si vous coopérez, relance Réal, devinant les tiraillements auxquels fait face Poinsettia, il y aura une récompense pour vous.

Cet argument n'influence pas la réponse de Poinsettia, sa décision était déjà prise. Elle désigne une terrasse du menton.

— Allons prendre quelque chose, j'en ai besoin, je vous dirai tout.

Réal réfléchit aux misères de sa compagne. Il en a vu des salauds dans sa vie, mais des salauds comme l'Acteur, c'est rare. Puis il s'inquiète pour ses intérêts dans cette affaire. Où ce maquereau peut-il bien se trouver à l'heure qu'il est?

— Il doit bien y avoir une autre fille là-dessous? demande-t-il à Poinsettia les paupières à demi closes.

— Il y a des chances, répond celle-ci, l'Acteur ne peut pas se passer d'une fille plus de deux jours.

— Qui ça peut-être? Réfléchissons vite, chaque minute compte.

— Je ne peux pas savoir. L'Acteur ne raconte jamais ses histoires sentimentales.

— Il a bien dû parler d'une fille, une vantardise, une remarque, une comparaison, quelque chose?

— Non, répond Poinsettia, comme si soudain elle se désintéressait complètement de l'affaire.

Réal insiste.

— Quel est son meilleur ami? Où habite-t-il?

— L'Acteur n'a pas d'ami, c'est un frappe-moi-dans-le-dos, on ne peut pas se fier à lui, c'est un solitaire.

— Misère, d'après vous qui le connaissez, où peut-il bien être allé?

Poinsettia s'éclaire, elle a une idée.

— Je gagerais que la première chose qu'il va faire, c'est d'aller s'acheter un char, il est bandé sur les BMW.

— Ça, c'est une idée, vous croyez qu'il donnerait priorité à une voiture par rapport à une fille éventuelle?

Par son expression, Poinsettia indique qu'elle n'a pas très bien saisi la question.

— Oui, reprend Réal, s'il avait à choisir entre une fille et un char, qu'est-ce qu'il ferait en premier?

— Le char, répond sombrement Poinsettia.

—Mais les salles de montre sont fermées aujourd'hui, réalise Réal.

—Oui, mais il connaît quelqu'un qui travaille chez un dépositaire, il l'appelait presque tous les jours pour voir s'il n'y aurait pas une occasion.

— Quel est ce dépositaire?

L'air désolé, Poinsettia hausse les épaules.

— Je ne sais pas... oh! d'habitude, il avait des prospectus dans sa mallette.

Vivement, Réal pose la mallette sur la table, l'ouvre et explore son contenu. Effectivement, tout au fond, il découvre des prospectus en couleurs montrant des BMW rutilantes. Le nom du dépositaire est imprimé au tampon: *Les frères Meilleur, dépositaires BMW.*

— Je vais prendre un taxi, dit Réal en refermant la valise tant bien que mal.

— Hé, n'oubliez pas ma récompense, rappelle Poinsettia.

— Vous venez avec moi, dit Réal, s'il n'est pas là, il faudra tout reprendre à zéro.

— Je ne serais pas mécontente de lui cracher en pleine face, murmure Poinsettia.

Dans le taxi, elle s'étonne.

— Vous n'allez pas appeler la police? Moi, si je me faisais voler cent mille piasses, j'appellerais la police.

— Mêlez-vous de ce qui vous regarde, répond brusquement Réal.

Cette réponse fait subtilement sourire la prostituée. C'est bien ce qu'elle pensait, c'est pas de l'argent honnête. Ses pensées sont transparentes et elles exaspèrent visiblement Réal. Il lui accorde un coup d'œil contrarié et se referme en lui-même. Souriant toujours, Poinsettia allume une cigarette et souffle doucement la fumée, les lèvres en cul-de-poule.

Une ambulance blanche les dépasse en hurlant, probablement celle qui emporte Orchidée à l'hôpital. Mais Poinsettia ne peut pas savoir, et ce n'est pas Réal qui va l'en informer.

Les jambes lourdes, Victor s'éloigne à pied de la maison de ses beaux-parents. Chaque pas lui pilonne les talons et lui résonne dans le crâne. Il a passé huit heures debout sur un plancher de ciment et cela lui a tassé les articulations. Il a les mollets douloureux, comme le gras des cuisses, le bas du dos et la nuque. Traînant son vélo par le guidon, il ne sait plus où aller, il s'en va au hasard. Louise n'est ni chez son amie Jeanne-d'Arc ni chez sa mère. Où peut-elle bien être?

«Bon Dieu, prie Victor, faites que je la retrouve, qu'elle revienne à la maison. J'ai besoin d'elle et les enfants ont besoin d'elle. Je ne suis pas un méchant homme, je croyais qu'elle était heureuse et satisfaite de son sort. Sincèrement. Si seulement elle l'avait dit. Les femmes disent souvent les choses trop subtilement; un geste, un regard, une remarque.» Mais il n'est qu'un ouvrier rude et borné, il n'a pas fait attention. La plupart du temps, il était trop fourbu pour comprendre le message. Un corps et un cerveau fatigués sont peu sensibles aux nuances trop fines.

Puis il s'insurge, pourquoi ne pas rentrer à la maison et dormir un bon coup. Après, ça ira mieux et Louise sera peut-être revenue d'elle-même. Au fond, il sait bien que ce n'est pas vrai, s'il ne la rattrape pas vite, il la perdra définitivement. Le temps joue contre lui. Quelque chose au fond de son cerveau simple lui répète cette vérité comme un glas qui résonne.

Où aller maintenant? Louise a une cousine qui habite dans le quartier. Deux fois par année, celle-ci venait souper à la maison, mais il est peu probable qu'elle se soit réfugiée chez elle. La cousine fréquente un curé défroqué et Louise n'a jamais admis ce genre de relation sacrilège. À ses yeux, un curé ne défroque pas. «Comme dans l'ancien temps, les curés ne défroquent pas, mais les femmes quittent leurs maris», maugrée Victor.

Puis il se souvient. Il y a aujourd'hui une démonstration de Tupper Ware quelque part dans sa rue, chez Lima, pense-t-il, c'est au coin de la rue. Il s'en souvient parce qu'il avait pris le message. Après la démonstration, les femmes comptaient regarder le défilé en groupe.

«Et pis non, se dit Victor, ce serait trop ridicule. Une femme qui quitte son mari ne va pas à une stupide démonstration de plats de cuisine.» Et pourtant, Louise n'en manquait pas une, c'était un prétexte pour voir du monde, une occasion idéale de faire le plein de ragots du quartier. Victor le réalise maintenant, après une démonstration de Tupper Ware, Louise rentrait détendue, presque d'humeur joyeuse. «Les femmes sont bizarres, pense Victor, il faut qu'elles placotent pour ne rien dire. Une femme qui ne placote pas se referme sur elle-même, elle devient hargneuse, amère et grincheuse comme une poulie de corde à linge qui ne sert pas.»

Après tout, elle serait bien capable d'aller là. Il ira s'en rendre compte par lui-même. Ayant maintenant un objectif, Victor reprend courage et se sent investi d'une énergie toute nouvelle. Il saute sur son vélo et pédale à toute allure, ses douleurs aux mollets s'estompent momentanément. Les accès à la Main sont maintenant bloqués et il doit se faufiler entre les tréteaux métalliques. Un maigre filet de circulation s'écoule par les rues secondaires. Aux croisements les plus passants, un policier détourne la circulation. Déjà, il y a des gens qui se massent à bord de leurs voitures sur les parkings le long du défilé. Les meilleures places sont déjà occupées. Des enfants grimpent sur les capots et sur les toits, suçant des glaces. Différentes stations de radio mêlent leurs voix dans une totale cacophonie. Il y a même des gens qui ont amené un poste de télé, branché sur l'allume-cigare ou fonctionnant à piles. Les adolescents contemplent la scène, l'air absent, des écouteurs aux oreilles. Tout ce monde transpire et s'agite, les portières sont ouvertes, les femmes s'éventent avec de vieux journaux, les hommes tiennent une petite bouteille entre les cuisses.

Victor sait où habite Lima. Un jour, il a remarqué le vasistas au-dessus de la porte, c'est un vitrail aux motifs vaguement floraux. L'un de ces motifs ressemble à un pénis géant doté d'un gland hypertrophié et de deux bulbes gonflés de sève. Lima prétendait que l'artiste s'était inspiré de l'organe de l'archevêque, dessiné par sa fidèle servante, que fréquentait le maître-verrier.

«On ne les voit plus, se dit Victor, en pensant aux curés. Ils ont apparemment abandonné la partie, débordés de toutes parts, malmenés et écrasés par l'amoralité générale, par l'indifférence, la criminalité, ils se sont peureusement réfugiés dans leur presbytère, ils ne se montrent même plus pour réclamer la dîme. Plus, ils se fondent à la foule en ayant renoncé à la soutane comme s'ils craignaient qu'on les reconnaisse. Ça, c'était bien là le comportement de l'Église. En position de force, elle impose, elle exploite, elle décrète, elle dénonce, elle proclame, elle excommunie, elle défend, elle condamne et elle pourfend. En position de faiblesse par contre, elle se fait toute petite, un chien battu, elle démissionne et se terre, grelottante et faussement humble dans son petit trou. Entre les deux paliers, il n'y a guère de temps pour parler d'amour, de tolérance et d'entraide ni pour répandre la parole du Christ.»

Devant chez Lima, il n'y a rien qui permette à Victor d'arrimer son vélo. Aussi, le hisse-t-il sur le perron. Il mouille ses lèvres, replace ses cheveux, presse futilement son pantalon de la main et sonne. Il n'avait jamais réalisé à quel point il est difficile d'affronter une meute de femelles en pleine séance de Tupper Ware. C'est Lima qui vient ouvrir.

— C'est vous Victor! entrez, on passe un petit film, entrez, il y a une chaise en arrière.

— Mon vélo?

— Vous n'avez qu'à le laisser là.

— Je vais me le faire piquer.

— Alors entrez-le avec vous, ne faites pas de bruit et «assisez-vous».

Victor acquiesce et, malhabilement, il tire sa bicyclette en s'efforçant d'éviter une petite table de mur surchargée de potiches et de bibelots. De l'autre main, il referme la porte tout doucement. Le salon est plongé dans le noir à part le rectangle lumineux de l'écran qui jette un faible éclairage crayeux. De son pied, Victor accroche une chaise de métal qui râcle le plancher de bois verni. On fait «chut», mais on ne se retourne pas et on ne fait pas attention à lui. En tâtonnant, il replace la chaise pliante et s'assoit.

Pour la première fois, Victor regarde l'écran et l'image projetée n'a rien à voir avec une batterie de cuisine. On dirait plutôt un jeune couple en train de faire l'amour. Victor en suffoque, il était à cent lieues de croire que ces dames se distrayaient de cette façon sous l'accommodant prétexte d'une séance Tupper Ware. Il ne peut pas croire que Louise se prête à cette comédie. Est-elle seulement là parmi ces femmes concentrées sur l'action? Il cherche à la reconnaître mais il ne peut voir que l'ombre des nuques et des volutes de fumée de cigarettes qui seules voilent un peu la nudité des acteurs. Pour l'instant, il est impossible de savoir si Louise est présente. Puis Victor pense au petit Richard. Louise n'aurait quand même pas osé lui faire voir ça. Non, il l'attend probablement là-haut dans une autre pièce. Victor ne peut rien faire d'autre que de regarder le film. Celui-ci ne cache rien, il montre comment on peut faire l'amour de tous les côtés, dans toutes les positions. Est-ce que c'était ce à quoi pensait Louise quand elle disait que Victor était un piètre amant? Lui, n'a rien contre toutes ces prouesses, mais jamais il n'aurait eu l'audace de les proposer à sa femme. On croit se connaître, on vit ensemble depuis vingt ans et pourtant, d'une certaine manière, on reste des étrangers retenus par une fausse pudeur, par un comportement timoré.

Finalement, on rallume la pièce et aussitôt une voyeuse découvre l'homme, un homme mal à son aise, rouge jusqu'aux oreilles, se tortillant sur sa chaise.

— Hé les filles, il y a un mâle dans l'assistance.

Vingt visages se tournent vers Victor qui voudrait se fondre au mur.

— T'es folle, reproche une voix à Lima, il va raconter à nos maris qu'on visionne des vues cochonnes.

— Et pis après? répond Lima.

— Toi t'es veuve, tu t'en fiches.

— Ça se dit libérée et c'est même pas capable de dire à son mari que ça visionne des films érotiques. Amenez-les vos maris, ça leur donnera peut-être des idées.

— Moi, j'le prends pas, t'aurais au moins pu nous prévenir, proteste une grosse dame rougeaude.

— Il est venu comme un cheveu sur la soupe, j'pouvais pas le mettre dehors; c'est Victor, y'a pas plus smatte.

— J'appelle ça un coup de traître.

— Un coup de Barnac, ajoute une petite blonde pétillante, massacrant le nom du pauvre Jarnac, mais du même souffle, apparentant le coup à un bon «tabarnac» sec et tonitruant.

— Calmez-vous les filles, crie Lima, même si Victor parlait, ce qu'il ne fera pas j'en suis certaine, ce ne serait pas la fin du monde. J'vous gage que vos maris rappliqueraient les yeux ronds et la langue pendante. Tout le monde en profitera.

— Peut-être bien, mais ce n'est pas une façon de faire. Je croyais qu'entre femmes on pouvait se faire confiance.

— Si vos maris allaient voir un film cochon, croyez-vous qu'ils s'en cacheraient?

— C'est pas pareil, eux, ils s'en vantent, ils boivent comme des cochons, ils s'en vantent, ils courent les jupons, ils s'en vantent, ils attrapent une blennorragie, ils s'en vantent encore. On est pas pour suivre leur exemple.

— Si c'est bon pour le mari, c'est bon pour l'épouse.

— Il nous reste quand même un fond de pudeur.

— De la pudeur? s'exclame Lima.

— Disons de la bienséance... du savoir-vivre.

— Ou de la bonne vieille hypocrisie, oui.

— En tout cas, c'était pas une chose à faire, c'était nous prendre par en arrière et je ne sais pas si je te pardonnerai jamais ça.

Victor suit l'échange comme le ferait l'idiot du village. Son regard va de l'une à l'autre des intervenantes et n'arrive pas à se fixer quelque part.

— Ne venez plus me parler d'égalité, hurle Lima. Il se présente une occasion de vous affirmer et vous vous écrasez comme des chiens battus. Des paroles, ce n'est pas tout, il faut que les actes collent aux déclarations. Si c'est trop vous demander, mesdames, rentrez chez vous et reprenez votre petit tablier à fleurs.

Un silence pesant suit cette invitation formelle.

— Moi, je suis d'accord avec Lima, affirme une participante, pas plus tard que tantôt, je vais dire à mon mari ce que j'ai fait et s'il n'est pas content c'est du pareil au même.

— Mais les enfants, dit une autre, si les enfants apprenaient ça?

— Ils en savent plus que vous autres, les enfants, les revues cochonnes circulent librement à l'école.

— Ça c'est bien vrai, appuie une autre.

Arrachant un accord ici et là, Lima parvient à obtenir un certain consensus. Il y a encore des dissidentes, mais elles se font discrètes. Ce faisant, peu à peu, tous les regards se concentrent à nouveau sur Victor. Les expressions peu amènes posent toutes les mêmes questions muettes. Qu'est-ce qu'il fait là celui-là? Qu'est-ce qu'il veut? C'est ben la première fois qu'on voit un mâle à une séance Tupper Ware.

Enfin Victor revient à lui, un coup d'œil panoramique suffit à le rassurer. Louise n'est pas ici. Il se sent à la fois soulagé et déçu.

— On peut t'aider Victor? demande amicalement Lima.

— Je croyais que Louise était ici, répond piteusement Victor.

Il doit projeter une image plus que pathétique puisque Lima s'informe.

— Ça ne vas pas Victor?

Il s'entend dire des choses sans que sa volonté ne l'ait décidé consciemment. Il n'arrive pas à croire qu'il prononce ces paroles devant tous ces visages interloqués.

— Louise est partie, elle a déchiré ma photo avec Jean Béliveau, elle a pris le petit et elle m'a quitté, j'sais pas où elle est... la cherche partout... la trouve pas.

— J'voudrais ben en faire autant, dit une petite voix en sourdine.

Cette remarque acerbe achève de démolir Victor, il s'effondre en sanglotant comme une Madeleine.

— Vous ne savez pas ce que vous dites, balbutie Victor, la voix étranglée. Vous savez pas ce que c'est que l'amour. C'est plus que des mots, l'amour, c'est plus qu'un clair de lune, c'est plus qu'un tour de char sport. L'amour c'est quand on travaille comme une brute pendant vingt ans dans le gaz, le bruit et la crasse pour nourrir sa famille. C'est quand on s'endort pas le soir parce que le plus vieux est dehors à glander. C'est quand on fait un seize heures pour acheter un costume au petit. C'est quand on regarde tous les soirs les petites annonces pour se trouver un loyer dans un quartier moins pourri. C'est quand on endure les bêtises du boss parce qu'on veut pas se retrouver chômeur. C'est quand on se sent misérable parce que sa femme boude depuis une semaine. C'est ça l'amour, vous avez peut-être ben raison de vous plaindre, mais y faut regarder l'aut' face de la médaille, câlisse.

Lima a préparé un café pour Victor, celui-ci le prend d'un geste automatique et tourne interminablement la petite cuillère.

— Je regrette que ça ait tourné de même, sympathise Lima, est-ce que je peux faire quelque chose pour toi?

— Vous êtes ses amies, dit Victor d'une voix plus ferme, dites-lui que je suis venu brailler comme une guenille devant vingt femmes sarcastiques, ça

144

la fera rire, mais dites-lui aussi que moi, je l'aime et si elle n'est plus là, j'vois pas pourquoi j'continuerais.

— Qu'est-ce qu'elle t'a dit au juste?

Victor renifle, Lima lui passe un kleenex, il se mouche et hausse les épaules.

— Elle s'ennuie avec moi, elle est tannée du quartier, je serais pas un bon père et j'étais pas un bon amant, elle a dit que son avocat contacterait le mien. Comme si j'avais un avocat, comme si j'avais les moyens d'avoir un avocat. Et pis, les avocats n'ont rien à voir dans notre affaire, je parlerai pas à ma femme à travers un avocat, je veux lui parler en face, entre quatre-z-yeux. Je lui expliquerai tout et elle comprendra.

— C'est toujours aux femmes de comprendre, dit une voix lasse. J'pensais que c'était les hommes qui ne regardaient jamais l'aut'côté de la médaille.

— Taisez-vous donc, plaide Lima, vous voyez ben que cet homme endure le martyre.

— Il suffit qu'un pauvre petit homme chiale et te voilà tout attendrie, tu oublies leur domination idiote, leur paternalisme méprisant, leur autorité aveugle.

— Comme le petit garçon qui se fait pardonner ses mauvais coups en venant pleurer sur l'épaule de maman.

— Des pleurs de crocodile, oui.

— Si elle revenait, demain il aura tout oublié.

— Et on appelle ça des hommes.

Devant autant d'hostilité, Victor se redresse, il prend sa bécane et sort.

— J'irai te voir avant le souper, dit Lima, j'te cuisinerai quelque chose. On parlera.

— Lima, ça fait trop longtemps que t'es veuve, affirme une voix aiguë, t'as oublié le carcan.

— Hé les filles, intervient une autre, on est venues voir un Tupper Ware. On nous les montre ces casseroles, oui ou non?

Lima suit Victor des yeux. Celui-ci s'éloigne, courbé et tassé sur lui-même. Sa confession l'a émue, un pauvre type, tous des pauvres types. Et les bonnes femmes, toutes des pauvres bougresses aussi. Ils se débattent, ils s'agitent, ils gigotent, ils frappent l'air des mains, mais leur prison est trop solide pour leurs pauvres forces, plutôt que de s'en prendre à la muraille de leur donjon, ils se déchirent entre eux, ils confondent l'ennemi, ils tirent à blanc, ils défoncent des portes ouvertes et pendant ce temps-là, le système continue à les exploiter, les exploitera jusqu'à la fin du monde.

Tout à coup la démonstration Tupper Ware et la projection lui paraissent risibles. La situation lui semble sans remède.

BVD consulte sa montre. L'air du dehors, malgré sa moiteur, lui paraît léger et frais. Tout à l'heure, il suffoquait dans l'antre de l'Avocat. Il veut oublier cet épisode le plus vite possible, il a le revolver et c'est tout ce qui compte. Une soif terrible lui assèche la gorge et le corps tout entier. Ce n'est pas qu'une soif physique mais une soif spirituelle qui crie sa détresse et appelle au secours, qui appelle le miracle, seul capable de soulager la misère de l'Avocat et la sienne. Il sort du tunnel sombre en vacillant, il est à jeun depuis plus de vingt-quatre heures, il se sent faible, la tête lui tourne légèrement, mais il n'a pas faim. Cette scène avec l'Avocat lui a définitivement coupé l'appétit. Pourtant il faudrait qu'il mange un peu s'il veut tenir le coup jusqu'au soir. Il se glisse dans la Toyota et disposant d'une demi-heure, il va faire un tour et respire à pleins poumons l'air de la ville. Puis il se dit qu'une bouteille de vin lui remonterait le moral. Il compte ses sous, mais il n'a pas de quoi s'offrir une bouteille, même la moins chère. Ironiquement, il pense à l'endroit qu'il va cambrioler dans une heure, il y aura sur place tout le liquide dont il a besoin. Cette situation lui arrache un sourire. C'est pas le coffre qu'il faudrait piquer, c'est le stock, sauf que ça demande de la manipulation et que ça prend de la place. Néanmoins, il mangerait bien un morceau de fromage, le fromage est bourré de protéines et cela l'aiderait à supporter le stress qu'il sent déjà monter en lui, lui torsadant les nerfs, lui alourdissant l'estomac et les jambes. À chaque fois qu'il va faire un coup, c'est la même chose, les artistes appellent ça le trac. Il s'agit de la même angoisse paralysante qui fouaille le ventre et embrume le cerveau. Il ne faut surtout pas se laisser déborder. Il faut faire quelque chose, n'importe quoi.

Pris d'une inspiration soudaine, BVD s'arrête devant un dépanneur à la fois épicerie, tabagie, bureau de poste et librairie. L'endroit est relativement achalandé et un homme seul tente de faire face à la musique derrière sa caisse. BVD observe la scène un instant, la situation se prête bien à son petit projet. Il va directement au comptoir réfrigéré et s'empare de deux pointes de cheddar et d'un salami. Ensuite, il se joint à la petite file qui patiente devant la caisse. Lorsque vient son tour, il se penche en avant comme s'il voulait confier quelque chose d'important au responsable. Intrigué, celui-ci tend l'oreille. BVD murmure:

— La grosse dame là, avec une robe à fleurs...

— Oui, qu'est-ce qu'elle a la grosse dame?

— Elle met des bouteilles de parfum dans son sac.

Le gros homme à lunettes rondes se redresse comme s'il était horrifié par cette révélation, puis il jette un coup d'œil hostile en direction de la cliente en question. Sa lèvre inférieure empiète sur la lèvre supérieure, exprimant un vif mécontentement. Alors il quitte son poste derrière le comptoir et d'une démarche rapide, la démarche un peu comique des obèses, il vient se placer aux côtés de la cliente et lui serre le bras à la manière d'un flic qui attrape un galopin.

— Madame, ouvrez votre sac s'il vous plaît.

La grosse femme lui jette un regard impavide.

— Moi, pourquoi j'ouvrirais mon sac?

— C'est le règlement, la direction se réserve le droit d'inspecter les sacs de la clientèle.

Cette fois, les traits de la dame expriment une franche indignation.

— C'est ça, traitez-moi de voleuse.

— C'est facile à prouver, ouvrez votre sac.

— Je n'ai pas à ouvrir mon sac et lâchez-moi le bras ou je...

— Je ne vous lâcherai pas avant que vous n'ayez ouvert votre sac.

— Je suis une honnête femme et il n'y a pas ici un seul minable qui me fera ouvrir mon sac.

— Ne me forcez pas à appeler la police, madame.

— Mais au contraire, appelez-la, la police, vous savez ce que ça coûte une atteinte à la réputation d'autrui?

Irrité par toute cette mise en scène, le gros homme essaie d'arracher le grand sac de cuirette au court et massif avant-bras de la cliente. Chose qu'il ne fallait surtout pas faire. La cliente s'en scandalise et aussitôt se sert de son sac pour frapper furieusement le propriétaire au visage. Les lunettes sautent et on est à deux doigts de la mêlée. Un client proteste:

— Appelez la police si vous voulez, mais laissez cette dame tranquille.

— Vous, ne vous mêlez pas de ça, rétorque le propriétaire.

— Hé, on a pas toute la nuit, clame un autre client au milieu de la file, vous venez me servir ou j'm'en vas avec mes deux boîtes de Corn Flakes.

À son tour, une grande femme en bigoudis s'en mêle.

— Donnez-lui une chance à ce pauvre homme, il gagne honnêtement sa vie et je sais ce que c'est, j'ai tenu une tabagie pendant vingt-six ans. On ne peut pas se laisser dépouiller de notre maigre profit par n'importe quel voleur de grand ch'min.

— On se demande qui c'est le voleur, répond un petit Noir frisé. Une piasse et vingt-six pour une petite boîte de ragoût. Elles sont à une piasse et seize au supermarché.

— Vous n'avez qu'à aller au supermarché, rétorque la même dame.

— Il est fermé.

— Moi aussi, si j'étais fermé, je vendrais le ragoût à une piasse et seize.

— En tout cas, il n'a pas le droit de la fouiller, moi, je ne me laisserais pas fouiller, c'est dans les droits de la personne.

Impatienté par l'altercation, un homme âgé abandonne ses achats pêle-mêle sur le comptoir et s'en va dignement.

— Les droits de la personne, c'est toujours contre les petits commerçants, reprend la femme qui a tenu une tabagie pendant vingt-six ans.

— Grosse fasciste, dit le petit Noir.

— Ce n'est pas une raison pour insulter le monde, moi, je ne vous ai pas traité de sale nègre.

— C'est fait, la langue vous brûlait, grosse fasciste et grosse raciste.

— P'tit pouilleux.

— Fasciste, raciste et grosse torche.

Pour la première fois, un homme à moustaches, massif et costaud, intervient.

— Viarge! Madame, montrez-lui vot'sac qu'on en finisse.

— C'est bien par civisme, consent celle-ci, par pur civisme.

D'un geste rageur, elle ouvre tout grand son sac et le place juste sous le nez du propriétaire à bout de bras.

— Alors j'vous ai t'i volé quèque chose, monsieur Chose?

Le gros homme s'essuie le front et s'excuse platement. Piteux, il revient à son poste, il est furieux contre le petit jeune homme qui lui a refilé le tuyau. Mais où est-il ce jeune homme? Ça s'rait pas lui qui...?

— Le p'tit tabarnac, jure l'épicier.

— Il vous a volé deux fromages et un salami, dit une fille, l'air pincé et sec.

— Il est parti par où?

— Ça ne va pas recommencer, proteste le moustachu.

— Il est parti dans une Toyota, une Tercel verte, reprend la fille imperturbable, j'ai pu lire les trois premiers numéros, 1, 6, 2 ... le reste était illisible.

— Vous appellerez la police plus tard, suggère le costaud, servez-moi ou je m'en vais ailleurs.

«Il peut y compter, pense l'épicier, un petit trou de cul. Faire tout ce foin pour rien, je perds une cliente et il s'en va avec deux fromages et une saucisse. On devrait leur couper la main à ces voleurs comme on fait chez les musulmans. Y'a du bon là-dedans, les musulmans, on lapide les tapettes, on émascule les violeurs et on ampute les voleurs, bon débarras! Les gens honnêtes peuvent respirer.»

BVD fait lentement le tour du pâté de maisons. La ruelle arrière est déserte si ce n'est d'une ménagère qui balaie son trottoir devant la maison. L'œil aux aguets, il exécute encore un tour complet et vient se garer devant le petit salon de barbier. Il s'agit d'une zone débarcadère, mais on tolère le stationnement les dimanches et les jours fériés. Après avoir verrouillé la portière, il ouvre le coffre arrière. Il en sort le sac de toile et y dépose le pic et la pioche, les fromages et la saucisse. Il jette de furtifs regards autour de lui: personne. D'ailleurs, par bonheur, la fenêtre du salon se trouve au fond d'un petit retrait presque invisible de la rue. Seule une fenêtre de la maison voisine donne sur ce retrait et le rideau est tiré, probablement une salle de bains. Tendu, BVD tire son sac et examine la fenêtre. S'emparant de l'arrache-clou, il glisse l'extrémité plate entre le chambranle et le bas de la fenêtre, puis il tire le levier à lui. Le petit loquet saute sans faire de problème. Une fois la fenêtre ouverte, BVD soulève tout son barda et le jette à l'intérieur. Ensuite, il se glisse lui-même par l'étroite ouverture et atterrit sur une chaise de plastique. Refermant délicatement la fenêtre, il examine les environs pendant deux longues minutes. Tout va bien, le rideau du deuxième en face est toujours aveugle et personne ne se montre. Aussitôt, il referme le store et s'intéresse aux lieux. Il se trouve dans une petite pièce toute en longueur, il y a deux chaises de barbier de grand style, celui des années trente, il y a des miroirs, une vieille caisse enregistreuse avec des dorures et des fions de couleur, une quantité de bouteilles, des revues périmées, des dessins gauches au fusain montrant les coiffures à la mode. Par pur automatisme, BVD inspecte la caisse. Comme il s'y attendait, elle est vide. Il s'assoit un instant dans la chaise de gauche, pivote et contemple son image dans le miroir. Il ne se plaît pas, il ne s'est jamais plu. Quand il allait au barbier jadis, il fermait les yeux. Il soupire longuement et entreprend aussitôt de dégager l'espace qui donne sur le magasin de la Régie des alcools. Il a tout son temps — le défilé est prévu pour trois heures —, il pourra travailler tranquille. Le mur est fait de blocs de ciment où une légère fêlure zigzague déjà en escalier. BVD s'empare de sa pioche, crache dans ses mains et s'attaque à la fissure. C'est du ciment friable qui éclate facilement. À grands coups de pioche, BVD brise les blocs en éclats et de temps en temps, du pied, en dégage l'accès au mur. Plus le trou s'agrandit, plus il est facile de l'élargir encore. Malgré tout, BVD transpire abondamment. Certains blocs offrent une résistance inattendue, le mortier reste encore l'élément le plus coriace. Au-delà des blocs de ciment commence à apparaître un gros treillis métallique, des colombages d'acier troué, des fils électriques et quelques tuyaux de cuivre, puis il y a un contreplaqué et de l'autre côté, l'isolant et le revêtement. Toutes les cinq minutes, BVD s'arrête pour récupérer un brin, puis il se remet méthodiquement à la tâche. Bientôt, il se trouve devant un trou béant assez grand pour lui livrer passage. Des débris poussiéreux jonchent les tuiles du salon de coiffure. La poudre de ciment s'est déposée partout, revêtant tous les objets d'une pellicule blanchâtre comme une pièce qui serait inhabitée depuis des années. Déposant sa pioche, BVD extrait une paire de pinces et vivement, il découpe le treillis de fils d'acier qui s'en va rejoindre le reste des débris. Ensuite, il s'étend sur le dos et, jambes repliées, il assène de vigoureux coups de pied sur le contreplaqué supportant l'isolant et le revêtement de planches de pin. Celui-ci cède après plusieurs assauts et la voie est libre. BVD nettoie les abords, ménageant les fils électriques et les conduites d'eau, puis il passe la tête et ensuite tout le corps. Après quoi, il saisit son sac de toile et le tire à lui. Il est enfin sur place. Comme l'avait dit le p'tit Boss, il semble bien que le système d'alarme ait été neutralisé. Les vitrines sont obstruées de placards publicitaires et de drapeaux. Il est impossible de l'extérieur de voir quoi que ce soit. Tant bien que mal, BVD s'époussette et à tâtons cherche sa torche électrique. Il examine les lieux sans hâte et, rapidement, repère le coffre camouflé au fond d'un petit cagibi surplombant le plancher des étalages. La porte du bureau cède sans difficultés, un coup de pioche suffit. En nage, BVD se laisse tomber dans le fauteuil du gérant et fixe le coffre d'un air apeuré. Ce sera la première fois qu'il s'attaquera à un coffre; trop difficile, trop aléatoire, les explosifs, c'est trop dangereux et il n'a rien de l'habile perceur de coffre qui ausculte la mécanique et ouvre la boîte les doigts dans le nez. Il connaît pas mal d'escrocs notoires mais il ne connaît personne qui arrive à ouvrir délicatement un coffre un peu sophistiqué.

Une goutte de sueur salée lui roule dans l'œil, BVD tire une quantité de Kleenex d'un distributeur de carton et s'éponge méticuleusement le visage et le cou. Puis il se penche sur son sac de toile. Il prend précautionneusement la galette de plastic, les détonateurs, la petite batterie, le distributeur de fils électriques et dépose le tout sur le bureau qu'il dégage de son avant-bras gauche. Il cherche à se rappeler mot à mot les instructions que Bic lui a données. Levant le regard, il découvre une photo encadrée qui a échappé à son nettoyage. Elle montre trois jeunes garçons, l'air turbulent et faussement timide. Sans doute la progéniture du gérant, de beaux enfants. «Pourquoi, pense BVD, les enfants de riches sont-ils plus beaux que les enfants de pauvres? Sans doute une question de nutrition et de climat familial. Des protéines et de l'affection.» Puis il se dit qu'il est complètement à côté de la coche. L'affection n'a rien à voir avec la beauté. Et pourtant oui, les enfants qui se sentent aimés s'épanouissent et deviennent plus beaux. Il a vu ça souvent dans les familles à l'aise où l'enfant n'est pas un fardeau financier et où on a le temps de s'occuper de lui.

Chassant ces idées inopportunes, il écarte la photo et ouvre son canif. Bic a dit de bien dénuder l'extrémité des fils. Bic a dit de positionner l'explosif légèrement au-dessus du niveau du cadran. Bic a dit d'appuyer fermement sur la galette de façon à ce que la matière molle s'insinue le plus possible dans les interstices. En fait, c'est là le point le plus important. L'idéal aurait été de creuser des trous dans l'acier et de les bourrer de plastic, mais cet acier-là, il faudrait du diamant pour le percer. Bic a dit de planter fermement l'extrémité du détonateur dans la pâte grise, de dérouler le dévidoir le plus loin possible. Bic a dit de fixer le filament bleu au pôle gauche, il suffira de toucher l'autre avec le filament rouge et... Bang. Si tout va bien, le coffre s'ouvrira sans endommager les liasses de dollars.

BVD examine son travail et se déclare satisfait. Tout trempé, il enlève sa chemise et s'éponge encore le front. Il sent la sueur lui couler le long de la colonne vertébrale et s'insinuer entre ses fesses. C'est vraiment un temps de chien pour s'agiter, l'air conditionné ne fonctionne pas et cette température de fournaise ne doit pas améliorer la qualité des grands crus alignés sur leurs étagères.

Enfin, BVD s'assoit par terre devant la petite batterie carrée, il tend le bras et cueille une bouteille sans même en regarder l'étiquette, n'importe quoi fera l'affaire. Mais il réalise qu'il n'a pas de tire-bouchon. Avec son canif, il enfonce le liège, ensuite il récupère son fromage et mord dedans sans trop d'appétit. Il consulte sa montre et il a au moins une grosse heure devant lui. Il regrette de ne pas avoir apporté un livre. Maintenant qu'il n'a plus rien à faire, maintenant qu'il ne reste plus qu'à attendre, réapparaît cette sourde petite crampe au plexus, la peur, l'angoisse, la crainte d'être pris. Il faut à tout prix qu'il pense à autre chose. Pour ce faire, il s'astreint à démonter, nettoyer et remonter son revolver puis il charge pensivement le barillet et le dépose soigneusement sur le sol entre ses cuisses.

Des corridors nus et froids, presque des corridors d'hôpital. Le métro s'anime de minute en minute. Des gens arrivent de partout pour fêter. Dans une heure, ce sera la foule. Juliette et Juanita arpentent les accès, les aires d'attente, les boutiques, les toilettes pour femmes, les structures qui chevauchent les voies et les escalators. Elles vont d'une station à l'autre, recommençant chaque fois le même manège fastidieux et pénible.

Pour meubler le silence et aussi pour distraire l'esprit de sa compagne, tout en dévisageant les usagers, Juanita raconte sans passion un épisode de sa vie mouvementée.

— À cette époque, j'avais onze ans. Mon père qui travaillait à la mine se mourait d'oune cancer dou poumon. Il a travaillé jousqu'à la dernière minoute, jusqu'à cé qu'il né soit plous capable dé souléver oune pioche. Tout lé monde savait qu'il allait mourir bientôt, mais personne n'en parlait. Mon père avait oune pétite assurance-vie, mais il savait qu'oune clause, en pétits caractères illisibles, excluait la couverture dou cancer dou poumon en cé qui concernait les mineurs dou cuivre, du zinc ou dou titane. Alors il a fait venir mes sept frères et sœurs et moi, il nous a embrassés, et ensouite il est allé au village et il s'est jeté dévant oune camion. La compagnie d'assourances a fait des misères, mais elle a fini par payer la pétite prime. Comme c'était loin d'être souffisant, maman n'a pas dit un mot à personne et après les founérailles, elle s'est présentée à la mine avec l'accoutrement dé mon père pour travailler. La direction a refousé de l'embaucher, les mineurs ont fait oune grève, l'armée est venoue et deux hommes ont été toués. Pour finir, quelqu'un a mis lé feu à la mine. Cet hiver-là, on a mangé des

156

haricots noirs, des racines amères, des galettes dé farine dé blé sauvage, des moûres moisies, n'importe quoi. Mon pétit frère est mort à son tour dé mal-nutrition et dé tuberculose. Les docteurs coûtaient trop cher et ils ne venaient même plous pour les mineurs. Maman a placé les enfants oune peu partout chez des parents. Moi, jé souis allée chez oune cousin dans le nord. Mais c'était oune cousin vicieux qui voulait qué jé mé déshabille dévant loui pendant qu'il faisait tou dévines quoi. La nouit, jé pleurais et jé priais pour qué maman vienne me chercher. Pouis oune jour, lé cousin a voulu coucher avec moi. Jé lui ai dit qué s'il couchait avec moi, j'at-tendrais qu'il dorme et qué jé lui planterais lé gros couteau de cuisine dans lé ventre. Il a ménacé dé mé jeter à la rue, mais cette idée l'a fait patienter oune peu. Maman m'écrivait toutes les semaines, mais moi, jé né loui disais rien pour ne pas ajouter à ses soucis. Puis ils ont fermé la mine, les Américains disaient qu'elle n'était plous rentable. Maman a dû aller dans le soud pour se trouver dou travail dans oune ferme, mais il y avait beaucoup de chômeurs et elle a fait dix mille besognes exténuantes et humi-liantes. Après deux ans, elle m'a envoyée oune billet d'autobus pour qué j'aille la rejoindre, elle s'inquiétait surtout dé moi. Mon cousin qui avait intercepté la lettre m'a dit qu'il né mé remettrait pas de billet jousqu'à cé qué jé couche avec lui. Nous étions dans oune grange. Alors j'ai saisi oune fourche et je l'ai frappé. Vivement, j'ai pris lé billet et jé mé souis enfouie en prenant soin dé broûler la lettre au cas où on me rechercherait. J'ai jamais su si j'avais toué mon cousin ou si je l'avais seulément estropié, dou moins pas avant longtemps.

Ma mère paraissait lasse et fatiguée. Elle avait eu la permission pour qué jé partage sa chambre, j'avais droit à trois répas par jour contre des pétits travaux. Malgré tout, j'ai été heureuse pendant tous ces mois-là. Chaque année, au printemps, les grands propriétaires organisaient oune fête populaire. Cette fois-là, il y avait des danseurs et des danseuses de variétés, le spectacle m'avait tellement frappée qué c'est à cé moment-là qué jé décidé dé faire oune danseuse.

À quarante-six ans, maman était déjà vieille et ousée. À l'automne, elle a eu oune attaque et elle est morte oune semaine plous tard. Tou sais cé qu'elle m'a dit? ce sont ses dernières paroles: «Fais toujours cé qué tou as à faire, rien dé moins et personne ne peut t'en demander plous.»

Avec mes pétites économies, jé souis partie pour Santiago. Tou sais comment jé souis dévenue dan-seuse. Mais un beau jour, mon cousin que j'avais estropié m'a retrouvée. Il n'était pas mort après tout. Je n'avais pas pensé à changer mon nom et il avait vou oune affiche. Lé salaud m'a fait dou chan-tage. Jé loui donnais dé l'argent et il né mé dénonçait pas à la police. Ça a douré quatre longues années pendant lesquelles jé loui ai donné presque tout cé qué jé gagnais. Loui se laissait vivre sans faire rien d'autre qué dé boire dé l'eau-dé-vie et dé jouer aux cartes.

Soudain, Juliette s'arrête devant une réclame de Coca-Cola et se laisse tomber sur un banc, elle est pâle, nerveuse, survoltée, ses nerfs la lâchent et ce sont eux seuls qui la tiennent depuis un bon moment. Son menton tremble, ses mains se crispent, sa voix se casse.

— Ça ne sert à rien, elle n'est pas ici, nous ne la retrouverons jamais.

Juanita se penche affectueusement sur elle.

— Fais tout cé qué tou dois faire, dit-elle posément, il ne reste qué deux stations.

Juliette ferme ses yeux hagards, soupire longuement et les rouvre pour fixer son amie.

— Tu as raison, tu es la meilleure des amies, je ne sais pas ce que j'aurais fait toute seule. Allons-y.

Une fois en route, Juanita reprend son récit. Elle sait que Juliette ne l'écoute que distraitement, mais elle sait qu'aussi longtemps qu'elle occuperait un coin de son esprit, cela éviterait qu'elle se laisse emporter par son désespoir.

— Un jour, jé mé souis fait oune amigo. Jé l'ai aimé tout dé souite pour trois raisonnes: parcé qu'il avait oune idéal, il voulait effacer toute la misère dou monde, il était pour la social-démocratie d'Allende, deuxièmement il était jeune et plein d'enthousiasme, ensouite il était très beau et très tendre. Quand jé loui ai raconté mes démêlés avec mon cousin, il m'a démandé sérieusement si jé voulais qu'il lé toue. Jé né le voulais pas, j'étais croyante. Quand lé présidente Allende a été élou, mon amigo a obténu oune haute position dans lé gouvernement au ministère de la joustice. Alors il est allé voir mon cousin et il loui a fait tellement peur qué céloui-ci s'est enfoui dans lé soud. J'ai été très heureuse avec mon amigo puis après quelques années tout s'est mis à aller dé travers. La droite a assassiné lé présidenté, mon amigo est mort dans les prisonnes dé Pinochet et jé mé souis enfouie dé justesse. Maintenant tou connais toute ma misérable histoire.

159

Juliette et Juanita sont revenues à leur point de départ.

— Elle n'est pas là, dit sombrement Juliette. Sortons d'ici, on a perdu notre temps.

— Nous n'avons pas perdou notre temps, répond Juanita, maintenant nous savons qu'elle n'est pas ici.

Devant les escalators, il y a un jeune homme qui prêche les Évangiles. Il est vêtu d'une robe de tissu grossier et porte des sandales crasseuses.

— Entrez par la porte étroite, clame le jeune, car large et spacieux est le chemin qui mène à la perdition, et il en est beaucoup qui le prennent; mais étroite est la porte et resserré le chemin qui mène à la vie et il en est peu qui le trouvent.

Les gens défilent sans s'arrêter, sans même prêter attention au prêcheur, il y a beaucoup d'enfants maquillés, des couples d'amoureux, des couples âgés aussi. Une femme veut donner un billet de deux dollars au jeune prophète mais celui-ci proteste:

— Mais je ne vous ai rien demandé, donnez votre argent aux pauvres, mon père est riche.

Il indique un grand carton de l'index.

— Ces choses sont à mon père, je vous les donne en son nom. Quel est le pauvre qui a besoin d'un rasoir électrique? Où est la pauvresse qui a besoin d'un grille-pain, d'une caméra, d'un transistor, d'une montre? Voici des souliers de daim, une mallette pleine d'actions de Bell Téléphone, un quarante onces de... de... — il hésite — de Southern Comfort. Je ne suis pas là pour prendre, je suis là pour donner. Ne me remerciez pas, remerciez mon père, il me bénira plus tard. Toutes ces choses retourneront à la poussière et à la ferraille, le geste, lui, plaira aux yeux du Père dans les cieux. Ce que vous faites aux plus humble d'entre les miens, c'est à moi que vous le faites.

Le prêcheur obtient un succès monstre, surtout avec le quarante onces, ce qui attire l'attention d'un employé de la Commission des transports.

— Va faire ta distribution ailleurs, ordonne-t-il.

— N'empêchez jamais le riche de donner, rétorque le jeune homme, il se mérite le ciel.

— Ton père, il est d'accord?

— Il le sera quand ses péchés lui seront pardonnés.

— Tu s'rais pas un peu parti pour la gloire?

— Pauvre sot, celui qui donne est suspect à tes yeux tellement vous êtes habitués à recevoir et qu'il vous répugne à donner. Écoutez votre cœur, renoncez à l'égoïsme sordide, faites taire la voix abjecte de l'intérêt matérialiste, ouvrez votre cœur...

— Il mé plaît bien cé jeune homme, se prononce Juanita.

Aussitôt dehors, la chaleur moite s'abat sur elles. Près de l'accès au métro, six hommes font la grève de la faim pour forcer le gouvernement à adoucir sa loi sur l'immigration. Un peu voyeurs, les badauds forment un petit attroupement.

— Allons faire oune prière, propose Juanita en passant devant l'église paroissiale.

— Ne perds pas ton temps, réplique Juliette. Dieu, s'il existe, n'écoute pas les petits trous de cul que nous sommes.

— C'est oune sacrilège, tou n'as pas lé droit dé dire ça.

— J'ai passé mon adolescence à prier et tu vois où j'en suis; je danse nue dans un trou sordide pour gagner mon pain, je suis obligée de me prostituer pour garder ma job et une folle m'enlève mon bébé. Qu'est-ce que j'y ai fait au bon Dieu, câlisse, j'essaye juste de survivre.

— Né refouse pas son aide.

— Personne ne m'a jamais aidée.

— Et moi jé né t'aide pas?

Juliette s'arrête et presse les mains de son amie.

— Oui, Juanita, sans toi je serais devenue folle.

— Alors viens réciter oune prière.

— Non je n'y crois plus, je ne peux plus.

— Alors tou mé régardéras prier.

Pour faire plaisir à Juanita, Juliette l'accompagne. Une fois dans l'église, pendant une seconde, elle croit que le miracle s'est accompli. Une vieille femme, cheveux blancs et châle de laine sur les épaules, malgré la chaleur, allume un lampion; près d'elle, un enfant babille dans un vieux landau noir. Juliette se précipite vers le landau. Son immense déception a quelque chose de pathétique. C'est comme si elle se ratatinait telle une peau de chagrin.

— Vous ne pouvez pas aller plus vite? grogne Réal.

Le chauffeur de taxi semble ne pas l'entendre. Réal retient un juron.

— Depuis qu'on a ces tontons, y'a plus moyen de rien faire, y parlent pas français, y parlent pas anglais, pis y connaissent pas la ville.

Contrairement à ce que pensait Réal, celui-ci comprend le français et s'offusque facilement. Il s'arrête brusquement, descend et ouvre la portière arrière.

— Monsieu', payez-moi et descendez de ma voitu'e.

— Hé là, hé là, proteste Réal, je vous croyais sourd.

— Je ne suis pas sou'd et je n'aime pas me fai'e t'aiter de tonton. So'tez de ma voitu'e et allez vous fai'e pend'e ailleurs.

— Calmez-vous, j'ai dit ça tout bonnement.

— Tout bonnement ou pas je ne me fe'ai pas insulter dans ma voitu'e. Je n'aime pas les 'acistes. Je suis un homme moi, j'ai le d'oit de gagner ma vie sans me fai'e t'aiter de tonton.

— C'est entendu, consent Réal en lui tendant un billet de dix dollars. Il y aura un gros pourboire, je suis pressé.

L'Haïtien lui jette un regard chargé de colère, néanmoins il accepte le billet et reprend sa place derrière le volant. Réal hausse discrètement un sourcil à l'intention de Poinsettia. Celle-ci sourit toujours comme si cet incident n'avait plus d'importance. Elle semble prendre désormais les choses avec placidité et philosophie.

Le reste du trajet se fait en silence, puis la voiture s'arrête devant les bâtiments des frères Meilleur, dépositaires BMW. L'endroit semble désert.

— Attendez-moi, dit Réal en descendant.

Il se dirige directement vers la porte de service, mais celle-ci est verrouillée. Réal colle sa main pour bloquer les reflets et inspecte l'intérieur. Personne. Il essaie différentes autres portes, fait le tour de la salle de montre et il revient bredouille à la voiture.

— Nous allons attendre un peu, dit-il au chauffeur.

— Ça va fai'e un beau montant, répond celui-ci, payez-moi au dix dollars.

— D'accord, d'accord.

Le taxi se gare entre les voitures parquées tout autour et on ferme le moteur. Seul se fait entendre le tic tac du taximètre. Soudain, Réal frémit à une idée très déplaisante.

— Est-ce que l'Acteur a un passeport valide?

— Non, répond Poinsettia, il est toujours cassé, pas les moyens d'aller en Europe et il est interdit de séjour aux États.

Réal ne semble qu'à demi-rassuré, il y a encore tout le reste du pays qui est accessible à l'Acteur.

— Est-ce qu'il a de la famille?

— Probablement, mais il a coupé les ponts depuis longtemps.

Un long silence s'installe. Poinsettia regarde le vide, le chauffeur lit un illustré et Réal jongle. Puis il jette un regard furtif à sa compagne.

— Et vous Poinsettia?

Il ne sait pas trop pourquoi il pose cette question, peut-être pour meubler le temps peut-être parce que la fille à la fois si garce et si fragile l'intrigue. Il ne s'est pas encore fait une opinion définitive à son sujet et il se sent mal à l'aise quand il ne peut pas situer exactement un individu. Poinsettia sort de sa rêverie.

— Moi, quoi?

— Oui, avez-vous de la famille?

— J'ai deux sœurs qui font le téléphone dans l'ouest, elles et moi, c'est le feu et l'eau. Ces sales guenons s'imaginent que parce qu'elles ont une clientèle plus riche cela leur permet de me regarder de haut. J'ai un frère dans l'armée, un autre en prison et encore un autre qui ira le rejoindre très bientôt. J'ai aussi deux jeunes sœurs. La première est bien partie pour venir me donner un coup de main un jour ou l'autre, mais pas l'autre, j'espère qu'elle ne fera jamais ce métier, c'est pas son genre, trop délicate, trop sensible. Si j'étais partie avec l'Acteur, je l'aurais prise avec moi. Je l'aurais mise dans une bonne école et je lui aurais donné un environnement décent. J'en aurais fait une princesse, elle aurait eu des leçons de piano, des cours de personnalité, des cours de philosophie et tout le barda.

Poinsettia débite tout cela d'un ton amusé et joyeux.

— La philosophie, c'est important, j'ai remarqué que plus les gens sont riches et désœuvrés plus ils sont calés en philosophie. C'est un signe de grande classe. Quand t'as des loisirs en masse, il faut bien s'occuper la cervelle, alors t'apprends des grands mots et tu discutes dans les salons. Tiens une fois, y'avait le cardinal Léger qui disait que les philosophes sont tous à la recherche de Dieu. C'est plus prestigieux d'être à la recherche de Dieu que d'être à la recherche d'une job. Moi je me dis qu'au fond c'est perdre son temps que de rechercher Dieu. Si jamais y'a affaire à nous, il sera bien capable de nous trouver tout seul. Quand même, si y voulait me rendre service, y pourrait me dire où se cache ce plein de marde d'Acteur.

— Pourquoi vous accrochez-vous à ce salaud?

Poinsettia devient toute grave.

— C'est pas explicable, y'a des types comme ça qui attirent les femmes, ça s'appelle du... du charisme, c'est ça, du charisme, eh ben, le salaud, il est bourré de charisme, le charisme lui sort par les oreilles. Y'a des types qui te plaisent et c'est tout, y'a pas d'explication. Quand il veut, il est capable d'être tendre, il sait parler aux femmes et il est fort, il fait bien l'amour et il a du poil sur la poitrine. J'ai toujours aimé les hommes qui ont du poil sur la poitrine. Vous par exemple, vous seriez pas mal si vous aviez du poil sur la poitrine.

— Merci, dit Réal, la conversation de la fille commence à l'amuser.

Poinsettia enlève délicatement un brin de tabac sur sa langue.

— Mon premier chum, je l'ai choisi pour ça. Il était pas très beau ni très intelligent, mais il était grand avec une toison bouclée rouge flamme. C'est bizarre ça, c'est la bête qu'on aime chez les hommes. Les femmes qui aiment les petits intellectuels avortons et tourmentés sont toutes des gouines qui ne se l'avouent pas. Les vraies femmes aiment la bête, pourvu qu'elle ait assez d'intelligence pour dire bonjour et comment ça va. Qu'en penses-tu?

— Je ne sais pas, dit Réal, ces choses-là sont trop compliquées pour moi.

— Vous avez raison, quand on ne sait pas une chose il faut le dire. Je ne sais pas, et pis après? T'es pas plus coco pour ça.

Poinsettia étonne Réal avec sa façon d'utiliser tour à tour le vous et le tu. «Cette fille-là n'est pas idiote», se dit-il. Poinsettia se tourne résolument vers lui.

— Et vous, quel genre de femmes aimez-vous?

— J'en suis toujours à me faire une idée. Certains jours, je crois le savoir et le lendemain ce n'est plus vrai.

Poinsettia n'insiste pas.

— Mon frère, celui qui est en prison, dit que s'il n'y avait pas de femmes, il n'y aurait pas de prison. Moi, je ne crois pas. De toute manière, tout le monde a sa prison. Le gars marié a sa femme, sa maîtresse, ses enfants, l'ouvrier a sa job pis son boss, le riche a son argent et son standing, le chômeur a sa misère, le politicien a son ambition et ses électeurs, le sportif a ses performances, le curé a son évêque et ses envies étouffées et pour finir, le bon Dieu nous a. Et on est bien là pour le faire chier au boutte des fois. Personne ne pense à plaindre le bon Dieu, moi je le plains le bon Dieu, ça doit pas être drôle tous les jours de nous endurer. Et pis le bon Dieu, quand il en a assez, y peut pas se payer une guidoune et partir sur la brosse, y faut toujours qu'y donne l'exemple.

— Vous avez une façon particulière de voir les choses.

— Ma mère disait toujours que l'évidence était la chose la moins évidente de toutes. Moi je crois que vous êtes un brave type et je me trompe rarement.

— Vous vous êtes trompée dans le cas de l'Acteur.

— Je ne me suis pas trompée, je sais depuis le premier jour qu'il est un salaud. Mais y'a une force inconnue qui me pousse vers lui comme le vide qui attire le gars qui se jette du haut d'un pont. Je sais que je vais me casser la gueule mais je me laisse emporter.

Réal lui accorde un regard de sympathie. Poinsettia lui en est reconnaissante.

— Je vous aiderai à retrouver votre argent. Dismoi ce qu'il faut faire et je le ferai.

Le problème c'est que Réal ne sait plus du tout ce qu'il faut faire. Après toute une heure à attendre devant la bâtisse des frères Meilleur, il est évident que l'Acteur ne viendra pas aujourd'hui s'acheter une BMW.

«Qu'est-ce que je ferais moi, se dit Réal, s'il me tombait cette petite fortune sur la tête?» Cette question le fait sourire, lui qui est accouru chez Poinsettia.

— Allons chez lui, dit-il, peut-être qu'on trouvera un indice.

Traînant le pas, presque sans en prendre conscience, Victor marche en direction de la maison. Il a faim, il a sommeil et il est harassé. Plus qu'une nuit de travail exigeant, ce sont les émotions qui l'ont démoli. Il n'arrive pas encore à y croire vraiment. Louise se cache comme une criminelle et pour l'instant, il ne sait plus où chercher. Alors il rentre à la maison, peut-être lui viendra-t-il une meilleure idée. Il grimpe l'escalier, la tête basse et les articulations douloureuses. Il y avait plein de monde dans les rues, mais c'est à peine s'il s'en est aperçu. Ne voulant plus rien savoir, il va se faire un café et il va aller dormir. La porte est restée ouverte, on peut entrer ici comme dans un moulin. Victor met l'eau à chauffer et s'assoit à la table de cuisine. Puis comme il ne peut pas rester sans rien faire, il s'en va ramasser les parcelles de sa photo avec Jean Béliveau. Il prend du «scotch tape» et il se met patiemment à recoller les morceaux de la photo. Un pas fait craquer les planches du corridor. C'est Germain qui s'en vient, en jean, torse nu, les cheveux fous, les yeux bouffis de sommeil. Celui-ci se sert du café et s'installe à la table, l'air gêné, évitant de croiser le regard de son père. Victor semble absorbé par sa tâche. Personne n'ose parler en premier. À son tour, Victor se verse un café et se remet à son puzzle.

— Pourquoi tu jettes pas ça? dit enfin Germain. C'est presque un cri.

— Jeter ça, répète Victor abasourdi, tu en parles comme si c'était une carte postale. Mais c'est une photo unique. Jean Béliveau n'est pas n'importe qui et il m'a serré la main, cette main-là, en chair et en os.

Germain détourne le regard.

— Tu crois que ça m'amuse de voir mon père se lamenter sur un bout de papier comme un enfant qui braille sur une poupée cassée? Tu crois que ça m'amuse de voir mon père courir la ville dans tous les sens en braillant à tous les coins de rues?

— Qui t'a dit ça?

— Lima a appelé. Conduis-toi comme un homme, baptême, pas comme une guenille!

— Je me conduis en guenille, répète Victor comme un automate, t'as honte de ton père. Tu ne t'es pas dit que peut-être c'est parce que je tiens à ta mère, tu ne t'es pas dit que c'est parce que je l'aime et que si elle n'est plus là, je n'ai plus de raison de faire quoi que ce soit.

— C'est pas comme ça que tu vas la ramener.

— Tu le sais, toi, comment la faire revenir?

— Non, je ne sais pas, mais je sais que ce n'est pas la manière.

— Je ne sais pas m'y prendre, c'est vrai, mais c'est la seule manière que je connaisse, quand ça me fait mal, je crie. Je ne sais pas faire autrement.

— Tu penses toujours à toi, pense un peu aux autres de temps en temps.

— Tu étais d'accord avec ta mère?

Germain ne répond pas, cette abstention équivaut à un acquiescement. Victor le regarde piteusement.

— On dirait que je suis un monstre, qu'est-ce que je vous ai fait de si terrible?

— Tu veux vraiment le savoir?

Victor fait pathétiquement oui de la tête plusieurs fois, rien ne peut plus l'humilier. De nouveau, Germain détourne le regard.

— T'es un pauvre type.

— Un pauvre type?

— Oui, un pauvre type, un minable, juste bon à souder des bouts de tuyaux pour un trou du cul d'Anglais qui t'exploite et qui te chie dans'face...

— Je croy... je croyais que...

Victor renifle péniblement, ce qui exaspère encore son fils.

— Tu vas encore te mettre à chialer. Comment veux-tu que ta femme soit fière de toi? Comment veux-tu que tes enfants te respectent, regarde-toi, regarde la maison, regarde ce que t'as fait de ta femme: une vieille femme usée avant l'âge; la maison, un taudis croulant, une vie sans avenir, un mur de brique pourri, une enfilade de poteaux et de poubelles, l'été, la puanteur, l'hiver, le froid et l'humidité.

— J'ai fait mon possible mon garçon, articule Victor le nez dans son café.

— C'est pas ta faute, je le sais, mais ça n'arrange rien, ça change rien. Pourquoi penses-tu que je ne suis jamais à la maison? L'atmosphère est empoisonnée. Ça fait depuis que j'ai ouvert les yeux que je m'attends à ce qui arrive. T'étais le seul à ne rien voir.

— Qu'est-ce qu'il faut que je fasse?

170

— Je ne sais pas s'il y a quelque chose à faire.

— Tu viens de m'achever mon garçon, y me restait encore un brin d'illusion, gros comme un fil de soie, maintenant, y'a plus rien, le néant. Je comprends mon garçon, je comprends, merci de ta franchise.

Victor se lève pesamment, ramasse méticuleusement chaque bout de papier et les jette à la poubelle de plastique. Ensuite, il prend sa veste d'un geste machinal — celui qu'il répète tous les jours quand il part pour l'usine — et il sort en refermant doucement la porte derrière lui. Quand il disparaît, Germain laisse tomber sa tête sur ses avant-bras posés sur la table. Les marches craquent comme si Victor était cent fois plus lourd qu'avant. Il voit mal devant lui, les choses lui apparaissent floues et déformées, qu'importe; il s'éloigne à pied, en vacillant comme un homme légèrement ivre. Son cerveau ne répond que partiellement aux stimuli extérieurs, son cœur prend de plus en plus de place dans sa poitrine jusqu'à lui monter à la gorge. C'est à peine s'il sent ses jambes. On dirait un cul-de-jatte qui marcherait sur des prothèses insensibles.

À ce moment-là, La Raquette l'aborde et Victor retrouve un peu de son aplomb, du moins assez pour lui faire un vague sourire. La Raquette l'examine de près.

— Ça n'a pas l'air d'aller. J'allais te chercher, viens boire un coup, tu me raconteras ça, j'ai rien compris à ton histoire au téléphone.

Victor le suit comme un petit garçon suivrait sa mère. Les deux hommes s'installent à une table libre du *Mona Stère*. Le petit Petit s'avance, une chope de bière à la main, l'air engageant.

— Fous-nous la paix, lui dit La Raquette, je suis avec un vieux frère et on a à parler.

Bientôt, ils font face à une mer de chopes de bière, personne n'ose plus les aborder après la rebuffade essuyée par le petit Petit. Il règne ici une fort belle animation. Il y a un petit quelque chose dans l'air, même Victor, pourtant en piteux état de perception, en prend conscience. Il y a de l'électricité dans l'air et derrière son bar, la grosse Mona paraît resplendissante.

BVD doit avoir dans les onze ou douze ans. Il est juché sur les épaules de son père, face à une étroite fenêtre qui donne sur l'arrière de l'épicerie du Suédois. Il fait nuit noire et le moindre raclement, le moindre soupir semblent prendre des proportions énormes. Le père se sert de son fils pour voler de la bière. BVD maîtrise tant bien que mal une peur bleue. Ils sont en train de commettre un crime, le père à moitié soûl, l'enfant apeuré, partagé entre l'obéissance due au père, la morale qu'on lui a apprise à l'école et l'angoisse cauchemardesque d'avoir affaire au chef de la police. Le chef Chrétien a l'air d'un ogre et rien que de prononcer son nom, BVD tremble de tous ses membres. BVD est certain que d'innombrables squelettes d'enfants gisent quelque part dans ses donjons.

Malgré tout, l'enfant veut plaire à son père et il se décide à affronter l'ogre. Pour ce faire, il se sent prêt à tout pour arracher un brin d'affection à cet être veule même s'il ne sait pas encore s'il doit l'aimer malgré ses tares ou le détester farouchement. Il voudrait avant tout que son père soit fier de lui, il voudrait lui soutirer un regard complice, un sourire amical, un geste d'affection, si minime soit-il. Aussi, prend-il des précautions infinies pour ne pas faire foirer l'opération. L'épicier néglige de verrouiller cette fenêtre, celle-ci étant hors d'atteinte et trop petite pour livrer le passage à un voleur normal sauf peut-être pour un enfant mince et agile. Le garçon glisse les pieds en premier et se retient au châssis. Délicatement, du bout des pieds, il cherche un appui et trouve une caisse de bois. Maintenant, il s'agit de ne rien bousculer et de faire attention aux pièges à loup un peu partout. BVD s'imagine la mâchoire d'acier qui lui mord la chair du mollet et frémit. Les clochettes aussi l'inquiètent, son père lui a recommandé de bien faire attention aux clochettes pendues çà et là pour donner l'alarme. Et la chienne? Heureusement, la chienne est ailleurs, tout le monde a vu le Suédois la mener chez un client pour la faire accoupler, du moins c'est ce que son père lui a dit. BVD s'attend à tout moment d'entendre grogner le danois et de sentir ses dents tranchantes se refermer sur son poignet. Mais rien ne l'arrêtera, c'est une occasion unique de prouver à son père qu'il a du courage, qu'on peut se fier à lui, qu'il est un homme. Après, son père le regardera d'une autre manière, il réalisera que lui aussi il existe et qu'il a besoin — un immense besoin — d'affection.

D'une main tremblante, BVD tire un bout de bougie de sa poche, apprivoise un bon moment le silence épais puis il se risque à allumer sa bougie. Il contourne les pièges à loup, il évite les clochettes et va directement à l'étagère. Il s'empare d'une lourde

173

caisse de vingt-quatre et revient sur ses pas. C'est tout juste si la caisse de carton passe à travers par la petite fenêtre. En bas, le père attrape son butin et le pose sur le sol.

— Prends-en une autre, ordonne-t-il.

BVD répète l'opération puis il éteint sa chandelle et la glisse dans sa poche. Se hissant au bord de la fenêtre, il cherche les épaules de son père, referme la vitre et saute à terre. L'ivrogne lui caresse la tête puis vivement soulève les deux caisses et on entre furtivement à la maison. Une fois en sécurité chez lui, le père s'assoit et contemple son butin. Puis il devient tout triste, il fait signe à BVD de venir le rejoindre et lui serre affectueusement ses épaules.

— T'es un brave petit gars, je suis content de toi.

Le visage de BVD s'illumine, il obtient enfin ce qu'il recherche confusément depuis toujours, ce geste de compréhension lui gonfle le cœur de bonheur. Le père poursuit:

— Ce que j'ai fait là est mal, j'ai encouragé mon garçon à voler, j'ai fait un voleur de mon fils.

Puis il regarde BVD dans les yeux.

— Cette bière je n'y toucherai pas, demain j'irai la rendre au Suédois. C'est fini la boisson pour moi. À partir de maintenant, plus d'alcool, demain à la première heure, je me cherche une job, je prendrai n'importe quoi, livreur de pizzas ou ramoneur. J'ai été un vrai déshonneur pour toute la famille, mais c'est fini, fiston, asteure tu pourras relever fièrement la tête, me montrer du doigt et dire «le gars qui livre les pizzas c'est mon père, c'est un honnête homme, pauvre mais honnête.» L'homme et l'enfant se tombent dans les bras et braillent un bon coup.

Buvant à même la bouteille, BVD rêve éveillé. «C'est une très belle histoire», se dit-il, mais ce n'était pas tout à fait comme ça que les choses s'étaient passées. En réalité, le Suédois n'avait pas emmené le danois au mâle. Il n'y avait pas de pièges à loup mais la chienne s'était mise à aboyer et l'épicier survenant en catastrophe avait tout juste eu le temps de saisir le voleur par le collet. Évidemment, dehors, l'ivrogne s'était enfui vers la maison en espérant que BVD ne dirait rien.

BVD n'avait rien dit même devant les menaces et les jurons de l'horrible chef de police. BVD tremblait de tous ses membres devant ce terrible bourreau. Il lui avait fallu tout son courage d'enfant pour tenir sa langue. Finalement, à court de moyens, l'ogre avait ramené l'enfant à ses parents. C'était à peine si le garçon touchait le sol. Il lui semblait qu'il aurait toujours une oreille plus longue que l'autre. L'ivrogne lui avait jeté un regard dédaigneux. Plutôt que de lui démontrer un peu de reconnaissance pour son héroïque silence, il avait bu un coup de vin minable, s'était vulgairement essuyé les lèvres du revers de sa manche et avait grommelé sans regarder personne: «Y'a vraiment rien pour plaire, celui-là!» BVD s'était senti fondre, une boule de feu lui rongeait les entrailles et il se décomposait, envahi par une détresse dévastatrice.

Cette nuit-là, BVD n'avait pas dormi mais il n'avait pas pleuré non plus. Il savait maintenant ce que c'était que de haïr froidement quelqu'un. «Mon père est un câlisse de couillon», avait-il répété toute la nuit pour être certain de ne jamais l'oublier.

Souvent BVD revit encore ce cauchemar. Il se réveille la nuit, le cœur pesant et la tête en feu, infiniment désemparé et triste. «Ce salaud mériterait de se faire tuer, se dit-il. Si jamais j'ai des enfants je les aimerai comme autant de petits princes même si y sont pas beaux, même si y'ont rien pour plaire, seulement parce que ce sont des enfants, des enfants qui ont besoin de tout un univers d'affection».

BVD chasse l'image de son père de ses pensées. Il lui a déjà accordé trop d'importance et d'énergie à ce salaud. Il se lève et va quérir le petit poste de radio à l'intérieur du cagibi du gérant. Il le branche à la prise la plus proche et cherche le poste qui lui convient. Il y a Guichard qui chante «Petite fille, ne fait jamais rien sans amour». «Ne fais jamais rien sans amour, répète BVD, facile à dire. Pour ça, il faut quelqu'un qui veuille bien se laisser aimer. Ça a l'air bête de dire ça, mais beaucoup de gens refusent de se laisser aimer.» Il se souvient d'une anecdote. Une petite fille confectionnait amoureusement un collier de grains pour un petit ami. En la regardant faire, BVD s'était dit que si lui aussi fabriquait un collier de grains, il n'aurait personne à qui le donner. Même en cherchant bien, il ne voyait personne. Il s'était mis à détester la petite fille simplement parce qu'elle avait quelqu'un qui accepterait le présent avec plaisir. «Il n'y a pas de mal à ne rien recevoir, pense BVD, mais personne à qui donner, c'est ça qui est vraiment pathétique. Il y a des individus qui veulent donner de force, ceux-là sont en prison ou à l'asile. Un gars se dit qu'une fille qui refuse une cigarette ou un rendez-vous ne refusera pas un char sport ou un manteau de lynx. Seulement, ça coûte cher, un char... Y'en a qui ne se résignent pas à se faire refuser. Ils ne veulent pas d'une danse, ils ne veulent pas d'une nuit, ils veulent un peu de tendresse véritable. Deux fois sur trois, ils se ramassent en prison ou alors ils se révoltent et tirent dans le tas. On lit ça dans le journal et on dit «un aut'fou». Le fou, lui, ne peut pas s'expliquer, il ne connaît ni la manière ni les mots, personne ne l'écoute et de toute façon il est déjà jugé et condamné.»

BVD se souvient de cet orignal qui avait traversé le fleuve à la nage, qui avait grimpé la falaise et qui, pourchassé par une meute humaine, avait couru par les rues jusqu'à l'épuisement. Finalement, il était tombé dans une piscine et un agent de la faune l'avait abattu. BVD se sent comme cet animal traqué. Ça ne peut pas bien se terminer, tout ça doit mal finir. Il n'y a pas de salut pour le marginal égaré dans le monde des bien-pensants. On est trop heureux de le harceler, on est trop content de le tuer, de l'immoler. Il est plus facile d'abattre le faible que le fort. Il est plus facile d'achever le lutteur sur les genoux...

«Petite fille, ne fais jamais rien sans amour. Je te souhaite de trouver quelqu'un à aimer, petite fille», dit BVD. Pensif, il s'en va à la vitrine. En montant sur une chaise, il déniche un petit coin par où il peut apercevoir la rue devant le magasin. Il voit des gens qui lui tournent le dos, qui regardent vers la Main. Le défilé va bientôt se présenter. C'est pas trop tôt. Il ressent subitement un furieux besoin d'agir, de faire quelque chose de concret.

En sortant de l'église, Juliette repère une cabine et compose le numéro de l'inspecteur Comeau à la police municipale. La ligne sonne encore occupée.

Juliette contemple l'appareil d'un œil désabusé. On est en pleine année des communications, on dispose du système de télécommunication le plus sophistiqué au monde, on a dépensé des millions pour placer toute une quincaillerie en orbite autour de la terre et on ne peut pas atteindre quelqu'un à trois pâtés de maisons.

Butée, elle répète le geste jusqu'à ce qu'enfin elle obtienne le policier.

— Toutes les autos-patrouilles sont en état d'alerte, lui dit l'inspecteur, j'ai envoyé deux agents chez la sœur de la mère Mouchel, c'est elle qui l'héberge pendant ses congés, or il n'y a personne à la maison. Je ne sais pas encore ce que ça peut vouloir dire, peut-être que...

— De quoi a-t-elle l'air, où habite-t-elle?

— Qui? la mère Mouchel?

— Oui.

— Euh, c'est une femme usée avant le temps, dans les quarante-cinq ans, les cheveux blancs, les traits grossiers surtout le nez, elle louche légèrement, un peu maigre, mais attention, si vous la repérez, n'intervenez pas, appelez-moi, on ne sait jamais ce qu'elle peut faire si elle se sent traquée.

— Où est-ce qu'elle habite?

Comeau soupire à l'autre bout du fil.

— Écoutez, j'aimerais mieux que vous ne vous mêliez pas de ça. Il y a quelqu'un qui surveille là-bas. Si elle rentre, on saura tout de suite à quoi s'en tenir, en attendant on interroge les voisins. Pourquoi ne pas rentrer chez vous et essayer de vous détendre un peu?

— Si on vous volait votre enfant, riposte Juliette d'un ton brusque, vous rentreriez chez vous pour

178

vous détendre? Vous vous serviriez un scotch et vous allumeriez nonchalemment une pipe?

— Écoutez, réplique Comeau d'une voix plus lasse que contrariée, je fais ce que je peux et ce n'est qu'un conseil, ça ne sert à rien de vous démolir aussi.

— Vous ne voulez pas me donner cette adresse?

— Non, laissez-moi faire mon travail.

— Je la trouverai toute seule.

Et elle raccroche rageusement, puis elle laisse tomber sa tête sur la paroi de plastique de la cabine.

Déjà, il se forme de petits groupes de badauds. Dans une demi-heure, il sera difficile de circuler. Juanita caresse pensivement la longue chevelure de Juliette. Celle-ci s'éloigne un peu, s'engage dans une rue secondaire et soudain, comme si elle s'était vidée de toutes ses forces, elle s'assoit à même la chaîne de trottoir.

— Né té décourage pas, murmure Juanita, en prenant place à ses côtés.

Juliette se retourne brusquement comme électrisée, serrant et secouant les épaules de la pauvre Juanita.

— C'est une folle, Juanita, une FOLLE! Qui sait ce qu'une folle peut faire à mon bébé?

— Elle n'est pas dangereuse, Juliette, l'inspecteur l'a dit. Il y a des folles qui sont douces comme des agneaux.

Juliette se détend, un vieux souvenir vient de se réveiller au fond de sa mémoire.

— J'avais une tante qui était folle comme ça, dit-elle, la sœur de maman. Elle avait peur qu'on l'empoisonne. J'étais la seule à pouvoir la servir à table, elle ne mangeait que ce que je lui servais. Elle avait de grands yeux perdus et elle était tellement discrète et menue que parfois, on oubliait qu'elle était là, assise raide dans sa berceuse. Sans moi, elle serait morte de faim. Tout allait bien tant qu'elle vivait à la maison, mais un jour elle est entrée à l'hôpital et naturellement, elle refusait de se nourrir. Maman avait beau leur dire que je pourrais leur être utile, les sœurs ne voulaient rien entendre. Le règlement est le règlement et on n'admettait les enfants que le dimanche. Finalement, on a dû la nourrir aux intraveineuses, mais il y a eu des complications et elle est morte le dimanche de Pâques. Ça m'a fait tout drôle. J'avais l'impression d'avoir misérablement failli à la mission sacrée. On est peu de chose au fond, quelque chose se détraque dans notre cervelle et nous voilà à la merci des autres, dépendants et attachés comme de vieux chiens malades. Elle s'appelait Uma, sa seule fille n'est même pas venue aux funérailles. Je suis bien la dernière qui se souvient d'Uma, une herbe folle qui pousse sur un terrain vague. Je suis certaine que quand Dieu l'a vue arriver, il a dit à saint Pierre: «Tiens, j'avais oubliée celle-là, fais-lui donc une petite place près de l'entrée de service, c'est pas le genre à se plaindre». Uma doit se bercer doucement en se demandant où diable elle est.

— Tu vois, dit Juanita, elle n'était pas méchante.

— C'est pas toujours les plus méchants qui font le plus de mal.

Juliette envoie la tête en arrière et pendant de longues minutes contemple le ciel gris à force d'être humide, étouffant, à force d'être chaud.

— Je m'ennuie de la mer, Juanita, si tu savais comme je m'ennuie de la mer. Quand j'étais petite fille, il me suffisait de traverser la rue et c'était la mer. Elle était là tranquille comme une amie de

180

toujours, souriante et invitante, parfois morose, parfois irritée, envoûtante, parfois dolente, rieuse et rageuse, câline, complice ou inquiétante. Chaque jour, je m'amusais à découvrir son état d'âme. La mer change d'état d'âme selon les jours et parfois selon les heures. Moi, petite fille aux pieds nus, je communiquais avec elle. Les marins aussi, les pêcheurs aussi communiquent avec la mer, mais elle préfère parler aux enfants parce que les enfants écoutent mieux. Comme les vieux conteurs qui préfèrent s'adresser aux enfants. Plus loin il y avait un grand rocher plat. Je grimpais là-haut et je rêvais qu'un jour je découvrirais un marin inconscient que la mer aurait rejeté sur la plage. Je lui donnerais à boire, à manger et je soignerais ses blessures. Je lui apprendrais ma langue et il m'apprendrait la sienne. Et un jour, un grand bateau à voile venait nous prendre et nous partions pour un pays imaginaire qui s'appelait Montrose.

Mon marin n'est jamais venu et je suis ici, assise sur du béton, entourée de murs de brique et de pierre. Pour un enfant qui a vécu au bord de la mer, la ville étouffe, on croit s'y faire, mais au moment le plus inattendu, la mer revient prendre sa place dans ton corps. C'est dans tout le corps que ça se passe, pas seulement dans la tête. En ce moment, ce sont mes pieds qui ont besoin de son sable, mes fesses ont besoin du grand rocher plat, mes yeux cherchent son horizon, mon nez cherche son odeur, tout mon corps a besoin de ses grands espaces.

C'est drôle comme la vie nous chahute. Ma mère disait que la terre est ronde et que si on vit assez longtemps, on revient toujours à son point de départ. Aujourd'hui, je voudrais y être revenue.

Juliette baisse la tête et courbe le dos comme si le poids de la vie était devenu trop lourd pour son échine.

— Savais-tu que j'ai failli me marier avant de partir de chez moi? Il y avait le père qui ronchonnait toujours; ça coûtait toujours trop cher pour s'habiller, pour se nourrir, pour le loyer, pour le chauffage et il y avait ce garçon qui enseignait au collège. Je me suis laissé fréquenter même s'il avait douze ans de plus que moi. Il était tout le contraire de mon père, doux, conciliant, affectueux, cultivé, docile, un gros ours en peluche. Des dizaines de fois, il m'a demandé qu'on se marie. J'ai fini par accepter, d'une part parce qu'il était bon, mais surtout pour fuir l'enfer de la maison paternelle. Ça se passait à l'Hôtel du Grand Large où il m'avait amenée danser. C'était une belle soirée de juillet et il y avait de la romance dans l'air. Les couples évoluaient sur la piste extérieure, l'orchestre en petits costumes à paillettes jouait des succès rétro, au large des bateaux en route pour le golfe laissaient un sillage lumineux, la vigne dans le treillis laissait passer la brise venant de la Côte-Nord, les lanternes de papier trouaient la pénombre, nous étions légèrement ivres et les étoiles et la lune éclairaient tout ça de leur lumière argentée. Un moment magique comme il y en a parfois. Des amoureux marchaient sur la grève, des jeunes avaient fait des feux de bois, le chanteur entreprit *Love me tender*, des touristes américains en toxédos et robes longues promenaient leurs chiens, le temps semblait suspendu, les grands pins tremblaient de toutes leurs aiguilles; très loin, une étoile brillait juste pour moi, alors j'ai dit oui quand il m'a demandé si on allait se marier un jour tous les deux.

Mais tout ça, ce n'était pas de l'amour et je me suis dit par la suite qu'il n'était pas honnête de lui faire ça. Je suis partie la veille des noces en lui laissant un petit mot.

Et voilà, trois ans après, je marie un Italien qui joue comme un acteur et qui ne pense qu'à obtenir sa citoyenneté. Un beau parleur qui simule la grande passion tellement bien que je m'y suis laissé prendre. Le temps de me faire un enfant et il s'envole. Tu ne peux pas savoir comment ça fait mal de se savoir manipulée, utilisée, monnayée comme un vulgaire objet d'échanges. On se sent diminuée et humiliée, on est plus rien, on n'est plus une personne, mais un papier gras qui vole au vent, un vieux journal oublié sous la pluie, une vieille poupée abandonnée dans un coin de grenier. Mais au moins, j'avais mon enfant. Lui, avait besoin de moi et pendant ce temps-là, j'oubliais mes déboires. Et aujourd'hui, on m'en-lève même mon bébé. Qu'est-ce qu'y veut que je fasse ton bon Dieu? que je me mette à genoux, que je le supplie ventre à terre, que je quémande en bavant, que je me torde de douleur, que je me vomisse les viscères, que je me cogne la tête contre le mur, que je bénisse son nom, que je me suicide de désespoir, que je me jette devant cette voiture, que je me tranche les poignets...

Après cette tirade désespérée, Juliette fond en larmes. Profondément secouée, Juanita caresse pensivement son dos. Mais Juliette réagit vivement. D'un coup de reins, elle est debout.

— Allons faire quelques rues par là, dit-elle en indiquant l'est.

Par endroit, il y a des violonneux qui réchauffent la foule, de jeunes couples dansent sur cette musique endiablée, malhabilement des enfants maquillés imitent les adultes.

Tout à coup, survient d'on ne sait où exactement une petite camionnette bosselée et rongée par la rouille. Son conducteur a dû forcer les barrages. Déjà une voiture de police débouche d'une rue secondaire et tente de lui bloquer le chemin. Mais la camionnette se faufile. Dans la boîte arrière, il y a un jeune homme qui se maintient difficilement debout. L'individu porte un jean et un T-shirt troués et maculés de cambouis. Le conducteur klaxonne à toute vapeur et tous les regards se tournent vers son passager. Puis la camionnette s'arrête de guingois et le jeune homme s'empare d'un porte-voix électrique. Il doit avoir dans les dix-sept, dix-huit ans, ses cheveux collent à son front, il est mince et musclé, sa peau est bronzée. Il est beau, il est jeune, il semble buté, de cet entêtement que donne l'exaspération et la révolte. Le garçon porte l'électrophone à la hauteur de ses lèvres et déclare tout d'un trait qu'il s'appelle Camille, qu'il est mécanicien diéseliste et qu'il va se tuer devant tout le monde si dans les cinq minutes personne ne lui donne de travail. Ceci dit, il brandit un fusil de calibre douze qu'il tenait caché sous une toile. Dans ses yeux brille une bizarre lueur de fanatisme adouci par l'éclat particulier du désenchantement et de la mélancolie. Pour montrer sa détermination, Camille tire un coup de feu en l'air et recharge aussitôt. Les deux policiers discutent à voix basse près de leur voiture puis l'un d'eux dit quelque chose au micro. Malgré elles, Juliette et Juanita sont fascinées par l'incident. Le jeune homme respire à petits coups saccadés comme s'il avait du mal à trouver de l'air. En avant, dans la cabine, le conducteur s'est affaisé sur lui-même et regarde le vide comme s'il n'était plus concerné par cette triste affaire. Pendant que son coéquipier s'attarde à la radio, le gros flic s'approche de la camionnette, l'air débonnaire. Aussitôt, le jeune homme le prévient sans toutefois le menacer ouvertement de son arme.

— N'approchez pas.

— Je veux juste discuter un peu, plaide le gros homme en s'arrêtant prudemment.

— Ça fait un an que je discute, maintenant je veux une job tout de suite.

— C'est pas comme ça que tu obtiendras une job, descends de là et parlons. Je promets de ne pas essayer de te désarmer.

— Non, j'ai pas confiance, on veut toujours parler et puis on ne fait jamais rien.

— Allons, je ne te veux pas de mal, je cherche seulement à t'aider.

— Avez-vous une job à m'offrir?... Non, alors allez-vous-en, laissez-moi tranquille.

Visiblement nerveux, Camille piétine sur place. Le gros flic fait encore un pas en avant. Cette fois, Camille lève son douze dans sa direction.

— Arrêtez-vous, je ne veux pas vous tirer dessus, je veux seulement une job. Ne me forcez pas à tirer sur vous.

L'homme lève les deux mains dans un geste qui se veut apaisant.

— Bon, bon, c'est compris, mais maintenant que t'as fait ton p'tit numéro, on peut peut-être dégager la rue, le défilé s'en vient.

— Nous ne bougerons pas d'ici, réplique Camille, qu'on me donne une job et je m'en irai.

Le gros flic hoche la tête, rajuste sa casquette et s'en va rejoindre son coéquipier. Les deux agents discutent un moment et examinent les alentours lorsqu'un vieil homme prend la relève au premier rang de la foule.

— Il a raison, qu'on nous donne de l'ouvrage.

— Ou qu'on nous donne de quoi vivre, ajoute un autre.

Il se forme spontanément un petit groupe de chômeurs qui pour manifester leur appui s'approchent de la camionnette. Le gros flic accourt et s'interpose.

— Ne me compliquez pas la tâche, j'ai assez d'un fou sur le bras, retournez à vos places.

Mais le quinquagénaire qui a parlé le premier s'échappe et court à la camionnette. Il saute à l'intérieur et réclame l'électrophone. Apparemment dépassé par les événements, Camille le lui tend.

— Je suis un ouvrier en chômage depuis trois ans, crie le manifestant, j'ai cinquante-deux ans et je suis encore capable de travailler, je ne veux pas de la charité publique, on trouve de l'argent pour faire des guerres, qu'on en trouve pour faire vivre le monde, sinon je vais me suicider avec le jeune homme.

Mais le chômeur est accompagné par sa femme; à demi-hystérique, celle-ci s'approche et le conjure de revenir à la maison avec elle.

— La jeunesse a des droits, clame le mari, la jeunesse a du courage, ce jeune homme le prouve — mal à son aise, Camille accepte gauchement ces compliments — mais il ne sera pas dit que les plus vieux s'écraseront comme des mitaines. On veut du travail ou la mort.

— Il reste quatre minutes, proclame Camille bien arbitrairement.

Malgré tout, il semble quelque peu réconforté par l'appui de l'ouvrier et par l'intérêt que le public lui accorde. À ce moment-là, une demi-douzaine de flics venus furtivement d'une rue perpendiculaire occupent les endroits stratégiques. C'est toujours le gros policier qui mène les opérations. Il ne s'occupe pas de l'ouvrier puisqu'il n'est pas armé, il concentre toute son attention sur Camille.

— Est-ce que tu permets que je m'approche un peu, je dépose mon revolver dans la voiture.

— Assez, hurle Camille quand le flic a fait dix pas.

— Moi aussi, j'suis père de famille, dit le flic, et j'ai un fils de ton âge qui est chômeur également. Et pourtant, je ne voudrais pas qu'il se tue pour ça. As-tu pensé à ton père?

— Mon père, il s'en fout, répond Camille.

— Alors pense à ta mère, pense à ton copain au volant de la camionnette.

— Ne mêlez pas ma mère à ça, mon copain au volant, c'est mon frère et il est d'accord avec moi, c'est lui qui m'a prêté le fusil.

En flic expérimenté, l'agent a senti qu'en parlant de la mère, il touchait une corde sensible.

— T'as déjà vu un gars qui se tire une cartouche de douze dans la bouche? Tu voudrais que ta pauvre mère te ramasse à la petite cuillère? Pourquoi ne pas lui en parler? À plusieurs, on peut trouver une solution.

Livide, Camille s'adosse à la cabine serrant l'arme à s'en blanchir les jointures.

— Il reste trois minutes, dit-il.

— Trois minutes, répète l'ouvrier, donne-moi une balle.

Camille fouille dans sa poche et lui tend une cartouche. Le premier flic sort de sa voiture et vient souffler quelques mots à l'oreille du gros, deux autres maintiennent la foule à l'écart. Accoudé à une fenêtre d'un deuxième, un franc-tireur tient Camille dans son viseur, un gros plan de la tête.

— Tu es jeune, reprend patiemment le gros flic. T'as l'air d'être en bonne santé, ne fais pas de geste irréparable, il y a toujours une solution, tôt ou tard, il y aura du travail pour toi, pourquoi gâcher ta vie?

— C'est maintenant que j'ai besoin de travailler, pas la semaine des quat'jeudis.

— T'as besoin d'argent peut-être, tout le monde a besoin d'argent, mais y'a peut-être moyen de moyenner, si tu voulais en parler, je suis certain que...

— Je n'en veux pas de votre charité, je veux gagner honnêtement mon argent.

— Il n'y a pas de mal à accepter l'aide de son prochain et ce n'est que temporaire, une sorte de prêt, c'est tout. Moi, je dois bien ma voiture et une partie de ma maison, tout le monde est dans ce cas-là.

Camille se penche en avant vers le flic.

— Je ne veux plus parlementer, je veux travailler, vous êtes en train de m'endormir avec vos salades. Donnez-moi une job ou taisez-vous. Il reste une minute.

— Attends au moins de parler à ta mère, elle s'en vient.

Camille sursaute violemment.

— Je vous interdis de mêler ma mère à ça. Si vous amenez ma mère, je tire dans le tas.

— Bon, bon, si tu ne veux pas, on n'amènera pas ta mère, mais baisse ce fusil. Calme-toi, on fera ce que tu voudras!

De sa fenêtre du deuxième, le franc-tireur se crispe un peu. L'incident prend une tournure désagréable, il ne voudrait surtout pas à avoir à tuer ce jeune homme, encore un enfant, même pas de barbe au menton.

— Allons-nous-en, dit Juliette, d'une voix qu'elle ne reconnaît pas, je sens que ça va mal finir et je ne veux pas voir ça.

— Tou as raisonne, répond Juanita qui met un peu de temps à réagir, allons-nous-en.

Elles s'éloignent à grands pas, se frayant un chemin à travers la petite foule, puis elle bifurquent le long d'une rue perpendiculaire qu'elles ont déjà arpentée plus tôt dans la journée. Soudain, éclate un coup de feu. Un seul. Juliette vacille, prend appui sur une petite Toyota verte et ferme les yeux. Il est impossible de savoir si c'est le p'tit gars qui a tiré sur lui-même ou dans l'tas comme il disait, ou encore si c'est la police qui a tiré sur le jeune chômeur pour éviter un massacre.

— C'est oune vacherie, murmure Juanita entre ses dents, lé bon Dieu né nous pardonnera jamais un tel gâchis.

La porte de l'appartement de l'Acteur était restée ouverte. Avec sa curiosité naturelle, Poinsettia examine les lieux, mais Réal pour sa part se sent gêné par une sorte de pudeur intime, celle de l'importun. Puis il se morigène intérieurement. Après tout, ce salaud-là lui a volé quatre-vingt-cinq mille dollars et cela lui donne bien le droit de fouiner dans ses affaires. À ce moment-là, il se sent même capable de le tuer s'il lui met la main au collet et s'il offrait la moindre résistance. Pas à cause de l'appât du gain, mais bien parce qu'il se sent brimé et bafoué, une sorte de viol intellectuel. C'est bizarre comme on se sent humilié après un vol, c'est comme si on n'était plus qu'une quantité négligeable que l'on écarte du pied pour s'emparer de ses biens. Ce sentiment n'a rien de proportionnel avec le butin volé, c'est le geste qui compte. Ce vol représente pour Réal l'insulte suprême qu'il doit laver pour se sentir à nouveau un homme complet. Le fait d'avoir volé lui-même cet argent le fait sourire. Il n'en voulait pas vraiment à l'argent, mais c'était bien cette insulte cinglante qu'il voulait infliger à son beau-frère, pour sa suffisance, son orgueil, son mépris. Pourtant, il ne veut pas avoir fait tout ça pour rien. L'affront doit durer et il durera tant et aussi longtemps qu'il jouira de cet argent. Chaque dollar dépensé lui apportera plaisir et satisfaction, chaque fois il reverra le visage prétentieux et pompeux de Galant, celui de sa femme, Corinne, qui lui ferait sentir qu'il s'était fait avoir comme un débile. Peut-être qu'en pensant cela, Corinne prêterait quelques mérites à Réal si toutefois elle était capable d'une telle subtilité. Réal en doutait. Ces pensées réjouissent le jeune homme mais avant tout, il lui faut remettre la main sur sa mallette.

Attrapant la main de Poinsettia, il l'invite à s'asseoir à ses côtés.

— Réfléchis bien, dit-il gravement. Comme tu le connais, où peut-il bien se cacher?

Poinsettia plisse le front en plongeant dans une secrète et laborieuse réflexion.

— Je l'ai déjà dit, l'Acteur s'intéresse à quatre choses, par ordre d'importance: les voitures, les cartes, l'alcool et les femmes.

— Éliminons les voitures pour l'instant, décide Réal. Où va-t-il jouer?

— Tous les tripots sont bons, ça dépend de ses liquidités.

— Où est-ce qu'on joue gros jeu?

— Chez Frankie, mais on ne l'aime pas beaucoup chez eux, c'est un mauvais perdant, un minable qui essaie d'en imposer, un pas de classe et en plus, il doit de l'argent.

À son tour, Réal se concentre.

— C'est tout à fait dans ses cordes, dit-il enfin, l'Acteur est cabotin, bravache, orgueilleux et pré-tentieux, vrai ou faux?

— Rien de plus vrai.

— Alors moi si j'étais tout ça et qu'il me tombait quatre-vingt-cinq mille dollars dans les poches, j'irais tout de suite leur montrer quelles sortes de pauvres types ils sont. Non?

Poinsettia lui accorde un drôle de regard, moitié étonné, moitié admiratif.

— T'es plus «crasse» que t'en as l'air, tu ne me déplais pas après tout. Si à la fin tu tuais ce pourri, je serais même capable de t'aimer. Tu pourrais aimer une guidoune?

— Je connais des prostituées qui se sont mariées sur le tard, il paraît qu'elles font les meilleures épouses.

— C'est bizarre, dit Poinsettia redevenue son-geuse, quand j'étais plus jeune et que je pensais au mariage je voyais une petite maison avec la cuisine à l'est pour le soleil du matin et le séjour à l'ouest pour les couchers de soleil. C'est tout ce que je

191

voyais, pas de mari, pas d'enfants, pas de beaux-parents, rien qu'une petite maison coquette et pleine de plantes vertes. Je ne sais pas pourquoi, mais j'aime les petites choses: une petite maison, un p'tit char, un p'tit jardin, des p'tites soirées tranquilles, un p'tit bonheur. L'Acteur me disait toujours que je voyais trop petit. Lui, ce serait plutôt le contraire, retrouvez-le avant deux semaines, sinon il aura tout dépensé. Je me demande pourquoi j'étais folle de lui. On a rien de commun à part le genre de vie qu'on mène...

— Allez, venez, l'interrompt Réal, on va signaler un taxi et si on tombe sur le même tonton que tantôt, j'attendrai d'être rendu avant de passer des remarques, ça me fera sauver un dix.

Peu après, ils s'arrêtent devant chez Frankie. C'est une grande salle à dîner presque déserte, décorée en faux déco mêlé à du vrai. À l'arrière, il y a le bureau et la cuisine. Entre ceux-ci, une porte capitonnée interdit l'accès à l'escalier qui mène au deuxième. Probablement que de l'intérieur du bureau une autre porte communique avec l'escalier. Ici, l'air conditionné fonctionne à plein régime et on gèle presque.

Poinsettia et Réal s'installent à une table ronde face à une photo géante de Betty Grable. Des fougères s'étalent en gerbes dans des pots de cuivre poli. Il y a plein de marbre, de miroirs et de fer forgé.

Comme il se doit dans ce genre d'endroit, on fait un peu attendre le client. Coiffée à la façon des années trente, une fille au décolleté audacieux apporte enfin deux Bloody Mary. Réal surveille de près l'énigmatique porte donnant sur l'escalier. Puis il tend l'oreille avec le futile espoir de déceler là-haut quelques indices d'activités ludiques. Mais ces vieilles maisons sont discrètes et aucun bruit, si bruit il y a, ne parvient jusqu'en bas, ni toux, ni raclements de pieds, ni éclats de voix. Enfin, Réal décide d'y aller carrément. Quand la fille vient renouveler les consommations avec son air de ne pas s'intéresser à ce qu'elle fait, il lui tend un gros billet.

— Je cherche un ami, dit-il, il est sans doute là-haut. On l'appelle l'Acteur, il ressemble à Johnny Cash, ça vous dit quelque chose?

La fille croise les bras.

— On m'appelle de temps en temps pour servir à boire, je jetterai un coup d'œil.

— Vous n'êtes pas encore montée?

— Non, je viens de prendre mon service.

— Bon, soupire Réal, prenez toujours ça et il y en aura peut-être un autre si vous faites diligence.

La fille se demande ce que les diligences viennent faire dans cette histoire. Néanmoins, elle prend le billet et celui-ci disparaît comme un pigeon entre les mains d'un prestidigitateur, impossible de dire où il s'est volatilisé.

— Il ne reste plus qu'à attendre, dit Réal en trempant un doigt dans la consommation.

Le menton dans le creux des mains, Poinsettia l'observe comme si elle contemplait un phénomène rare. À la longue, ce regard insistant irrite Réal.

— Qu'est-ce que vous avez à me regarder comme si j'étais un bossu?

— Si ça vous gêne, je vais regarder le mur.

Elle se tourne carrément vers le mur. Réal sourit, un petit sourire de commande.

— Excusez-moi, après tout vous cherchez à m'aider.

— Vous ne m'en voulez plus d'avoir piqué votre foin?

— Je ne sais pas trop, non, je pense que non.

— Je t'aime bien, on sent que t'es pas un salaud de la trempe de l'Acteur.

— Cependant, il ne faudrait pas recommencer ça, je pourrais vous tuer tous les deux.

— Vous avez un revolver?

— No... oui, j'ai un revolver.

Poinsettia fait oui de la tête, sans conviction, comme si elle en doutait. Sans transition, elle demande s'il aime regarder la télévision.

— Je préfère jouer au billard.

— Moi j'aime bien, mais pas n'importe quoi. J'aime les westerns et les carambolages. Par contre, j'peux pas sentir les programmes qui parlent tellement cultivé que personne ne comprend rien à rien. Les programmes cultivés, ça débouche Orchidée. J'sais pas si vous l'savez, mais chez elle, la télé est dans les chiottes. Quand elle est bouchée au boutte, elle écoute *Le trèfle à quatre feuilles.*

Les westerns, c'est pas trop compliqué, y'a les bons et y'a les méchants. Au début, les méchants tuent un bon pis un autre bon, son frère ou son fiancé part à la chasse aux méchants. À la fin, quand il a tiré le dernier, le bon s'en va sur un beau coucher de soleil et tout le monde est content. La seule chose qui me dérange c'est les annonces. T'es en plein dans l'action, tu te demandes si Clint Eastwood va tomber dans le piège du col de l'aigle pis bang! v'la un smatte qui dit qu'y pue pus des bras depuis qu'il se gargarise à l'eau de cologne.

Tu trouves pas ça scandaleux, on te vole trois ou quat' minutes chaque fois. On te vole ton temps. Et c'est ce qu'on a de plus précieux not' temps. Toi par exemple, à quoi il te servirait ton foin si t'avais plus que cinq minutes à vivre?

Réal sourit intérieurement, non cette fille n'est pas idiote; simple mais franche et pas idiote. Devant sa mine amusée, Poinsettia s'inquiète.

— Tu trouves que je dis des bêtises? C'est juste pour meubler le temps vu que t'es pas spécialement jasant.

— Non, tu ne dis pas de bêtises.

Bavarde, Poinsettia poursuit sans s'émouvoir du compliment.

— Les hommes ne sont pas bavards en général. L'Acteur par exemple, il ne parle presque pas, sauf pour engueuler parfois. Autrefois, je pensais que les hommes ne parlaient pas beaucoup parce qu'ils pensaient énormément et que les potinages n'étaient pas dignes de ces grands esprits. Alors j'ai bien étudié l'Acteur et bien d'autres. La plupart ne parlent pas parce qu'ils n'ont rien à dire. D'autres sont vraiment intelligents mais c'est rare, ceux-là je les repère de loin, je vois ça dans leurs yeux. Quand il y a comme un film opaque devant l'œil, c'est que t'as affaire à un toto.

— Et moi, est-ce que j'ai un film opaque devant l'œil? Devenue toute sérieuse, Poinsettia plisse le front comme elle le fait souvent.

— Je réponds pas.

— Pourquoi?

— Parce que.

— Pourquoi parce que?

— J'aime pas trop faire de compliments.

Patiemment, La Raquette a écouté les doléances de Victor, mais il est visible qu'il prend la chose avec un grain de sel, lui qui répète à qui veut l'entendre que la meilleure chose qui puisse lui arriver serait que sa bonne femme parte avec son meilleur ami. Mais non, ces choses-là n'arrivent qu'aux autres, aux plus chanceux.

Maintenant qu'il s'est vidé le cœur, Victor se sent mieux et La Raquette n'en demande pas plus.

— Faut pas dramatiser, dit-il, je te mets un cinq que ta femme viendra au plus tard ce soir te supplier de la reprendre. Alors j'te conseille de faire l'indépendant, laisse-la suer un peu, ça lui mettra du plomb dans la tête.

Il n'en faudrait pas beaucoup plus pour que Victor s'accroche à cette possibilité, il est prêt à s'accrocher à n'importe quoi, même aux espoirs les plus précaires.

— Prends une bière, propose La Raquette, ça te remontera le moral.

Il règne une grande animation au *Mona Stère*. Pas dans les gestes ni dans les conversations, mais quelque chose, quelque chose d'invisible, mais de palpable. La grosse Mona a annoncé qu'elle ferait une déclaration et quand la grosse Mona se prête à une déclaration, c'est qu'il se passe quelque chose. Tous les habitués sont là, plus quelques buveurs de passage. Une grosse statue de plâtre trône sur un socle dans un coin de la salle. Ça représente saint Antoine de Padoue ou quelque chose dans ce genre-là, comme on en voit dans un monastère. Saint Antoine lit son bréviaire, mais dans l'autre main il tient une grosse chope de bière remplie à ras bords. C'est un Italien, un ex-amant de Mona qui a modifié la statue du moine pour les besoins de la cause.

Victor sent avec plaisir l'alcool s'insinuer doucement dans ses veines et pour la première fois aujourd'hui, il se détend et ne pense plus qu'à oublier, le temps d'une brosse, son petit drame personnel. En fait, il croit avoir atteint les profondeurs extrêmes du désespoir où rien ne peut plus le toucher davantage, où il est à l'abri absolu de toutes nouvelles blessures. Son fils lui ayant enlevé la dernière de ses illusions. Il a dit: «t'es un pauvre type, un pauvre toto». Eh bien, le pauvre type va se soûler copieusement la gueule, après il verra plus clair.

Puis Mona sort de ses appartements, généreusement maquillée, avec des cheveux trop bouclés et trop blonds, avec des colliers et des bracelets, des bagues en boulettes de plastique multicolores. Le tout émet un cliquetis assez agréable. Mona est suivie de son maquereau, le fier Rosaire. À part son gros nez d'ivrogne, celui-ci a un certain panache. Bien mis, grand et sec, ses cheveux poivre et sel, le regard pétillant, la moustache soignée, il paraît de quinze ans plus jeune que la grosse Mona quelque peu avariée par le temps qui passe.

Mona réclame le silence en frappant dans ses mains à la manière des maîtresses d'école. Elle se vante d'avoir enseigné dans le temps, mais si jamais Mona a déjà enseigné quoi que ce soit, ce n'était certainement pas le petit catéchisme.

— Mes amis, dit-elle, mes amis, il nous arrive quelque chose d'extraordinaire. Je ne suis pas une cachottière et je ne vous ferai pas patienter plus longtemps. Je vous le dis tout de suite. Moi et Rosaire allons nous marier au mois de septembre.

Une main d'applaudissements salue cette déclaration inattendue. Mona jubile par en dedans, sa gorge hypertrophiée palpite au rythme emballé de son cœur. Elle doit avoir au moins la moitié d'un quarante onces dans le corps. Elle frotte ses mains moites et réclame encore le silence tel un politicien qui exprime humblement qu'on l'a déjà trop ovationné et qu'il n'en mérite pas tant tout en pensant le contraire.

— Je suis certaine, reprend-elle, que ces applaudissements s'adressent aussi à Rosaire. Remarquez bien qu'il le mérite, j'ai bien dû lui forcer un peu la main avec un couteau de cuisine, mais il a accepté et il ne s'est pas suicidé.

— Pas encore, déclare Rosaire, déclenchant l'hilarité générale.

— Bon, continue Mona, tout cela pour vous dire qu'aujourd'hui et pour toute la journée, la bière est gratuite pour tous les amis présents et que le *Mona Stère* est fermé aux étrangers. On peut sortir, mais on ne peut plus entrer. Notez toutefois que le fait de sortir ou de refuser une traite sera considéré comme un affront personnel. Que l'on verrouille la porte, en avant la musique, que la fête commence!

Rosaire s'est installé à la table tournante, deux gigantesques caisses de son se dressent à chaque extrémité du comptoir. Pour démarrer le party, Rosaire a choisi le fameux succès allemand dont les paroles sont un exemple de simplicité: *da, da, da, da. Da* et rien d'autre.

— Je ne refuse jamais une traite, dit le petit Petit en s'approchant précautionneusement de La Raquette, question de vérifier si celui-ci en a fini de son petit conciliabule intime avec Victor. Comme La Raquette n'exprime aucune contre-indication, il s'assoit et continue:

Il faut en profiter, comme je connais le beau Rosaire, les fiançailles risquent de craquer ben avant le mois de septembre.

— Si ça se fait, répond La Raquette, la grosse Mona va le tuer et au lieu d'aller aux noces, on ira aux funérailles.

— Ça pourra pas marcher, ajoute le Rouge en se tirant une chaise lui aussi. Rosaire aime trop les femmes, toutes les femmes, y pourra jamais se contenter de Mona.

— Qu'est-ce qu'il a pour tant plaire aux douairières? demande La Raquette, l'air désabusé.

— C'est un chanteur de pomme, pis comique avec ça. Quand t'as fait rire une femelle, c'est comme si tu l'avais dans ton lit.

«Chus pas le genre à faire rire les femmes, pense Victor, peut-être que j'suis un peu platte pour une femme. Une bonne femme, ça peut pas faire deux choses à la fois, quand ça rit, ça oublie le reste.»

— Ou peut-être qu'il commence à se faire vieux Rosaire, reprend le Rouge, peut-être qu'y manque de débit dans l'arrosoir municipal.

— Penses-tu, la semaine passée il s'est inscrit à la banque de sperme. Vu qu'y'a pas d'enfant, il s'imagine qu'avec lui l'humanité va perdre un spécimen de très haute qualité, un spécimen irremplaçable.

— Ça ne veut rien dire, c'est peut-être le dernier spasme avant le grand crash.

— Ou encore le vieux maquereau manque d'argent et il espère se faire vivre par Mona.

— Ça c'est pas le genre à Mona.

— L'amour fait perdre le sens pratique.

— L'as-tu déjà vu travailler celui-là? pourtant il a le char de l'année, des costumes de prince consort, il passe sa vie dans les bars, etc.

— C'est pourtant un croque-madame, il y a toutes les veuves de l'ouest qui se font forcer la serrure par lui, il prend ses prospects dans la page nécrologique: le financier laisse dans le deuil son épouse Betty, etc. Il se spécialise dans les vieilles anglaises. Deux jours après les funérailles, les vieilles chèvres ne demandent pas mieux que de se faire ramoner l'issue de secours par le beau Rosaire. Rosaire se fait passer pour un collectionneur français. Les veuves adorent son accent parisien et elles ont toujours un buste en bronze de la reine Astoria à faire examiner.

— Pas Astoria, corrige La Raquette, Victoria.

— On s'en crisse, reprend le petit Petit, la reine Castoria si tu veux. Toujours est-il que Rosaire ne sait pas ce que travailler veut dire.

— T'appelles pas ça travailler, réusiner une vieille valve rongée de vert-de-gris d'une vieille Oxford-Cambridge 1916.

— Viarge, y'a pas de mérite, y'aime ça tel quel. Je l'ai déjà vu opérer pour l'honneur, rien que pour le plaisir, c'est un nécrophage, Rosaire. Seulement la grosse Mona lui permettra pas de prendre son lunch à l'extérieur, je la connais, la grosse truie.

Mona s'approche lourdement, les avant-bras levés, ce qui amplifie encore le cliquetis de ses bijoux de pacotille.

— J'voudrais bien que Rosaire ait une paire de mains comme tes pelles à pain, dit Mona à La Raquette. On peut gentiment s'asseoir dessus sans que ça déborde.

— Surtout toi, répond La Raquette, avec toute la déférence qu'il doit à une si généreuse hôtesse, avec tes mignonnes demi-lunes, délicates et si...

Mona rit grassement, seul un cratère peut recevoir ses grosses fesses sans que ça déborde de toutes parts.

— Viens danser, propose-t-elle, aujourd'hui je veux danser avec chacun de vous, aujourd'hui vous n'êtes pas des clients, mais des amis.

Ce disant, elle écrase un début de larme au coin de son œil.

— Vous êtes ma famille, ma vraie famille.

On a dégagé une piste de danse et La Raquette dirige Mona, une main sur la fesse, l'autre sur le sein, tandis que le chanteur allemand répète *da, da, da,* sur tout les tons. Les serveuses ne laissent pas les tables se dégarnir; aussitôt vide, le pichet est remplacé par un nouveau.

— Tu t'es vu faire? remarque Victor quand La Raquette revient s'asseoir, j'espère que Rosaire n'est pas jaloux.

— Tabarnac, Victor, tu sors d'où? Réveille-toi. Toute la province de Québec est passée par là pendant trois générations, pis si y fallait prendre les empreintes digitales qu'elle a sur les fesses et sur les tétons, il y aurait pas assez d'encre de Chine dans toute la Chine de Mao-Tsé-Toune.

— Toung, corrige le petit Petit pour lui rendre sa politesse de tout à l'heure.

— J'vas te faire Toung sur la gueule si tu cesses pas de m'écœurer, réplique La Raquette.

Pris par ce dialogue fantaisiste, Victor se surprend à sourire. Il y a encore une heure, il croyait qu'il ne pourrait plus jamais sourire. Pourtant, il sent que l'alcool chasse sa lassitude, il se sent détendu, presque prêt à embarquer dans le party. Ici, il retrouve ses vrais amis, des pauvres types comme lui, mais des amis avec qui il partage un peu de folie, quelques heures de laisser-aller, en toute confiance. «Que les bonnes femmes mangent toutes de la marde, se dit-il, elles sont trop compliquées,

201

y'a toujours du chichi avec elles, tandis qu'avec La Raquette, le petit Petit, le Rouge ou la Fraise, tu sais à quoi t'en tenir. Ils ne sont peut-être pas très raffinés, mais au moins ils sont vrais et francs. Si jamais La Raquette quitte sa femme, il ne lui servira pas une petite surprise pour le lendemain, elle va l'apprendre noir sur blanc, sans détour et sans finasserie. »

— Tu sais ce qui est arrivé aux vieux Prunier? demande La Raquette à Victor.

— Non.

— Il s'est fait faire les poches à matin juste en sortant de l'usine. Le vieux schnoque s'est débattu pour sauver dix piasses, les jeunes l'ont tabassé, il est à l'hôpital avec des fractures multiples.

— Ça commence bien, son premier jour de retraite.

— Si jamais j'en pogne un, reprend La Raquette, j'le casse en deux comme une échalotte.

Soudain, Victor pense à son plus vieux, c'est le genre de coup qu'il serait bien capable d'imaginer. Un jour, il le ramassera en petits morceaux, écrabouillé par un gars du genre de La Raquette ou par les flics. C'est inévitable. Un jour, on lui téléphonera pour qu'il se rende à l'hôpital ou à la morgue identifier son fils. À qui la faute? Que pouvait-il faire de plus? Il y a comme un mur entre lui et son fils et plus rien ne peut plus franchir ce mur. Au début, Victor a tout fait pour se percer une brèche, une brèche aussitôt colmatée par l'indifférence et l'hostilité de Germain.

La Raquette a la rancune vite oubliée, il retient la main de Rolande qui remplace un pichet.

— Cou'don' toé, t'as ben des gros tétons tout d'un coup?

Rolande le laisse constater à satiété.

— C'est parce que je nourris le petit, c'est plus sain pour un enfant.

— J'ai eu peur, je pensais que tu te les avais fait geler c't'hiver. Le p'tit baptême, y doit pas s'ennuyer avec des pintes de lait comme ça!

— Tu vois, explique Rolande, si ta mère t'avait nourri au sein, tu s'rais peut-être pas devenu un ivrogne lamentable.

— Moi, un ivrogne lamentable, je suis rien qu'un buveur social, baptême.

— J'ai déjà entendu pire.

— Victor, est-ce que je suis un buveur social, oui ou non?

— T'es même un buveur crédit social, affirme Victor qui n'ignore pas les dettes de son ami.

— Tu vois, grosse cloche, poursuit La Raquette, en essayant de minimiser l'impact du mot crédit, si Victor le dit, c'est que c'est vrai.

— Moi aussi chus un buveur social, revendique le petit Petit. Je bois pour me donner une contenance.

— T'es ben plus con que tenance, risque la Fraise.

— Répète ça, bitte de lépreux.

— Laisse tomber, plaide Victor, c'est un party.

— C'est vrai, c'est un party, admet le petit Petit en se rasseyant, ce qui ne l'empêche pas de jeter un coup d'œil peu amène en direction de la Fraise qui sourit en coin.

— Tiens, prends un coup, suggère Rolande, j'veux pas en voir un qui se batte à un party de Mona. Elle se fend le cul en quatre pour vous faire plaisir et vous ne pensez qu'à lui faire du trouble.

— Même en quatre, c'est encore trop gros, constate la Fraise, dis-lui d'essayer en seize.

Le petit Petit se lève, va s'agenouiller devant le moine de plâtre, fait sa prière et son signe de croix. Rolande lève les yeux au ciel et se dirige vers l'autre extrémité de la salle où un habitué la réclame avec sa délicatesse coutumière.

— Ho! ho! jubarte, apporte-moi donc un peu de p'tit miel.

Il prend son broc de bière, l'air profondément dégoûté qu'on le fasse attendre.

— Si c'est ça la famille à Mona, se désole La Raquette, j'voudrais pas voir l'ancêtre.

— Qu'est-ce qu'elle a, la famille à Mona? proteste le petit Petit, qui se sent vaguement visé à cause des paroles de Mona tout à l'heure.

— Ce qu'elle a, la famille à Mona? mais regarde-moi ça, des souillons, des meurt-de-soif, des débris, des escrocs, des frappe-moi-dans-le-dos, des mal embouchés, des fumiers, ça n'a pas de classe, pas de manière, pas de standing.

— Parce que toi, t'en as du standing?

— En effette, j'ai du standing, tu vois ma main là, si tu te la fermes pas, j'te la mets sur la gueule, c'est ça avoir du standing.

— Je sais pourquoi t'as une grosse tête, ton père d'vait s'en servir pour planter ses poteaux de clôture.

— Au moins mon père est connu, on peut pas en dire autant de tout l'monde ici présent.

— Moi si j'avais fait ça, à sa place, je me s'rais pas fait connaître.

— Y'a pas de quoi, ajoute le Rouge.

— Des jaloux, une gang de jaloux, qu'est-ce qu'on fait Victor avec cette bande de pouilleux? On s'en va dans un établissement décent?

— On n'admet pas les crottés dans les établissements décents.

— Si je reste, consent La Raquette, c'est rien que pour Mona, c'est la seule qui a un peu d'allure icitte-dans.

— C'est la seule qui paye la bière, tu veux dire.

Vexé, La Raquette s'adosse, envoie la tête en arrière et croise ses bras dans le plus méprisant des silences.

BVD a seize ans. Il a travaillé tout l'été à la réception d'une entreprise de livraison de petits colis. Il a calculé en gros avoir manipulé cinquante mille colis et à peu près cent cinquante mille livres. Il a économisé quatre cents dollars et sans cacher son contentement, il les donne à sa mère pour qu'elle s'achète une laveuse automatique. La ménagère en est muette de reconnaissance, les yeux humides, les mains tremblantes. Posément, elle roule les billets, les entoure d'un élastique, elle tire une chaise, monte dessus et dépose son magot dans sa cachette secrète. Puis elle reprend son travail, un peu plus fébrile qu'avant. Elle repasse des chemises. BVD la regarde faire, chaque geste est précis, alerte, économe. BVD ne se lasse pas de l'observer. Sa mère met dans cette humble tâche toute l'application, toute l'attention, tout le savoir-faire dont elle est capable. De la voir ainsi, vaillante, désintéressée, dévouée malgré l'indifférence du mari et de la fille, le désole profondément mais il se dit qu'une laveuse automatique la soulagera quelque peu et il est récompensé de son geste.

La nuit venue, il attend un long moment avant de se mettre au lit afin de permettre à ses parents de s'endormir avant lui. Les murs de carton-pâte ne garantissent aucune intimité et il déteste avant tout entendre les conversations de ses parents. Son père se lamente interminablement sur son sort. Tout va de travers, le coût de la vie ne cesse d'augmenter, les jobs sont rares, quand il en a une, il peste contre le boss qui se montre injuste à son égard, ses compagnons de travail le montent contre lui, les Juifs achèvent d'acheter le quartier et le prix des loyers monte, les voisins l'évitent supposément parce qu'il pontifie et qu'il ne reconnaît jamais ses torts, parce qu'il ne paye jamais les paris perdus, tout le monde lui en veut.

La mère reste muette jusqu'à ce que l'ivrogne lui reproche de ne pas l'écouter, alors elle répond: «Mon pauvre Thomas». Il prend ces paroles pour de l'encouragement et il se fait son cinéma. Un jour, il gagnerait le sweeptstake irlandais. «La première chose que je vas faire.... j'vas acheter la maison du notaire, pas question de quitter le quartier, j'vas les faire chier longtemps ces hosties de trous d'cul. C'est moé qui vas les snober quand j'vas avoir le char de l'année, habillé comme un monsieur et que j'irai en Floride l'hiver.»

Ce soir-là, quand BVD se glisse entre ses draps, ses parents ne dorment pas encore malgré l'heure tardive. Sa mère a cru plus sûr d'informer Thomas de son intention d'acheter la laveuse. Ce geste pouvait éviter d'innombrables récriminations. Visiblement, le mari n'est pas très enchanté qu'on lui ait passé par-dessus la tête, qu'on projette de gros achats sans d'abord passer par lui, sans même le consulter. Il est encore le maître dans sa maison. Sauf que devant

206

sa faillite générale, il n'ose pas trop protester bien qu'il se sente profondément humilié. Heureusement, il ne boit pas depuis deux jours. S'il avait eu assez d'argent pour se soûler la gueule, l'incident aurait pris des proportions énormes. «J'vas réfléchir à ça, dit-il enfin, j'te donnerai ma réponse en temps et lieu.»

Dans sa chambre, BVD grimace, furieux et survolté. Si jamais la vieille charogne refusait ou mettait la main sur le magot, il la tuerait sans pitié. La mère soupire. «Ne soupire pas comme une vierge et martyre, crie Thomas. Dans cette maison, je suis toujours le dernier servi, le bois mort, le restant des restants. Je vais vous apprendre à me respecter, c'est moi le maître icitte-dans.» «Bien sûr, Thomas, dit la mère pour ne pas le contrarier.» L'alcoolique se tourne brusquement et tire la couverture.

Heureusement, le lendemain, Thomas est de meilleure humeur. Il est d'accord pour la machine à laver. C'est un vendredi et, vers les huit heures, il accompagne sa femme chez le marchand d'appareils électriques. Pendant que Rose examine l'appareil et en étudie le fonctionnement, Thomas règle le contrat du haut du petit cagibi vitré à l'avant du local. Fière comme une papesse, Rose repart avec sa belle machine à laver et Thomas pose comme un jeune coq.

Le rêve aura duré tout un mois. Dans ce secret du cagibi, chez le marchand, Thomas n'avait payé qu'une seule traite et mis le reste à crédit. Puis, il était parti sur une balloune de quatre jours, flambant ce qui restait des quatre cents dollars. Évidemment, le mois suivant, le marchand était venu reprendre son engin. Lasse et désabusée, Rose s'était assise et

207

avait suivi du regard sa belle machine jusqu'à ce qu'elle disparaisse sous la bâche du déménageur.

Pour la première fois ce soir-là, BVD frappa son père. Ivre mort, celui-ci s'écroula sous le premier assaut en se recroquevillant lamentablement sur le prélart, bavant et gémissant. BVD était sorti à reculons à la fois soulagé et horrifié, puis il avait fui à toutes jambes. Il n'était jamais revenu chez lui, sauf de temps en temps pour voir sa mère quand l'ivrogne était absent.

Devant ces souvenirs pénibles, BVD se sent triste et amer. S'il croyait en Dieu, il blasphémerait de toutes ses forces. Comble d'ironie, Rose endure toutes ces abjections justement au nom de ce Dieu prétendument bon et miséricordieux. Une pilule pour les pauvres, les mal foutus et les dégénérés. T'as mal à la tête et le docteur te donne une aspirine, t'as mal à l'âme et le curé te donne le bon Dieu. Et pis tu t'en retournes dans ton trou jusqu'à ce que le désespoir t'en expulse à nouveau.

BVD laisse monter en lui une sensation qu'il connaît bien, une sorte de rage froide, immense et désespérante. Les justes seront rassasiés, de la MARDE, cela le fait rire amèrement, il n'y a pas moyen de s'en sortir. T'es pris comme une mouche dans un verre renversé. Tout effort est risible, le système t'écrase et il y a pas de meilleur système. Les gens comme ses parents seront toujours des perdants, perdants au niveau sentimental, perdants au niveau social, perdants au niveau spirituel, perdants sur tous les plans. Ils seront toujours les outils du système, on les exploite à fond à moindre frais et quand ils sont usés, on s'en débarrasse comme un peigne édenté ou un clou croche.

BVD a retourné et retourné cent mille fois ces idées dans sa tête et chaque fois cet exercice ne réussit qu'à attiser chez lui une fureur aveugle qui s'il se laissait aller le mènerait tout droit à la violence, une violence très longuement retenue, entretenue, polie, caressée, presque aimée. Mais le temps n'est pas encore venu et il a quelque chose à faire. Aussi il se lève pour aller se rendre compte à la fenêtre. Que fait donc le défilé? Il est en retard.

BVD revient s'asseoir et concentre toute son attention sur la radio. On annonce un léger contretemps. Il y aurait eu un incident pénible quelque part à trois coins de rue de là. D'après les premières informations, un policier avait dû abattre un jeune homme qui menaçait de faire feu dans la foule. On n'en sait pas plus pour l'instant. Un reporter tente d'interviewer des témoins, mais il semble y avoir un tohu-bohu général. Contrarié et nerveux, BVD s'ouvre une seconde bouteille de vin. Il va à la fenêtre toutes les deux minutes. Dehors, il y a plein de monde, des gens, surtout des enfants, courent vers l'est. BVD retourne à son détonateur, s'adosse et pose ses mains derrière sa nuque. Il rêve encore.

Cette fois, il est à la campagne. Pascale n'est pas encore née et la famille vit provisoirement chez l'oncle Pierre qui les héberge charitablement en attendant. La tante Martha ne tolère pas que l'on boive chez elle, aussi Thomas cherche tous les prétextes possibles pour aller au village. Justement, BVD a besoin de chaussures. Le père et le fils de quatre ans se mettent en route. Thomas à vélo, BVD dans le panier. Les emplettes sont vite faites et Thomas se dirige aussitôt vers l'hôtel. «Toi, attends-moi là», dit-il au garçon. Là, c'est dehors sur le perron où il y a un banc droit qui fait face à la rue principale. «Surtout ne viens pas me déranger, ajoute le père, compte les voitures.» Péniblement, le petit garçon se hisse sur le banc. Il s'amuse un certain temps à observer les gens et les environs, mais il se lasse vite. Il voudrait marcher, courir, rejoindre ces enfants qui jouent au ballon, mais il n'ose pas, son père le lui a formellement interdit. Par contre, il a mal aux fesses et il s'ennuie. Il voudrait que son père sorte de là et qu'ils rentrent à la maison. Résigné, il s'appuie sur une fesse puis sur l'autre, il siffle, il rêvasse et les heures passent interminables et pénibles. Les enfants sont rentrés pour souper. BVD a envie de faire pipi, il a faim et il a soif. Il se retourne vivement chaque fois qu'un buveur sort de l'hôtel, mais ses espoirs sont vite refroidis. Thomas ne finit plus par sortir. BVD voudrait essayer le vélo en se glissant sous la barre, mais cela aussi lui est interdit. Finalement, il se recroqueville sur lui-même, soupire, s'appuie contre le garde-fou et s'assoupit. Il dort lorsque la nuit tombe.

Vers les dix heures, à court d'argent, Thomas louvoyant et chancelant décide enfin de rentrer à la maison. Il n'a pas l'habitude de promener le petit et il est plutôt fin soûl, aussi il enfourche son vélo et s'éloigne en oubliant le petit garçon endormi sur son banc. Plus tard encore, le froid réveille BVD. Désemparé, celui-ci réalise — le vélo ayant disparu — qu'il est tout seul dans cet endroit inconnu, tout seul dehors, affamé, assoiffé et gelé. Il a envie de pleurer à chaudes larmes, mais il se retient. Il se redresse et, pour se dégourdir les jambes, va errer dans le village. C'est Rose qui au milieu de la nuit le retrouvera recroquevillé dans une encoignure, tremblant derrière un bouquet d'aulnes.

De retour à la maison, il a droit à un peu de chaleur, du lait, une omelette au lard, la sollicitude de sa mère et une histoire de l'oncle Pierre pendant qu'il glisse vers le sommeil, c'est l'histoire du Luneur. Le Luneur est l'individu le plus respecté du village, c'est l'homme qui, tous les soirs, emprunte la grande échelle des pompiers volontaires et, torche à la main, monte allumer la lune. Seulement, les enfants doivent dormir à cette heure-là et surtout ne pas regarder. Quand un enfant regarde, le Luneur ne monte pas et ce soir-là, il n'y a pas de lune. C'est dommage parce que les soirs sans lune, les lutins ne sortent pas de leurs cachettes et ce sont les lutins qui distribuent les rêves aux enfants sages.

BVD se souvient encore de cette histoire, il se souvient aussi s'être endormi, tout réconforté, mais avec au cœur une immense haine pour cet homme soûl qui ronflait dans la chambre voisine.

Enfin, le vacarme des cuivres tire BVD de sa rêverie, la première fanfare défile à la hauteur du magasin de la régie. À la radio, le speaker commente le costume du groupe le plus important du défilé. «Il faut attendre encore un peu, se dit BVD, j'ai besoin du plus grand chahut possible.»

Un coup d'œil rapide lui confirme l'information de l'annonceur. Les Ambassadeurs défilent, trente filles en jupettes bleues, trente garçons en pantalons longs, des cuivres, des cymbales, la grosse caisse, un tintamarre assourdissant. BVD tend l'oreille et tenant dans sa main droite le petit fil bleu attend que le bruit atteigne son paroxysme. Sa main tremble, il ferme les yeux, il essuie son front humide puis il ouvre la bouche — ça minimise le choc sonore, d'après Bic — et tous les muscles tendus, il établit le contact. Le choc ébranle les murs de béton, souffle la vitre du cagibi et secoue les étalages où les bouteilles s'entrechoquent. Le bruit est moins terrible qu'il ne l'avait cru. Une épaisse fumée grise envahit le local. Les vitrines ont tremblé, mais il n'y a rien de cassé à part le verre fragile du cagibi. Fébrile, BVD jette un coup d'œil dehors, c'est un miracle, personne n'a apparemment entendu l'explosion. Devant le magasin, la rue est déserte et plus loin, le long de la Main, personne ne s'est même retourné. Tout va bien. Sans perdre plus de temps, BVD s'empare de son sac de toile, éventant la fumée qui s'éclaircit peu à peu. Le coffre est éventré, la porte tordue pend de guingois, soufflée contre le mur. BVD tend la main pour écarter des papiers froissés et brunis sur la frange et puis le magot lui paraît assemblé en briques retenues par des élastiques, sagement cordées l'une contre l'autre, séparées selon la valeur des coupures.

Pris d'une soif inextinguible, BVD s'envoie une rasade à même le goulot de la bouteille, puis comme s'il avait le diable à ses trousses, il entreprend de transférer les briques de papier du coffre au sac de toile. Il s'assure de ne rien oublier puis à l'aide du fermoir, il étrangle le col du sac. Il traîne péniblement son fardeau jusqu'au trou qu'il a creusé dans le mur puis il se retourne et se met à rire, c'est un rire nerveux au bord de l'hystérie. Tout a été trop facile. Béni soit le plastic, béni soit le nom de Bic. Deux minutes plus tard, il est au volant de la Toyota, le souffle court, les muscles endoloris, ni vu ni connu. Il s'éloigne à petite allure le long d'une ruelle déserte.

Une idée fugace lui étire les lèvres. S'il prenait le large avec le magot? Il prendrait sa mère et hop, il pourrait coucher à Miami et partir pour la Californie le lendemain matin. Il chasse vite cette idée, s'il faisait ça, il serait un homme traqué pour le restant de ses jours. Lui, pourrait toujours s'y faire; mais si on s'en prenait à sa mère ou à Pascale? Pascale n'est qu'une petite idiote égoïste et vaniteuse; mais, quand même, il veut bien se débattre dans la marde, mais il ne voudrait y entraîner personne d'autre. Alors, aussi bien livrer sagement le magot au p'tit Boss et toucher tranquillement sa part. Il décide de s'exécuter sur le champ, sauf qu'à cause du défilé, la Main est bloquée sur une longueur de trois milles et qu'il devra faire un long détour par l'ouest. Qu'importe, il se sent léger, joyeux et plus détendu à chaque tour de roue. Une petite promenade lui rafraîchira les idées, façon de parler sous cette canicule humide qui colle à la peau comme un suée de chaleur.

Juliette et Juanita ont ralenti le rythme. La fatigue commence à se faire sentir dans le mollet, le gras de la cuisse et au creux des reins. Toutes ces émotions les laissent moulues et harassées. Elles ont le sentiment de jouer à cache-cache avec un adversaire insaisissable, rusé et vicieux.

— Nous avons fait l'erreur de préjuger qu'elle raisonnerait comme une personne sensée, dit Juliette.

— Cé n'était pas oune erreur, rétorque Juanita, de toute manière, on né peut pas déviner comment pense oune déséquilibrée.

— Il y a trois petits parcs dans ce quartier. Allons voir, peut-être qu'elle berce tranquillement le bébé à l'ombre d'un arbre.

Longeant une ruelle sale et étroite, Juanita indique un vaste immeuble de brique de trois étages. Vieux et délabré, celui-ci a pourtant été fraîchement repeint en vert pomme et en jaune clair.

— C'est là qu'on a loué un local, mon amigo et moi, lui s'occupera dé l'administration et de la poublicité, moi, jé donnerai les léçons dé danse, la samba, le cha-cha, rumba, tango, mambo, paso doble, polka, etc. Je sais tout danser. C'est au troisième étage. Moi, jé voulais louer au premier à cause des clients dé l'Âge d'or, mais c'était trop cher et après tout, quelqu'un qui danse la samba est bien capable dé monter quelques escaliers. Les escaliers ça développe les mollets et ça raffermit les muscles des cuisses et dou ventre. Ça révient à la mode les écoles dé danse, ajoute Juanita, comme si Juliette doutait du succès de l'entreprise.

Mais Juliette n'a guère l'esprit aux projets de Juanita, elle regarde droit devant elle, n'ayant même pas un coup d'œil pour le vieil immeuble. Pourtant, par considération pour son amie, elle écarte pour un instant ses propres préoccupations.

— Je t'envie Juanita, même si tu ne fais pas des affaires d'or, tu seras ta propre patronne, tu mèneras ton affaire comme tu l'entends, il n'y aura personne pour te harceler ou t'intimider, ça compte dans la vie.

— Jé sais, si j'ai oune belle clientèle, rien né m'empêcherait d'avoir oune autre professore, ça te plaîrait de montrer la samba?

Juliette replace une mèche récalcitrante, son regard s'est animé, les muscles de la joue se sont détendus.

— J'avais d'autres projets, explique-t-elle, à l'ouest, il y a une banlieue tranquille, un peu vieillotte

214

et pimpante. La rue commerciale ressemble à la grand-rue d'un village prospère. Du côté sud, il y a une petite boutique blanche tenue par une vieille anglaise. Elle vend des abat-jour de fabrication artisanale. Il y en a partout, de toutes les formes imaginables, de toutes les couleurs possibles. Mon idée était d'acheter la boutique, elle est à vendre, la vieille anglaise veut rentrer chez elle. J'avais mis de côté un petit capital, à peu près cinq mille dollars, mais mon gentil petit mari m'a convaincue de lui en prêter trois mille, temporairement bien sûr, il attendait une importante rentrée d'argent puisque son frère s'occupait de vendre sa maison en Italie. Sauf que cette maison n'a jamais existé et que l'oiseau s'est envolé avec mon argent. La vieille anglaise ne peut plus m'attendre et elle va vendre au premier venu.

Le petit parc dont parlait Juliette est désert, comme si le quartier s'était vidé pour se masser le long du défilé. Seuls quelques vieillards entretiennent une conversation décousue.

— Personne né peut te prêter dé l'argent? s'informe Juanita.

— Je ne vois pas, mon frère a du mal à rejoindre les deux bouts, il n'y a rien à attendre du reste de la famille et les banques, c'est bien connu, ne prêtent qu'aux riches.

Un clochard quémande de quoi s'acheter un café. Il serre la main sur son trente sous et s'éloigne en marmonnant:

— Une folle, une vraie folle, une crisse de folle...

Vivement, Juliette le rattrape.

— Qui est folle, monsieur, qui est folle?

Le clochard s'arrête, étonné que l'on s'intéresse à ses propos. C'est bien la première fois. Il ruse pour tirer tout le profit possible de cet intérêt inattendu.

— Une pauvre femme, madame.

— Qui est-ce?

L'homme cligne des yeux comme si la lumière du soleil était soudain trop vive.

— Vous me donnerez bien quelque chose pour acheter un sandwich.

Juliette lui tend deux dollars et répète sa question.

— Qui est folle?

— Madame Marleau, dit le clochard, elle s'est enfermée dans sa chambre et elle caquette comme une poule, elle croit qu'elle pond des œufs.

Déçue, Juliette vient pour s'éloigner, mais le vieillard s'accroche à son bras.

— C'est parce que son garçon ne vient plus la voir, personne ne vient plus la voir et à force d'être toute seule, y'a quelque chose qui a craqué dans sa tête. Mais moi, je ne peux plus dormir avec une poule qui caquette toute la nuit dans la chambre d'à côté.

Il s'éloigne enfin en levant les bras dans un geste d'impuissance et de découragement. Cent pas plus loin, il agite toujours les bras et reprend son triste monologue.

Juliette a elle-même trop de problèmes pour s'intéresser à ceux des autres. Entraînant Juanita, elle prend la direction du second petit parc aménagé derrière un cinéma de quartier.

— J'voudrais avoir des ailes aujourd'hui, murmure Juliette pour elle-même. Est-ce que t'as déjà rêvé que tu avais des ailes, Juanita?

— Oui, je pense que tout le monde rêve à ça un jour ou l'autre.

— Autrefois, je croyais être la seule qui rêvait à avoir des ailes, je me croyais à mi-chemin entre l'ange et l'oiseau. Les problèmes vus de haut paraissent insignifiants.

— Mon amigo, lui, dit Juanita, rêve qu'il est oune bulldozer. Chaque fois qu'il rencontre oune problème, il fonce dedans et il lé rase.

— Mais quand on se réveille, on n'a plus d'ailes et c'est l'impression la plus désespérante que je connaisse.

— Oui, jé comprends céla.

— Dis-moi, Juanita, crois-tu que les hommes, les humains je veux dire, sont bons ou mauvais, tout compté?

— C'est oune grosse questionne et jé souis si ignorante, mais jé crois qué finalement il y a plous de bons que dé mauvais. Seulement, cé sont les mauvais qui contrôlent le monde parce qu'ils sont plous ambitieux et plous agressifs. Lé bon monde se laisse râper la peau dou dos.

— Qu'est-ce qu'il faudrait faire?

— Autréfois, jé croyais qu'il souffirait d'oune peu dé bonne volonté. Aujourd'hui, jé crois qu'il faut broûler les pommes pourries. Lé problème consiste à déterminer quelles pommes sont pourries et quelles pommes sont saines.

— Tu crois que le malheur attire le malheur, que la misère attire la misère?

— Jé té parlé de ma mère, elle a connu sa part dé malheur, la pauvre, mais elle disait qu'il fallait toujours avoir l'air heureux pour qué lé bonheur né sé sauve pas s'il se présente dévant ta porte.

— Elle était courageuse ta mère?

Juanita hoche la tête doucement.

— Jé né crois pas, c'était oune combative, c'était dans sa natoure, c'était oune femme forte et il fallait être fort pour survivre dans ces conditions. Elle croyait à la Vierge, la Vierge loui donnait dou courage et oune peu de joie peut-être. La Vierge est oune mère, ne l'oublie pas.

— Alors qu'elle me rende mon bébé tout de suite, dit Juliette les traits durcis.

— C'est vrai tou né crois pas à la Sainte Vierge, mais c'est pas important dé croire ou dé né pas croire. Laisse-moi té raconter l'histoire dé mon grand-père. Mon grand-père était Araucan. Bien qu'il sé soit converti au catholicisme, il n'a jamais renié ses dieux païens. Il avait les idées larges et il disait qué plous il y a de dieux qui vous protègent, meilleures seront les augoures. Aussi, il a accepté lé Christ comme un père de famille nombreuse accepte lé pétit dernier, avec joie, mais sans trop se poser de questionnes. Mon grand-père était un contestataire infatigable, un grand naïf qui croyait pouvoir adoucir le sort des siens par la violence si nécessaire. L'armée l'a vite catalogué au nombre des subversifs. Un jour, il a été captouré avec quatorze de ses compagnons. Comme il n'y avait pas dé prisonne au village, on les a enfermés dans l'église. C'était le Jeudi saint et les soldats devaient le fousiller le sourlendemain, la veille de Pâques. Lé Vendredi saint au matin, trois hommes costauds sé sont présentés à la porte de l'église rigoureusement gardée. Ils venaient chercher la grande croix avec lé Christ de plâtre pour la procession. Les soldats sont soupçonneux, ils fouillent les trois gaillards et les examinent avec hostilité. Mais la procession dou Vendrédi saint est quelque chose dé sacré chez nous, aussi ils les laissent finalément entrer. «Faites ça vite», dit le capitaine. «Si vous né voulez pas mourir asphyxiés, ajoute oune soldat, ça poue la charogne là-dedans. »

Cinq minoutes plous tard, les trois hommes ressortent, deux d'entre eux portent les bras dé la croix sur leurs épaules, l'autre soulève lé pied. Sur la croix gît lé Christ en plâtre, pâle et ensanglanté, avec un pagne, oune couronne d'épines, la barbe en vrais poils, les poignets et les chevilles attachés avec oune corde, les yeux fermés, dou sang qui coule des plaies. Mes compatriotes adorent le réalisme.

Lé capitaine et les soldats qui gardent l'église reconnaissent les trois hommes qui sont entrés plous tôt, mais sans sé douter que lé Christ en plâtre est mon grand-père en personne qui sé retient dé respirer jusqu'à ce qu'on soit hors de voue. La statoue est restée dans l'église et c'est tout cé qué les soldats auront à fousiller pour le Samedi saint, oune statoue dé plâtre.

Juanita observe Juliette en coin, retenant un fin sourire.

— On se souvient encore dé cette histoire, elle fait toujours rire les gens dans les provinces dou soud, mon grand-père était devenou oune sorte de héros national. Les dieux sont toujours utiles à quelque chose et il y a un dicton qui dit: «Aidé-toi et le ciel t'aidera».

Juliette attrape la main de Juanita.

— Tu es vraiment quelqu'un de spécial. Je suis contente d'être tombée sur toi.

Derrière la bâtisse rectangulaire du cinéma, seuls quelques oiseaux égaient le petit parc.

Chez Frankie, Réal et Poinsettia attendent toujours une bribe d'information de la part de la serveuse, mais il semble que l'on tarde à l'appeler là-haut. Paradoxalement, plus le temps passe, plus Réal se sent détaché. Au fond, il ne tient pas à la fortune autant qu'il ne le croyait. Il a déjà la santé et la liberté et avec ça, il peut partir à la conquête du monde. Il découvre peu à peu une nouvelle Poinsettia et un nouveau sens à la vie. Lui qui se sentait prisonnnier d'une petite routine, d'un médiocre style de vie, d'une vie de famille aliénante, il se redécouvre maintenant libéré de ses peurs, de ses inhibitions, des fausses limites qu'on lui a imposées. Jamais il ne s'est senti aussi fort et aussi puissant, aussi il en jouit pleinement ne sachant pas combien de temps la chose allait durer. Entretemps, il donne des coups de sonde de façon à mieux saisir cette fille qu'il ignorait parfaitement le matin même, elle fait partie d'un monde qu'il refusait d'aborder si ce n'était strictement sur le plan de quelques services professionnels. Et ce monde l'étonne, d'abord par son originalité, par sa farouche combativité, par quelques manifestations d'une tendresse âprement consentie, par la vulgarité apparente de ses rapports, par la rude concurrence qui dresse ces êtres frustes les uns contre les autres. C'est la carence qui génère cette concurrence acharnée, carence économique, carence affective, carence éducative, carence générale. Le peu qui reste est donc amèrement revendiqué au moyen de la violence, de l'injustice, de l'ignominie, de la fraude, de la plus abjecte bassesse. Mais si l'indomptable instinct de survivre existe quelque part, c'est ici qu'il s'exprime le plus fortement, le plus impitoyablement et une certaine noblesse s'en dégage. Cette noblesse du mal foutu, Réal ne fait que l'entrevoir vaguement, mais il a déjà compris qu'elle est là surgissant de la pourriture, fière, propre et lumineuse, à la fois glaciale et brûlante. Comme la petite fleur qui pousse sur les immondices et qui pourtant émet un délicat parfum.

Ce monde est à la fois désespérant, dégoûtant, aliénant et pourtant excitant et authentique. «Si vous voulez connaître vraiment un peuple, pense Réal, allez aux deux extrêmes, découvrez l'extrême richesse et l'extrême dénuement. C'est dans l'extrême dénuement que vous risquez de rencontrer les pires turpitudes, mais aussi, parfois, la vraie noblesse du cœur, parce que c'est là où on connaît le mieux le sens des mots *douleur* et *désespoir*.»

C'est là le discours que se fait Réal en contemplant les fines rides qui plissent les yeux et les commissures des lèvres de Poinsettia. Quelle différence elle fait comparée à sa femme Corinne. Corinne est l'insouciance incarnée, pas tout à fait de l'insouciance, de l'indolence plutôt, une indolence bête qui force l'assistance et le secours des autres. Corinne ne se pose pas de question si ce n'est sur le prix du chapeau de la voisine, elle se laisse exister sans jamais se prendre en main, comme un petit animal dépendant, agréable, décoratif, mais stupide et inutile. Corinne fait partie des scories de l'humanité, elle ne sert à rien, elle exige beaucoup tout en ne donnant rien. C'est une décoration, une potiche chinoise. Aussi creuse que stupide, elle représente tout ce qu'il y a de détestable et même de nuisible. Un objet qui n'est plus tout à fait beau, qui prend exagérement de place, qui fait beaucoup de bruit tout en ne servant à rien.

Il s'étonne d'avoir mis douze ans à comprendre cette vérité qui maintenant lui crève les yeux. S'il ne récupère pas son argent, il aura au moins rompu les chaînes d'un esclavage qui lui aurait enlevé toute humanité et virilité, qui, à la longue, en aurait fait un petit monsieur de compagnie, incapable d'élan et de grandeur. L'animal parasite finit toujours par tuer son hôte.

Poinsettia qui rêvait, revient soudain à la réalité. Ses yeux brillent d'un éclat joyeux.

— On dirait que vous vous sentez soulagé, dit-elle.

Réal paraît surpris que ça se voit tant que ça.

— C'est bizarre, mais c'est vrai. Je crains de ne pas être très ambitieux, dans la vie j'ai abandonné tout ce que j'ai entrepris, je suis une sorte de raté, un petit besogneux sans envergure.

— On est tous des ratés, dit Poinsettia, en regardant ses doigts croisés. Vous ne me croirez peut-être pas, mais un jour j'ai couché avec un ministre quand j'avais quinze ans. Après il s'est mis à pleurnicher sur mon épaule en disant qu'il était un raté. À cet âge-là, on ne s'étonne de rien, mais plus tard je me suis posée des questions. Tout ce qu'on fait dans la vie c'est pour s'aimer soi-même et se faire aimer des autres. T'as beau dire le contraire, trouver des raisons savantes et compliquées, toutes sortes de raisons, mais dans le fond, on revient toujours à ça.

Alors ce ministre, il avait perdu ses amis; la puissance et le pouvoir isolent, sa femme et ses enfants le considéraient comme un étranger, il avait perdu ses illusions par rapport au pouvoir et ses électeurs s'apprêtaient à le retourner chez lui. Il ne lui restait que sa pension et une petite notoriété qui se serait évanouie six mois plus tard.

Soudain Poinsettia s'arrête et regarde Réal droit dans les yeux.

— Toi, ce que t'as fait, c'est pour t'aimer toi-même. Tu ne t'aimais plus et quand tu ne t'aimes plus tu ne peux pas aimer les autres. T'es peut-être un raté, mais au moins t'es encore capable de réagir.

— Tu as raison et je vais récupérer mon argent. Nous trouverons ce minable de maquereau. Tiens, Poinsettia, si rien ne te retient ici, je veux bien t'emmener avec moi. Nous dépenserons ce bel argent ensemble.

— Je dis pas non, répond Poinsettia un peu incrédule. Elle reste incrédule mais elle a perdu sa belle méfiance naturelle. Elle se demande si elle arriverait à aimer un gars comme Réal. Après tout il a l'air intelligent, doux, honnête et sympathique. Toutes des qualités absentes chez l'Acteur. Pourtant elle a volé quatre-vingt-cinq mille dollars pour lui. C'est un mystère insondable. Il est borné, fripouille, brutal, un monstre d'égoïsme dénué de sensibilité, aucun romantisme. Il n'est même pas si beau. Il ressemble à Johnny Cash. Et après? Elle se sent un peu honteuse, un peu poire. Elle aurait renié sa famille pour partir avec lui, elle aurait tout aban-donné, tout renié, tout trahi. Pour expliquer toutes ces contradictions, elle lui cherche des qualités, il doit bien en avoir au moins une. Il est fort, il a du panache, lui aussi peut être extrêmement sympa-thique quand il le veut, il se fout du monde entier, il ne respecte rien et c'est un parfait salaud, une ordure.

Poinsettia s'étonne de placer ces quelques qua-lificatifs dans la catégorie des qualités. Pour elle, dans ce milieu, ne rien respecter, se conduire en salaud ou en truand sont les conditions minimales pour survivre, ce sont donc des qualités, drôle de monde quand même. Elle ne sait plus très bien si elle en veut encore à l'Acteur ou si elle est sur le point de lui pardonner. Elle sent faiblir ses rancunes, elle pardonne toujours tout, elle est trop bonne, trop tendre, trop maternelle. C'est ça, c'est une attitude maternaliste, la mère qui pardonne toujours tout à son gamin parce qu'il est trop beau, trop touchant, trop charmeur, trop canaille.

Mais elle résiste. Arbitrairement, elle décide qu'elle en veut mortellement à l'Acteur et pour se le prouver, elle partira avec Réal. Celui-ci peut l'emmener où il voudra et même l'abandonner au bout du monde sans le sou et sans un au revoir.

— Comment peut-on se faire inviter pour jouer là-haut? demande Réal.

— Un nouveau doit se faire parrainer, répond Poinsettia, en revenant à la réalité.

Comme Réal posait sa question, une discrète sonnerie retentit derrière le bar, la fille au décolleté prépare quelques boissons et un plateau à la main, déverrouille la porte qui donne sur l'escalier. Elle disparaît silencieusement et la porte se referme sur elle.

— On va savoir dans une minute, dit Réal, s'il est là, il ne m'échappera pas.

L'endroit est presque désert, un piano blanc trône sur une petite estrade en demi-cercle. Plus loin, un homme d'un certain âge discute avec une jolie femme plus jeune que lui. Il ne sont pas mari et femme si l'on en juge par leur faconde, les vieux couples, c'est connu, ne se parlent plus. Du haut du bar, la télé montre le défilé de la Saint-Jean. C'est curieux de voir défiler tous ces gens sans le son. «Enlevez le son et toutes vos petites entreprises humaines deviennent risibles», pense Poinsettia. Par exemple, ce gros homme portant la grosse caisse devenue une excroissance de son corps, il s'échine à tour de bras sans aucun résultat apparent. Que devient le politicien ardent que sur son préau on lui coupe le son, gesticulations grotesques et sans signification, où vont tous ces gens marchant au pas, que deviennent nos assemblées législatives sans le son, un tas de marionnettes gigotant dans le vide, que devient le beau chanteur de charme les yeux fermés et la bouche ouverte comme un poisson rouge qui manque d'oxygène?

Poinsettia ouvre la bouche et prononce muettement des mots quelconques. Réal l'observe, perplexe.

— Je pensais à quelque chose, explique Poinsettia. Une fois, je regardais la télé sans le son. À côté, y'avait ma mère qui passait sa commande d'épicerie par téléphone. À la télévision, monsieur Diefenbaker déclarait qu'il fallait au pays une livre de margarine, une douzaine d'œufs, des pâtes en coude, une livre de steak haché, trois livres de baloney et une cannette de petits pois assortis... Depuis ce temps-là, je ne peux plus prendre les politiciens au sérieux.

Enfin, la serveuse revient d'en haut et sans se hâter redépose son plateau, lave ses verres, allume une cigarette et finalement s'approche de leur table. Elle croise ses bras et sourit.

— J'ai vu personne qui ressemble à Johnny Cash.
— Vous êtes sûre?

Elle penche la tête en avant comme si c'était évident. Sans gêne et sans fausse pudeur, elle attend la gratification promise. Réal lui tend un billet et celui-ci, comme le premier, disparaît avec une déconcertante vitesse.

— Prendrez-vous autre chose?

— Non, non, dit Réal en jetant un coup d'œil entendu à Poinsettia.

Celle-ci hausse les épaules. Réal récapitule.

— Bon, on a fait les voitures et les cartes, reste les femmes.

— Là, y'a de l'ouvrage qui nous attend, dit simplement Poinsettia.

Au *Mona Stère*, la grosse Mona tient une conversation touchante avec La Raquette. Son fiancé monte encore le niveau du son et pour la vingtième fois l'orchestre allemand reprend *da, da, da*. Les buveurs circulent en vacillant dans un véritable smog londonien. Sur la piste de danse, la Fraise et le Rouge entament un cha-cha malgré le ton différent du disque. Les deux serveuses concèdent une danse et tout un chacun va se servir à boire lui-même. Le petit Petit est grimpé dans le treillis de lierre en plastique et imite le fameux cri de Tarzan en tentant d'attraper le grand lustre en forme de gouvernail de bateau. Mona laisse tomber sa tête sur l'épaule de La Raquette, ses épaules sautent et elle essuie une copieuse larme.

— Tu ne m'as jamais dit que tu m'aimais bien mon petit Raqui...

Ému par ce diminutif charmant, le petit Raqui tapote doucement l'épaule de la patronne.

— Mais oui, on t'aime bien Mona!

— Pas on, toi.

— Moi aussi, j'taime Mona, je crois bien que...

Mais Mona n'a pas le cœur à écouter, le temps est aux chaleureuses déclarations.

— Moi, je vous aime bien, vous êtes tous mes petits enfants en quelque «chorte».

Et elle pleure à chaudes larmes.

— Puisque je te dis qu'on t'aime bien, insiste La Raquette, pas vrai Victor? Dis-lui, Victor!

Mais Victor rêvasse, un œil glauque errant sur cette vision d'après-guerre qui règne chez Mona. La Raquette lui flanque une gifle retentissante.

— Oui, quoi? bafouille Victor.

— Dis-lui qu'on l'aime bien.

— À qui?

De l'index, il indique le dos de la patronne qui se colle à lui.

— Moi, j'vous aime bien, certifie Victor qui, un peu euphorique, se sent prêt à pardonner au monde entier.

— Comme des fils, renchérit La Raquette.

— Comme un véritable fils, répète Victor non sans conviction.

Mona se redresse, renifle et tombe dans les bras de Victor.

— Mon petit Vic, si gentil, si mignon, jamais un mot plus haut que l'autre, moi, je t'aime bien mon petit Vic.

Mona se rassoit cherchant un mouchoir dans quelque pli secret de sa robe, son maquillage se défait et un faux cil pend lamentablement.

— Pourquoi qu'on se le dit jamais qu'on s'aime, c'est vrai, on se voit tous les jours, on se dit bonjour, on s'encourage, on se raconte des misères, mais on ne se dit jamais qu'on s'aime.

L'émotion fait trembler ses bajoues, elle pose la main sur le genou de Victor.

— Désormais, on se le dira, promis? Je veux que tous les jours, on se le dise. Bon, assez pleurniché, ce n'est pas une raison pour brailler. Elle

Elle embrasse Victor et La Raquette sur la joue et s'éloigne en se mouchant. Un voile assombrit la prunelle malicieuse de La Raquette. Le temps d'une seconde, il s'est laissé prendre par l'émotion exubérante de la patronne, mais il retombe vite sur ses pattes.

La Fraise et le Route ont abandonné leurs danseuses à d'autres bras accueillants et chantent en sourdine:

> Y'a du vrai là-dedans
> chus parti depus' vingt ans
> mais c'est pas une raison
> pour m'appeler Gaston.

Ce court refrain déclenche une petite crise d'hilarité chez Victor. Il imagine le mari parti acheter des cigarettes, qui revient vingt ans plus tard à la maison et qui s'étonne de ce que sa femme se trompe de prénom. Il rit d'abord tout doucement, puis de plus en plus fort, jusqu'au fou rire. Cette bonne humeur semble réjouir les deux compères mais au plus fort de la crise de fou rire, Victor s'arrête un moment et repart en decrescendo, sauf que cette fois, il ne rit plus, mais pleure comme un veau, la tête enfoncée dans les épaules qui sautent au rythme de sa peine. Personne ne sait plus quoi dire ou quoi faire. Enfin, l'orage passé, Victor se mouche, essuie ses yeux et cherche sa chope d'une main hésitante. La Raquette la lui tend, serre son épaule discrètement puis il se lève et s'en va au bar suivi du petit Petit.

La Raquette pige une langue de bœuf des doigts et la contemple d'un air indécis.

— Moi, j'suis pas capable de voir brailler un gars comme ça et dans ce temps-là, j'ai de drôles de réactions. Une fois, il y avait un gars qui braillait à chaudes larmes parce que sa femme le cocufiait avec le plombier, eh ben crois-le ou non, je lui ai cassé la gueule. Pas parce que j'en avais contre lui, au contraire c'était un ami, mais parce qu'il fallait à tout prix que je le fasse taire, c'est pas de ma faute, j'peux pas endurer ça. Ça prend des truies quand même. Ça se laisse entretenir pendant vingt ans et, tout d'un coup, quand un gars commence à se faire une raison, quand il a pris quelques honnêtes habitudes, la v'là qui ramasse ses jaquettes et qui lève les pattes sans tenir compte des dégâts qu'elle laisse derrière elle.

— Les femmes peuvent avoir leurs raisons, dit Rolande sèchement.

— Toé, la Rolande, tais-toé, ferme ta grand' trappe. Quand tu verras une fendue pleurer comme une poire de douche, tu f'ras comme moi, tu iras la consoler.

La Fraise qui en a assez de tous ces larmoiements monte sur une table et réclame le silence à grands coups de gueule.

— Mesdames et messieurs, vos gueules, un peu de silence, tabarnac!

Ayant obtenu un silence tout relatif, il poursuit:

— Je vais avoir l'honneur de vous faire une imitation très appréciée, très demandée par mon fidèle public. Mesdames et messieurs, voici le discours d'une durée de dix-huit heures quarante-cinq du camarade Andrei Boulgamine devant le Pressidium Suprême à l'occasion de la formation d'une

commission tripartite en vue d'établir un plan quin-
quennal de dix ans pour étudier la culture de la
betterave à sucre en Irkoust oriental.

La Fraise se dresse raide comme une colonne
grecque et commence d'une voix rauque roulant
abominablement les «R».

— Kerhliout voladiminska, retrosky mietra
minliout erka trouchky miouchka kanidikoucky
varakina niet korkanouchtki kopeck wladimisky...

Il fait une belle imitation, crachant les mots,
agitant mélodramatiquement et sobrement les bras
et la tête.

La Raquette manifeste une vive satisfaction par
rapport au spectacle, mais soudain il tend la narine
et renifle.

— Tabarnac, jure le petit Petit, y'a deux zouaves
qui se font un feu de bois.

Effectivement, à l'autre bout de l'établissement,
trois ou quatre pochards se sont dressé un petit
bûcher en démontant des caisses. Le bois sec brûle
allègrement et ils se font griller des saucisses. La
grosse et grande Rolande accourt en catastrophe,
hésite un moment et comme elle porte plein de
brocs de bière, elle s'en sert pour éteindre l'incendie.

— T'es pas un peu folle, rugit le Rouge, d'la
bonne bière fraîche, c'est scandaleux.

Il pose les brocs sur une table, ouvre sa braguette,
se sort le pistolet et arrose copieusement le petit
foyer.

— Des fous, maugrée La Raquette, tous des
capotés.

Il emprunte une veste et étouffe facilement le
brasier puis il engueule vertement les pyromanes.

— Hostie de pas d'allures, vous êtes pas dans
vot' soue à cochons, icitte, des vrais souillons, on

invite ça à une réception distinguée et ça se conduit comme des pouilleux. Si j'en reprends un à frotter une allumette, je le noie dans la bolle des chiottes. Ça tombe ben, 'est bouchée depu' un an.

Heureusement, Mona n'a rien vu, elle et son fiancé se racontent des choses passionnantes entre quat' z-yeux un peu glauques. D'après le Rouge, Mona raconte comment jadis un ministre tonton du gouvernement Duvalier l'avait demandée en mariage. Pas moyen de savoir si elle invente ou s'il y a du vrai là-dedans. Une chose est sûre, tous les ans, en hiver, Mona s'offre un voyage dans le sud.

C'est devenu irrespirable chez Mona, d'abord la fumée de cigarette et de pipe, des relents de tabac refroidi, de la bière sure, du vomi, de la sueur et maintenant de la fumée de bois et de l'urine, sans compter les parfums capiteux de la mari, du vinaigre répandu où flottent les oeufs durs, en ajoutant l'eau de Javel que déverse Rolande pour, dit-elle, désinfecter le terrazzo.

Le Rouge est silencieux depuis un moment déjà, mais il garde les yeux ouverts. En revenant à sa place, La Raquette passe sa main énorme devant ce regard absent. Aucune réaction.

— C'toto-là s'est endormi les yeux ouverts, dit-il à Victor. Ça s'ra pas beau à voir demain matin.

— J'dors pas, râle finalement le Rouge, j'pense.

— Tu penses à quoi, grosse tarte?

Un long moment s'écoule pendant lequel La Raquette se demande si le soudeur est encore en état de penser. Mais sans en avoir l'air, celui-ci espérait la question.

— Sais-tu pauvre... hic... type qu'on peut se rendre sur la lu... lu... lu... lune en pétant?

— En pétant?

— En pétant, ça t'en bouche un coin, espèce...
d'abruti... mais c'est un fait, c'est le principe de la
fu... fusée.

— T'en as l'air d'une fusée, laisse parler les gens
intelligents.

— J'écoute et je n'entends personne.

Puis se levant en vacillant, il s'en va expliquer
sa théorie au petit Petit.

— C'est ça, tu me donnes une platée de binnes,
tu... tu me mets en orbite et je peux me rendre sur
la lune en pétant, c'est scienti... scientifi, scienti-
fiquement po... possible et faisable.

Le petit Petit semble profondément troublé par
cette curieuse révélation, il prend un air atterré.

— Pauvres Russes, pauvres Américains qui se
fendent le cul en quatre pour fabriquer toutes leurs
bébelles alors qu'y suffisait de passer au dépanneur
du coin pour prendre une boîte de Clark à quarante-
neuf cents.

Puis le petit Petit se ressaisit.

— Laisse tomber, ta théorie ça vaut pas l'cul.

Ceci dit, il s'éloigne avec une superbe
indifférence.

— T'es encore chômeur? demande-t-il à un petit
homme maigre et comateux qui hésite à tomber par
derrière ou par devant.

— Y'a toujours été chômeur, répond le Rouge
à sa place, avant y'était trop jeune pour travailler
pis astheure y'est trop vieux.

— Ça sent pas la fleur des champs icitte-dans,
remarque le petit Petit, encore assez lucide pour
enregistrer les protestations de son nez.

Debout sur la table, la Fraise poursuit son discours passionné sous l'indifférence générale. Tout
de même, on espère que ça ne durera pas dix-huit

heures quarante-cinq comme l'a annoncé l'orateur. *Da, da, da*, bêle encore le sétréo. Quelqu'un a déniché une cannette de parfum de pin et en pulvérise tout le contenu. L'air est à couper au couteau et pas nécessairement purifié par cet ajout. L'air est devenu tellement épais qu'il semble absorber partiellement les sons. C'est pourquoi La Raquette demande et obtient des outils pour réparer le ventilateur électrique. Bientôt toute l'installation démontée gît sur une table poisseuse. Tout le monde se mêle de lui indiquer comment s'y prendre mais La Raquette déclare qu'il va planter quiconque touchera à sa quincaillerie. Puis, patiemment, méthodiquement, il remet tout en place. Pendant ce temps-là, quatre costauds s'emparent de la table où est perché la Fraise qui poursuit imperturbablement son discours et la transportent dans le placard-entrepôt. Alors La Raquette enfonce la fiche du ventilateur dans la prise murale. Une sorte d'explosion retentit, accompagnée d'une gerbe de flammèches jaunes et d'une épaisse fumée blanche toute boursouflée.

— Maudite marde, jure La Raquette, tombé assis sur une chaise qui se trouve miraculeusement au bon endroit, y'a pus moyen de nos jours de trouver d'la qualité.

Lentement, BVD roule en direction de l'ouest. Adossé au poteau, en T-shirt et en jean, quelques garçons attendent un client, une cigarette aux lèvres. La plupart sont assez jeunes pour être à l'école. BVD en connaît deux ou trois, il connaît aussi la

233

famille, des piliers de tavernes, des danseuses, des serveuses, des chômeurs, des habitués des arcades, des traînards, des filles à peine pubères pour les clients de passage.

BVD se gare devant une maison minable et un de ces garçons vient vers lui, un garçon très beau, tout bouclé qui exhibe ses jeunes muscles encore tout souples et coulants. Le garçon semble déçu en reconnaissant BVD. Il croyait avoir affaire à un client. Cependant, il retrouve vite un large sourire.

— Mario, dit BVD, tu vas me rendre un petit service.

— Tout ce que tu voudras.

BVD lui tend un paquet de cigarettes à l'intérieur duquel il a plié vingt billets de cinquante dollars.

— Tu vas mettre ça en sécurité. Si dans une semaine, je ne te l'ai pas réclamé, tu pourras tout garder. Et il y a un vingt pour ton dérangement. C'est oké?

BVD sait que le petit Boss connaît en gros la recette du magasin des alcools, mais il ne la connaît certainement pas à mille dollars près. En tout cas, il l'espère et il est prêt à en prendre le risque. Mario empoche le paquet de cigarettes sans même jeter un coup d'œil à l'intérieur.

— Tu peux compter sur moi.

Il se penche un peu pour glisser la tête à l'intérieur de la Toyota.

— Hé, ça l'air de marcher fort pour toi, t'as pas besoin d'un coéquipier, j'ai peur de rien et j'suis pas bête, tu sais. Et pis, j'en ai assez de ces gros pleins de marde qui viennent se faire sucer la bitte pour cinq piasses.

— Tu pourrais pas aller à l'école comme tout l'monde?

— J'ai pas l'temps. Prends-moi avec toi, j'te demande pas grand-chose, j'suis mince et agile comme un singe, je peux passer là où tu ne passerais jamais.

BVD s'adoucit devant tant de bonne volonté.

— On en parlera une autre fois si tu veux bien, fais attention à toi et ne perds pas ce que je t'ai donné.

Mario se redresse, l'air piteux.

— Oké, mais penses-y, promets-moi d'y penser.

Promis, dit BVD en embrayant.

Il sait qu'il peut faire confiance à Mario. Une drôle de complicité s'est établie entre eux deux, un jour comme ça, par hasard. Ce jour-là, BVD se présente à une pompe à bord d'une voiture volée. C'est le printemps, il fait noir, une soirée douce et parfumée, un western joue à la radio du pompiste et lui parvient en sourdine, tout semble tranquille. BVD se tourne en direction du garage et il aperçoit un jeune homme masqué braquant le caissier. Mais il est tellement apparent que le revolver sort d'un magasin de jouets que le tenancier, plutôt que de lever sagement les bras, contourne son comptoir et part à la poursuite du voleur. Celui-ci laisse tomber son jouet et prend ses jambes à son cou. Le poursuivant et le poursuivi disparaissent bientôt, avalés par les ombres de la route. BVD n'a plus qu'à se lever, à aller jusqu'à la caisse, s'emparer des quatre-vingts dollars qu'elle contient, à remonter à bord de sa voiture et à s'éloigner ni vu ni connu. Plus loin, il rejoint le jeune voleur, ralentit et le laisse monter. Mario saute à bord et BVD se perd dans la circulation de la banlieue. BVD émet un long sifflement moitié ironique moitié admiratif. Méfiant, Mario n'a pas encore retiré son bas de nylon.

— Où est-ce que tu veux que je te dépose? demande BVD.

— Plus loin.

On roule en silence pendant une dizaine de minutes.

— Ici, dit Mario devant une pharmacie croulante.

BVD se range près de l'accotement. Mario ouvre vivement la portière pour décamper sans demander son reste. BVD attrape son bras, un fin poignet d'enfant.

— Tu ne veux pas ta part? Il y avait quatre-vingts piasses dans la caisse.

BVD voit deux yeux s'allumer et un fugace sourire se dessiner, mais ce sourire est aussitôt réprimé. La méfiance reprend vite le dessus.

— Pourquoi est-ce que tu me donnes ça?

BVD hausse les épaules. Lui-même l'ignore. Il devrait raisonnablement empocher cet argent et filer incognito, mais il vient de réussir un coup fumeux et il se sent généreux. Sans doute que cette belle nuit y est aussi pour quelque chose. Il y a des gens qui se sentent généreux à Noël, lui BVD se sent généreux au printemps. Tous ces parfums mystérieux charriés par l'air doux du printemps lui enivrent l'âme. À cette époque de l'année, il ressent des choses bizarres: des élans, des envies de recommencement, des envies de départ. Après les rigueurs de l'hiver, il se sent à nouveau à l'écoute de son petit monde, il se découvre des besoins de communiquer, de partager, de communier. S'il était poète, il écrirait quelque chose sur le printemps, sur le printemps qui libère de sa glace les ailes de l'oiseau des neiges, qui lui fait respirer des parfums exotiques et l'incite à partir pour des ailleurs aventureux.

Cette force, c'est la vie, on la croit morte ou agonisante et puis, il suffit de quelques perturbations chimiques provoquées par la douceur de l'air et la voilà qui surgit de la mort, forte et irrésistible, plus puissante que le plus puissant des instincts que la nature ait jamais donnés à l'une de ses créatures. Il faut que cette force soit puissante pour que tous ses frères dans la misère persistent à vouloir vivre et aimer encore, eux qui n'ont que la vie pour toute possession. Ces gens-là n'ont pas de situation à perdre, pas de maison, pas de voiture, pas de statut, pas de notoriété, tout ce qu'ils ont à perdre c'est la vie. C'est peut-être pourquoi ils la défendent avec autant d'énergie.

Finalement, Mario prend ses dollars et les empoche vivement. Il hésite car il a une proposition à faire, mais il se glisse dehors au cas où sa proposition serait mal agréée.

— C'est un bon truc, dit-il, si on essayait encore?

BVD ne peut retenir un sourire amusé devant l'aplomb du garçon.

— Tu ne trouves pas que c'est beaucoup d'efforts et de risques pour quarante dollars? Il y a des garagistes qui se tiennent un gun à portée de la main, un vrai avec des balles en plomb.

Bizarrement, Mario se réinstalle sur la banquette et enlève son masque. BVD reste stupéfait, c'est un enfant, un petit garçon aussi beau que fragile. Ils sont un long moment sans parler et puis Mario se décide.

— J'ai une proposition à te faire. Je connais deux vieilles pédales qui gardent chez eux un tas d'objets volés: des calices, des ciboires en or, des chandeliers, des sculptures, des ostensoirs, des peintures, un tas de choses artistiques.

Ils me font monter des fois, je pourrais neutraliser le système d'alarme. On les assommerait et on pourrait vider l'appartement. Qu'est-ce que t'en dis?

— T'as de l'ambition, toi.

— C'est un bon plan, je connais quelqu'un pour écouler tout ça.

— Je vais réfléchir, consent BVD, dis-moi où je peux te rejoindre.

Plus tard, BVD décide de tenter le coup. Malheureusement, les deux receleurs, ayant flairé le danger, ont déplacé leur collection. Mario ne sait pas où, mais il tenterait de les faire parler en exploitant leur moment d'abandon. Puis Mario et BVD avaient monté quelques opérations mineures. Sans qu'aucun d'eux ne le réalise vraiment, ils se retrouvèrent liés de ces attaches particulières qui regroupent ces individus aux caractères indépendants et excessifs qui évoluent dans ce milieu violent et impitoyable. C'est pourquoi BVD sait qu'il peut compter sans réserve sur le jeune Mario et vice versa.

Revenant à la réalité, BVD jette un coup d'œil dans son rétroviseur. Les mains dans les poches, l'air blasé, Mario le regarde disparaître. BVD l'imagine sollicitant un client et discutant âprement le coût de ses services. Il lui faut un prix raisonnable sans perdre de clients, il y a de la concurrence dans le métier et une belle tête ne suffit pas toujours. Une autre image infiniment déplaisante lui vient à l'idée: il imagine le jeune corps gracile et vulnérable entre les bras forts et poilus du client de passage. Il ressent quelque chose de bizarre à l'endroit de Mario, quelque chose qui se situe entre le désir de le protéger, de l'aider et de l'aimer comme il le ferait pour un jeune frère. À part son excessive beauté, il y a autre chose chez le garçon qui le séduit davantage. Mario a du courage, un courage déconcertant, le courage du petit animal sauvage qui défend son territoire contre l'intrus cinq fois plus grand et plus fort. Il y a aussi cette façon de ne jamais rien demander gratuitement. Il opère de la façon suivante: tu me donnes ça et je te donne ça. Comme tous les autres qui évoluent dans ce milieu, Mario n'a jamais rien reçu gratuitement et il ne donne jamais rien gratuitement. BVD comprend très bien sa méfiance quand il s'est vu offrir ses quarante dollars.

Ce sont encore des idées que BVD doit chasser impitoyablement. Il ne peut rien pour ce garçon et pour ses milliers de semblables. Lui-même a ses propres problèmes. Déjà, dans sa courte vie, il a passé plus de cinq ans derrière les barreaux, il est sans le sou, sans amis, sans ressources et même sans toit. Que pourrait-il bien faire? C'est risible. Non, les p'tits gars comme Mario finissent en prison, à l'hôpital ou à la morgue et personne n'y peut rien. Pas lui en tout cas.

BVD se revoit à l'âge de Mario alors qu'il cambriolait les boutiques du quartier. Beaucoup d'efforts, de peurs et de risques pour pas grand-chose. Il se revoit au moment où la police le ramène à la maison. Il fait pleurer sa mère, sa sœur le considère d'un œil bizarre, de l'hostilité, mais en même temps de la jalousie parce que BVD a osé faire ce qu'elle n'oserait jamais. Puis son père soûl qui le frappe. Il se revoit encore comparaissant pour la première fois devant un juge, puis on prend ses empreintes et sa photo avec un numéro, on le fouille, on le rase et on le pousse dans une cellule. La première fois, c'est impressionnant, puis on s'habitue, la dixième fois il n'est plus aussi humiliant de se faire fouiller et traiter comme un animal dangereux.

En prison, il y a au moins un avantage, il y a la bibliothèque et BVD dispose de tout le temps nécessaire. La lecture devient une passion, en cinq ans, il lit plus de mille ouvrages de toutes sortes. Des livres d'aventures, des biographies, des livres d'histoire, des romans, des œuvres de philosophie, sociologie, etc. etc. Il n'en a pas l'air, mais il en connaît plus sur la littérature que bien des professeurs de littérature. Il n'en parle jamais; en fait, il n'a personne à qui en parler, mais il s'en félicite intérieurement. Par les livres, il côtoie les plus grands esprits de toute l'histoire du monde. Dans la vie ordinaire, jamais en cent ans il n'aurait pu rencontrer ne serait-ce que très fugitivement un ou deux grands esprits. À travers les livres, il peut conquérir la Gaule avec César, il peut assister à l'avènement d'Aton en Égypte ancienne, il peut gouverner avec Hadrien, il peut vivre le désaveu de Thomas Moore, il peut régner avec Louis XIV, il peut explorer les mers avec Jules Verne, il peut participer à la conquête de l'Ouest ou à la conquête de la lune, il peut vivre avec Galilée ou Einstein, il peut partager les découvertes de Copernic ou de Mendel, il peut côtoyer les grands prophètes, il peut évoluer dans le monde du jeu, du sport, le monde des artistes, de l'argent, des rêveurs, des poètes, etc. etc. Toute l'histoire de ces vies se sont enregistrées dans son cerveau, toutes se sont additionnées, se sont comparées, recoupées, et aujourd'hui, BVD estime avoir une meilleure compréhension de l'univers qui l'entoure. C'est sa définition personnelle de l'intelligence: la faculté de se faire une idée la plus juste possible de l'univers qui nous entoure et de la place qu'on y occupe à partir des données disponibles. Il est très fier de sa trouvaille bien qu'il soit un peu frustré de n'avoir personne avec qui en parler. Puis BVD revient à la réalité. Malgré toutes ses connaissances, malgré la haute opinion qu'il se fait de celles-ci, il n'est qu'un petit truand cassé, seul et misérable. Pourquoi? Il se souvient de ses camarades d'écoles. Beaucoup ont réussi et cela, sans talent, sans intelligence, sans idée. Il en voit spécialement un parmi les autres, un garçon borné, sans imagination, sans idéal, qui accepte d'emblée toute forme d'autorité, qui s'ajuste sans effort au système en place et qui est en train de se faire une belle carrière dans la vie politique, il n'y a pas grand-chose à en attendre. Des individus médiocres et sans envergure, qui prononcent des mots creux, qui se débattent avec les petits complots internes, qui n'ont pas le courage politique d'écouter la voix du bon sens. Le monde n'a jamais été si mal en point malgré tous ces prétendus experts, économistes, MBA, sociologues, analystes, futurologues, actuaires, ethnologues, etc. On dirait que le monde a perdu la raison, lancé vers la frénésie de la consommation et celle de l'auto-destruction. BVD se souvient de la réponse de Mario quand il lui suggérait de s'instruire: «Pourquoi s'instruire?» avait demandé le garçon. «Pour préparer l'avenir.» «Quel avenir? dans deux ans la boule aura sauté et nous avec.»

Une silhouette familière tire BVD de sa rêverie. C'est celle d'une voiture de police dans son rétroviseur. Celle-ci le suit déjà depuis un bon moment. BVD s'emploie à ne pas violer le moindre règlement de circulation, ce n'est surtout pas le moment de se faire arrêter. Profitant d'un feu vert, il tourne à droite, la voiture patrouille signale et emprunte le même chemin. BVD jure entre ses dents, il n'aime pas ça du tout. Est-ce qu'on aurait déjà découvert le vol? Est-ce que quelqu'un aurait donné le signalement de la Toyota garée à l'arrière du magasin des alcools? Un bref coup d'œil dans le rétroviseur, le policier communique par radio.

Dans la voiture de police, le chauffeur observe placidement la petite voiture japonaise qui roule devant lui. On lui a assigné un parcours tranquille et il s'ennuie un peu en se remémorant les instructions reçues en cours de route: des numéros de plaques et des signalements plus ou moins précis, jeter un coup d'œil sur la bijouterie Parker qui semble attirer les cambrioleurs ces temps-ci, un exhibitionniste qui a l'habitude de faire des siennes près des MacDonald, la mère Mouchel qui aurait remis ça encore une fois, des jeunes motards qui font du chahut devant une barbotte et aussi entre autres, un voleur de fromage qui aurait fui à bord d'une Toyota verte semblable à celle qu'il suit. Il a particulièrement retenu ce message parce qu'il connaît bien le petit épicier où il s'approvisionne en bières les fins de semaine.

— Les numéros connus coïncident, dit son compagnon, allons voir ça de plus près.

Le chauffeur actionne le gyrophare et donne un bref coup de sirène.

BVD hésite, peut-être n'a-t-on rien de spécial à lui reprocher, mais il ne croit guère au miracle. Par contre, s'il tente de fuir, il n'a aucune chance avec ce vieux débris poussif et lépreux. Il ne dispose que de quelques secondes pour prendre une décision et il se dit, jurant et pestant, qu'il va essayer de les semer dans la circulation plus dense du centre-ville. Peut-être qu'avec une petite voiture et un peu de chance, il pourra se faufiler. Serrant les mâchoires, il tâte de la main son revolver posé sur le siège voisin et appuie brutalement sur l'accélérateur. Une nouvelle suée lui mouille le front, le dos et les aisselles. Aussitôt retentit la sirène à plein régime cette fois. Il aperçoit le chauffeur se carrer confortablement pour entreprendre la poursuite tandis que son compagnon signale la situation au central. BVD dépasse quelques voitures et se glisse derrière une camionnette, le temps de laisser passer une fourgonnette de fleuriste. À demi montré sur le trottoir, il tourne à gauche malgré le feu rouge. La voiture de police disparaît momentanément de sa vue. Il s'agit d'une rue à sens unique et BVD roule allègrement en sens inverse. Heureusement, il y a peu de circulation. Il frôle néanmoins un camion de livraison qui klaxonne furieusement. Il tourne à gauche à nouveau, il n'est pas certain si les deux flics l'ont vu. Cette rue est achalandée et les voitures avancent à pas de tortue. Sans hésiter, BVD utilise l'allée de gauche obligeant une Renault à se tasser contre le mur. Il saute un arrêt obligatoire et revient vers l'est. Derrière lui, la sirène mugit furieusement. L'espace d'un instant, il imagine les aboiements inexplicablement hargneux de la meute poursuivant le renard.

— J'ai l'impression qu'il a plus qu'un fromage sur la conscience, remarque le chauffeur. Tu le vois?

— À gauche toute, répond son coéquipier, attention au gamin!

Tournant brusquement, BVD emprunte une ruelle en réparations, renversant les tréteaux métalliques, éprouvant durement ses amortisseurs. Sans respecter l'arrêt, il se force peu à peu un trou dans la cohorte des voitures reprenant la direction ouest. Le bruit de la sirène s'atténue de façon perceptible. BVD réfléchit rapidement, il faut qu'il abandonne cette voiture. À la dernière minute, il avise une bretelle et, risquant cent fois la collision, avec adresse et audace, il se retrouve à gauche juste à temps pour s'y glisser. Encore une fois, il revient vers l'est. Il emprunte une rue étroite, violant le sens unique et les arrêts puis à nouveau il suit à contre-courant la même rue que tout à l'heure. Mais il est bloqué par un camion de déménagement qui freine en catastrophe. Alors, risquant le tout pour le tout, il bifurque dans une allée étroite et va garer la Toyota dans la minuscule cour intérieure. Vivement, il s'extrait du véhicule et va prendre son sac de toile qu'il hisse sur son épaule. Il saute une clôture de contreplaqué et rejoint la rue parallèle par un terrain vague que l'on transforme en parking. Si les flics ne l'ont pas perdu, il veut bien prendre un abonnement à vie aux annales de l'oratoire Saint-Joseph. Néanmoins, pour plus de sécurité, il va se trouver une planque, le temps que les choses se tassent. Il connaît une fille qui habite sur cette rue, la maison est rose et bleu bonbon. Sa main moite replace le revolver coincé dans sa ceinture. Il respire à petits coups saccadés, parfois une perle de sueur salée lui brûle l'œil. Il espère que la fille habite toujours à cet endroit, ces oiseaux-là étant plutôt instables. Il espère aussi qu'elle n'est pas sortie ou pas trop paf pour lui ouvrir. C'est son jour de chance, la fille vient répondre en jupon et pantoufles. Son petit œil strié de rouge ne semble pas le reconnaître, mais BVD doit se faire convaincant car une fluette lueur d'intelligence s'allume le temps d'un éclair.

«Il n'y a pas longtemps qu'elle s'est piquée», pense BVD. Tant mieux, il sera plus tranquille.

L'après-midi tire à sa fin, mais plutôt que de se rafraîchir, la température s'est encore appesantie, plus lourde et plus humide. Juliette et Juanita se sentent moites et harassées. Le troisième petit parc était aussi désert à part une bande de jeunes à vélo. Les deux femmes se laissent tomber sur un banc de bois.

— Dans deux heures, il va faire noir, dit Juliette d'un ton neutre, jamais nous ne pourrons les retrouver.

— Il nous reste encore deux heures, réplique Juanita qui a enlevé ses souliers et qui étire voluptueusement ses orteils.

Juliette avise une cabine publique.

— Je vais rappeler l'inspecteur, dit-elle en se levant pesamment.

Au commissariat, on l'informe que l'inspecteur a fini sa journée et qu'il est rentré chez lui. Juliette s'affole un peu, comment ce fonctionnaire ose-t-il tranquillement rentrer chez lui alors qu'on lui a volé son bébé? Face à son silence indigné, on lui demande si elle veut parler à quelqu'un d'autre.

— Non, répond-elle, puis elle se ravise aussitôt. Il y a bien quelqu'un de responsable en attendant, passez-le-moi.

Finalement, elle apprend que l'inspecteur Comeau est seulement sorti souper en vitesse. Il reviendra dans vingt minutes et, en soirée, il consacrera tout son temps à cette affaire. Par contre, on a retrouvé la sœur de la mère Mouchel. Elle et son mari l'ont cherchée toute la journée puis de guerre lasse, ils allaient appeler la police quand l'agent de faction les a interpellés. Cela confirme les soupçons de l'inspecteur Comeau, il y a neuf chances sur dix que ce soit bien la mère Mouchel qui a fait le coup. Si c'est bien le cas, il n'y a pas lieu de s'inquiéter outre mesure. «Il semble qu'il n'y ait que moi à s'inquiéter», pense Juliette en raccrochant. Elle sent le poids terrible de son impuissance, elle s'attaque à trop gros, cette ville a perdu toute proportion humaine, des millions d'hommes et de femmes tiraillés, triturés, tourmentés par leurs passions, leurs déviations, leurs peurs, leurs angoisses vont et viennent plus solitaires que s'ils étaient seuls, plus vulnérables et aussi plus redoutables parfois dans leurs anomalies et leurs aberrations. Toujours selon la norme. Cette idée fait sourire amèrement Juliette. Que deviendra la norme quand il y aura plus de désaxés que de gens dits normaux? Est-ce que la normalité sera justement l'anormalité? Il y a encore trente ans, on pouvait vivre, travailler et circuler en toute sécurité dans ce quartier. On pouvait déambuler sans craindre pour sa vie ou sa bourse. Que s'était-il donc passé en si peu de temps? Pour que ces adolescents prennent cyniquement des paris prévoyant la date du prochain meurtre.

— Allons manger oune pétit peu, suggère Juanita, tou vas tomber d'épouisément.

Cette fois, Juliette ne proteste pas.

Au restaurant, pour la première fois depuis le matin, Juliette a l'occasion de s'examiner dans un miroir. Elle se voit pâle, les traits tirés, une lueur de folie dans l'œil. Sa main tremble en cherchant sa brosse. Courageusement, elle se refait une tête et s'efforce de retrouver un peu d'optimisme. La vieille mère Mouchel ne peut pas faire de mal à son bébé. Une mère ne fait pas de mal à son bébé. Un peu rassérénée, elle rejoint Juanita qui a commandé deux liqueurs fortes.

— Tou sais cé qué j'ai trouvé lé plous difficile en arrivant ici? Cé n'est pas dé mé rétrouver dans oune pays étranger, cé n'est pas l'hiver non plous ni la langue, mais c'est la cuisine. Sais-tou pourquoi on a le caractère bouillant nous les Soud-Américains? C'est à cause dé notre couisine, ça met dou feu dans lé sang. Les peuples ressemblent à leur couisine. Régarde les Chinois, ils mangent dou riz toute leur vie sans jamais rouspéter, et aussi c'est lé peuple lé plous impassible et imperturbable dou monde. Régarde les Anglais, ils sont flegmatiques comme on dit. Quelqu'un qui résiste à la couisine anglaise peut rester dé marbre dévant n'importe quelle catastrophe. Régarde les Français, ils ont oune couisine sophistiquée et ils ont des idées sophistiquées. Régarde encore les Américains. Ils mangent n'importe quoi, n'importe comment et ils font de la politique de la même manière, aussitôt qué quelqu'oune les contrarie quelqué part dans lé monde, ils sortent lé gros bâton et ils vont taper dessus.

— Et nous, comment sommes-nous?

— Ici, c'est oune peuple patient et résigné en état dé coma, les gens sé sont fait si souvent taper sour lé nez qu'ils n'osent plous sortir lé nez dehors. On leur a fait croire qu'ils sont inférieurs et ils lé croient.

Pour la première fois aujourd'hui, Juliette écoute vraiment la babillage de Juanita. Cette fille est amusante, pleine de vie, exubérante et spontanée. Heureusement qu'elle est là, c'est elle en fait qui l'a soutenue toute la journée pendant qu'elle arpentait la ville dans tous les sens.

Juanita dit n'importe quoi mais jamais rien de bête. Juliette l'écoute avec un tout petit sourire aux lèvres. L'alcool lui réchauffe le ventre et lui monte à la tête. Soudain, elle réalise qu'une faim terrible lui creuse les entrailles. Le restaurant est bondé, la plupart de gens reviennent du défilé. Quelques-uns ont participé à l'émeute et en sont encore tout excités. Ceux-ci prétendent que le jeune homme n'a jamais vraiment menacé la foule. C'était plutôt un flic zélé qui a pris panique. Ce flic zélé a surtout commis l'erreur de revenir sur les lieux après le drame. Un chômeur l'a reconnu et la foule s'est spontanément jointe à lui pour lui faire un mauvais parti. On assure que la police a eu du fil à retordre. Il y aurait eu une douzaine de blessés et une centaine d'arrestations.

— Pauvre garçon, sympathise Juanita. Dans ces cas-là, quand il y a des victimes, cé sont toujours les plous faibles qui écopent.

— Il y a des choses que je ne comprendrai jamais, dit pensivement Juliette. Pourquoi est-ce que le mal l'emporte toujours sur le bien? Je me souviens d'une petite fille là-bas chez nous. Elle ne semblait contente que quand elle faisait souffrir quelqu'un, par pure méchanceté. Un jour, elle s'est rendu compte qu'elle pouvait faire souffrir sa mère en se blessant. Eh bien, elle se coupait, elle se cognait, elle se blessait volontairement. Un autre jour, elle a essayé de me pousser sous un camion, comme ça, pour rien. Je n'ai jamais compris ça, les gens disaient qu'elle était possédée.

— Chez nous, dit Juanita, les gens posent un petit miroir sur leur porte. Aussi quand lé diable se présente il sé voit, il prend peur et il s'enfouit. Les gens sont très soupertitieux chez nous. Moi, je l'ai trop tiré par la queue pour en avoir peur.

Dehors, un violoneux joue des airs traditionnels et les gens tapent du pied. Tout à l'heure, à la nuit tombée, il y aura un feu de joie et des feux d'artifice.

Réal et Poinsettia marchent lentement en réfléchissant. Réal regarde en l'air comme si l'Acteur pouvait se cacher quelque part dans les hauteurs.

— Dans sa chambre, dit-il, il y avait une coupure de journal. L'Acteur y était photographié avec une fille. Qui est-ce?

Poinsettia n'a pas une seconde d'hésitation.

— Stella Rose, une chanteuse. L'Acteur la voyait partout, il en était fou, il n'en dormait plus à une époque. Il avait participé à un concours et il avait gagné toute une journée en compagnie de Stella. Le monde des artistes l'a toujours fait capoter. Il prétendait que sa mère avait joué du Shakespeare à Albany.

— Ça dure encore ce coup de foudre? Ça se pourrait qu'il ait essayé de la contacter maintenant qu'il est riche?

— Aucune idée, je te l'ai dit, l'Acteur ne parle jamais de ses affaires sentimentales.

— T'as une autre idée?

— Franchement non.

— Il y a une chance sur cent.

— Cent, répète religieusement Poinsettia. Tu trouves pas que c'est un chiffre magique? Mon rêve c'est de rouler à cent milles à l'heure, vivre cent ans, demander cent piasses pour une passe.

Jetant un coup d'œil en coin à Réal, elle sourit comiquement.

— Le croirais-tu? dans mon métier le chiffre cent signifie la réussite, le seuil à franchir, un but à atteindre. Quand tu peux demander cent piasses, t'es devenue une sorte de reine qu'on envie et qu'on respecte. Moi, dans le temps, c'était mon tarif, quand j'avais quinze ans. Des gens payaient cent piasses pour une petite fille de douze ou treize ans. Le ministre dont je te parlais tout à l'heure m'a donné cent piasses et un collier de perles, des vraies. Je croyais dans ce temps-là que je serais vite riche et adulée. Puis en pensant à la suite, son regard s'assombrit, du désenchantement plutôt que de la rancune.

— Mais grâce à tous les «Acteurs» de ma vie, j'ai toujours récolté la p'tite monnaie. En vieillissant, j'ai dû changer de quartier, de clientèle et de souteneur, mes tarifs ont fondu en conséquence. Tu les connais mes tarifs, y'en a qui trouvent ça encore trop cher et pis y'a d'la concurrence, y'a des filles qui offrent même les drinks ou le pot. Y'avait une fille qui essayait de monter un syndicat dans l'temps, une sorte d'association pour fixer les prix. On l'a retrouvée noyée un beau jour. On sait pas si c'était un accident ou quoi. Mais moi je le sais, Thérèse n'était pas du genre à tomber à l'eau par mégarde, tu gages qu'on l'a poussée un peu? Ça doit être terrible de mourir noyée. Moi je voudrais mourir tout lentement, tout doucement une belle journée d'été en écoutant une ballade western langoureuse et romantique.

Elle ralentit momentanément le pas.

— Comment est-ce que vous aimeriez mourir?

Réal s'arrête un peu, il hausse le ton comme s'il voulait se convaincre lui-même.

— J'aimerais mourir brutalement sans voir venir, un accident, quelque chose de foudroyant, pour moi, mort et violence sont deux mots inséparables.

Poinsettia est à cent lieues de s'imaginer que sur ce point Réal obtiendra toute satisfaction. Elle ne peut pas savoir, il y a en elle, au tréfonds de son être, encore énormément de zones d'ombre, de donjons, de ramifications jamais explorées. Qu'un monstre se cache au creux de l'un de ces donjons, elle ne le croirait jamais.

— Vous savez où elle habite cette Stella Rose? demande Réal en revenant à des préoccupations plus immédiates.

— Non, mais elle donne un spectacle tous les soirs au *Bleu citron*.

— À défaut de mieux, allons-y faire un tour.

— Marchons, suggère Poinsettia.

Innocemment, elle prend le bras de Réal et s'appuie légèrement contre lui. On dirait un gentil petit couple d'amoureux faisant une marche de santé. Bizarrement, au bras de cette femme, Réal éprouve une vague fierté, une émotion qu'il croyait avoir perdue avec son adolescence. Il a l'impression d'avoir réussi en très peu de temps une sorte de prouesse: avoir gagné la confiance d'une de ces créatures de ce monde sauvage, violent, extrêmement difficile à apprivoiser, à atteindre, à approcher, ces créatures ayant en permanence une blessure ouverte, une plaie à lécher, une meurtrissure à soigner. Auparavant, Poinsettia lui paraissait farouche et inaccessible, continuellement sur la défensive, mais ce soir, apparaît fugacement son vrai visage, un être immensément vulnérable, capable d'une tendresse gourde, mais authentique. Réal lui jette un regard en coin, un regard peureux, pour un peu il se sentirait ému.

Le soir tombe et l'atmosphère se dégage un peu, mais le temps reste chaud et gluant, une nuit à dormir dehors. Peu à peu, les néons s'allument, l'odeur des pizzas, des frites au vinaigre, des oignons frits, de la sauce piquante et de la bière s'échappent des portes ouvertes et se mêlent aux relents de sueur suintant du vieux gymnase de ciment où cinq ou six boxeurs en maillots s'en prennent au sac de sable. Poinsettia ne peut s'empêcher de s'arrêter pour les observer.

— Ils sont beaux, vous ne trouvez pas?

Réal approuve chichement d'un geste très peu convaincant. Cette attitude négative ne décourage pas Poinsettia.

— Le poids lourd, là-bas, quelle musculature! Il pourrait broyer une femme sans le vouloir et pourtant j'vous gage qu'il est tout doux et tout tendre. J'en ai connu un comme ça.

Réal s'étonne d'éprouver un vague déplaisir. Il s'éloigne lentement et Poinsettia le rejoint.

— Mon frère était boxeur avant de faire de l'armée. C'était mon idole. S'il n'avait pas été mon frère, j'en serais tombée amoureuse et j'aurais couché avec lui. Il a gagné les Golden Gloves en 74 ou 75. Toutes les filles s'amourachaient de lui et j'étais follement jalouse. Une fois, je me suis battue avec l'une d'elle, une sacrée tripotée. Je dois être folle, vous n'êtes pas un peu fou?

— Non, je suis tout le contraire, ou plutôt j'étais tout le contraire. J'étais le roi des conformistes, petit métier, petite femme, petite voiture, petits plats, petites sorties au cinéma, petites vacances à Old Orchard, petite routine, petit honnête homme, petite ambition, tout du médiocre, timoré, plus, pusillanime, peureux et respectueux de tous les règlements idiots du monde, un minus sans envergure. Et tout d'un coup, je trahis mon beau-frère, je quitte ma job, je quitte ma femme, je vole une petite fortune, je m'apprête à tuer quelqu'un s'il ne veut pas me rendre mon argent et je m'apprête à quitter le pays avec une autre femme que je connaissais à peine ce matin. C'est pas d'la folie tout ça?

— Vous me plaisez mieux comme ça.

— Pourtant vous pensez toujours à l'Acteur.

Poinsettia s'arrête encore et lève un menton déterminé.

— Je vous jure que non, c'est fini.

Un poster lettré à la main annonce une soirée envoûtante avec Stella Rose et les musiciens du *Bleu Citron*. Il s'agit d'un établissement de troisième ordre, façade décrépite, néon friteux, piètre décor, mais ambiance chaude et sympathique. Pour l'instant, l'orchestre tue le temps et le bar fait des affaires d'or. Poinsettia et Réal s'installent à une table minuscule et commandent des Bloody Mary. Puis Réal examine les usagers.

— Est-ce que vous le voyez, Poinsettia?

Elle semble revenir de loin mais avec beaucoup de bonne volonté, elle se met à son tour à dévisager l'assistance.

— Non, il n'est pas encore là, s'il vient il ira directement à la loge avec des tas de fleurs, c'est son genre, la poudre aux yeux jusqu'à ce qu'il obtienne ce qu'il veut, après tu peux toujours courir.

Réal se détend et regardant Poinsettia, il lui vient une idée saugrenue.

— Je ne connais même pas votre vrai nom.

— C'est peut-être mieux comme ça, dit Poinsettia, l'œil malicieux.

— Pourquoi?

— Parce que je m'appelle Aurore comme l'enfant martyr. J'en avais assez de me faire demander si j'étais aussi vierge que martyre.

Réal et Aurore, pense Réal, la prostituée et le raté. Un beau couple». Il se demande comment il a bien pu en arriver là. Beaucoup de gens avaient cru de bonne foi qu'il réussirait dans la vie. Particulièrement ses parents qui avaient consenti beaucoup de sacrifices pour le faire instruire. Ses amis et ses camarades de classe aussi croyaient en lui. Au collège, il était président de l'association étudiante et rédacteur en chef du journal interne. Il était travailleur et consciencieux. Il croyait au système et pensait qu'avec de la bonne volonté et un peu de bonne foi, il serait possible de construire un monde meilleur, plus juste et plus tolérant. Il avait peu à peu perdu ses illusions comme on perd ses cheveux. On le réalise à peine et un beau jour on se réveille chauve. Le désenchantement s'était discrètement creusé un chemin, pas à grands coups brutaux et fracassants, mais à petits coups incessants comme le goutte à goutte insidieux. Un jour, il s'était retrouvé plus vidé et plus ébranlé qu'il ne le croyait possible. Il se trouvait devant une faillite totale et générale et cela malgré ses efforts permanents, malgré ses idéaux d'adolescent, malgré sa bonne foi et sa bonne volonté. Il s'était laissé manipuler par une foule de petites considérations secondaires, par une foule de petits compromis apparemment anodins, par une foule de petites démissions mesquines ou égoïstes. Le beau monde qu'il imaginait alors qu'il rédigeait ses éditoriaux enflammés s'était évaporé dans la médiocrité, la grisaille, la morosité et la petite routine étroite et égoïste. Il avait perdu ses idéaux, perdu ses enthousiasmes, perdu ses illusions, perdu une certaine volonté d'intervenir, perdu la foi et l'espérance, perdu même la foi dans l'humanité, lui qui s'était longtemps cru humaniste. La civilisation actuelle court à sa perte, elle est devenue une civilisation sans valeur morale où chacun est plus pressé de réclamer des droits que de se reconnaître des devoirs et responsabilités, il n'y a plus de conscience professionnelle, plus de satisfaction au travail bien fait, plus d'avenir, une jeunesse amorphe et désenchantée, une civilisation grossière et fruste revendiquant le droit absolu à la consommation débridée et stupide, affairée à gaspiller, à salir, à polluer, à démolir, à dégrader tout ce qu'elle touche. Rien ne peut plus sauver cette civilisation. Il faut même en hâter la fin pour qu'elle pourrisse le plus vite possible et qu'une nouvelle civilisation apparaisse sur les détritus de la précédente comme une fleur qui jaillit de débris en décomposition. Tout le monde est responsable, tout le monde ainsi que la bêtise générale. Cette bêtise qui anime les gens comme son beau-frère Galant dont la devise pourrait s'écrire ainsi: «Exploiter à l'extrême limite, le travailleur et le milieu, faire le plus d'argent possible même en empoisonnant l'air et la terre, penser à court terme, après moi le déluge, moi d'abord, les autres ensuite, la libre entreprise, le droit d'abuser, de violer, voler, de salir, de gaspiller».

Réal croit entendre encore le discours d'un petit chef d'entreprise de droite qui prêchait l'optimisme: l'entreprise privée est source d'emplois; il faut, plutôt que d'en compliquer le fonctionnement, que l'État lui garantisse les coudées franches; qu'on nous permette de travailler à rétablir l'économie du pays, à revaloriser l'initiative personnelle, le dynamisme de l'entreprise privée qui seule peut garantir un niveau de vie supérieur. «Voilà le vrai sens de ce petit laïus, se dit Réal, l'entreprise privée est source d'emplois, entendre par là emplois les moins payés possible sans la concurrence déloyale de l'État, ne pas compliquer le fonctionnement de l'entreprise, entendre permettre les pires abus, écarter la menace du syndicalisme, assurer les coudées franches, entendre le droit d'exploiter le travailleur, le droit de faire main basse sur les ressources, le droit de tout saccager et de tout polluer, rétablir l'économie du pays, entendre la propre santé financière de mon entreprise, revaloriser l'initiative personnelle, entendre nous permettre sans contrainte les pires comportements amoraux.»

Voilà le vrai sens des paroles de ce petit entrepreneur fasciste: jusqu'ici nous avons saigné le pays et la classe ouvrière et nous aimerions continuer en toute liberté.

Ce système est tellement pourri de la base au sommet qu'il faudrait un véritable miracle pour le sauver. Réal se demande comment il a pu, pour un temps, se faire le complice de cette monumentale tromperie. Il n'y a pas de salut collectif, le salut est individuel pour celui qui saura ou pourra manœuvrer assez habilement et assez rapidement.

À ce moment-là, Réal prend un engagement formel, il ne se laissera plus abuser et manœuvrer et rien ni personne ne l'arrêtera. Si l'Acteur refuse de lui rendre son bien, il n'hésitera pas à le tuer froidement.

Chez Mona, il a bien fallu ouvrir les portes pour ne pas mourir asphyxié. La Fraise s'est endormi dans son placard après deux heures et trois quarts de harangue politique. Mona et son jouvenceau sont disparus dans leur appartement, le petit Petit dort affalé sur la table, La Raquette s'entête à remonter le ventilateur, Le Rouge ronfle dans son vomi étendu sur les tuiles des toilettes, Rolande et sa compagne mettent un peu d'ordre, mais c'est une tâche titanesque que de tenter de remettre le *Mona Stère* en état. Quelques insoûlables ruminent devant leur pichet, le disque *da...da...da* a été lancé et piétiné, on dirait les Plaines d'Abraham après la bataille. Victor qui a un besoin pressant d'air frais regarde la façade du *Mona Stère* de l'autre côté de la rue, les mains dans les poches, un vague sourire aux lèvres. Si seulement Louise pouvait le voir, jamais il ne s'est autant amusé. Après tout, elle peut bien s'en aller avec le petit et ses jupons, ça ne l'empêche pas de s'amuser et d'avoir du bon temps. Il fait quelques pas et se concentre pour garder son équilibre. Il rit tout fort, mais cette fois il se force un peu. Pourtant il se sent bien, gonflé à bloc, mieux que le temps, l'alcool guérit les plaies, du moins temporairement. Il va refaire sa vie, c'est ça, il va refaire sa vie et pas plus tard que tout de suite. Il entre chez Mona, s'approche de La Raquette et pose ses mains à plat sur la table d'arborite.

— Laisse tomber La Raquette, allons plutôt s'trouver des plottes.

La Raquette retire son mégot et le contemple avec beaucoup de concentration; puis il l'envoie voler dans un coin.

— T'as raison, je crois ben qu'y'a plus rien à faire avec ça, allons-y.

Ceinturant leurs épaules du bras, les deux hommes jettent un dernier regard désolé sur les lieux, sortent et s'éloignent, La Raquette racontant une de ses histoires loufoques.

— C'est le gars qui dit à l'autre: j'ai une bonne et une mauvaise nouvelle. Ma femme m'a quitté. C'est quoi la bonne nouvelle? reprend l'autre. Mais c'est ça la bonne nouvelle, assure le premier.

La Raquette émet un rot sonore et contemple son ami qui rit jaune. Aussitôt, il s'excuse.

— C'est pas le moment hein Victor, excuse-moi j'y pensais pus.

— T'excuses pas, répond Victor, c'est fini, je n'y pense plus. Ça me fait pas un pli, t'en connais d'autres?

— Là, tu réagis comme un homme, complimente laborieusement La Raquette.

Plus loin, ils abordent une fille qui mâche vigoureusement son chewing-gum. Elle est adossée au mur balançant son petit sac de cuirette rouge. La Raquette s'arrête devant elle et remonte son pantalon de façon à paraître à son meilleur. Victor qui n'a pas l'habitude de draguer se tient un peu en retrait.

— Regarde-nous bien, dit La Raquette à la fille, c'est pas tous les jours que t'as affaire à deux beaux mâles comme nous, pas vrai?

— Je dis pas le contraire, dit la fille engageante.

— T'aurais pas une petite sœur pour mon chum? poursuit La Raquette encouragé par ce succès facile.

— On est une famille nombreuse, répond la fille.

La Raquette s'épanouit.

— Alors va la chercher et on va se trouver un p'tit coin tranquille.

— Ça va faire vingt piasses chacun, dit négligemment la fille.

Cette réponse provoque une courte quinte de toux chez La Raquette.

— Viarge, une professionnelle, j't'avais pas encore vu par icitte.

Mais il réagit vite.

— Trouves-toi d'autres minables, espèce de tarte, on veut pas de professionnelle, des beaux mâles comme nous ne payent pas pour une pantoufle.

— Passez-vous un poignet bande d'impotents, réplique la fille en regardant ailleurs avec mépris.

— Viens Victor, dit La Raquette, elle est probablement contagieuse.

Ils abordent comme ça trois ou quatre filles mais reçoivent un accueil hostile.

— Des p'tites gueules, toutes des p'tites gueules fines, affirme La Raquette. Elles pensent toutes qu'elles ont la caverne d'Ali Baba entre les cuisses. Viens on va manger quelque chose, après je t'emmène chez les vraies filles, pas des Barbie qui prennent pour des duchesses. Ça a un cerveau de poule entre les deux oreilles et y faudrait faire des manières. Au moins, les poules, les vraies, ça pond des œufs, et ça vient pas te donner la recette pour faire une omelette.

Assis à une table couverte d'une nappe à carreaux, La Raquette commande deux énormes spaghettis et deux grands pichets de vin rouge rapeux. Le garçon, un Italien, ne sait pas trop ce qu'est un vin rapeux.

— Le moins cher, spécifie La Raquette, celui qui te donne un ulcère avant de voir le fond de la bouteille.

Vaguement insulté, le garçon n'insiste pas et revient bientôt avec deux grosses carafes d'un vin foncé où flotte librement la lie. La Raquette s'en envoie tout un verre et claque la langue de satisfaction.

— Tant qu'il y aura du vin, il y aura de l'espoir. Hic!

Ceci dit, La Raquette reprend la petite chanson de tout à l'heure.

Y'a du vrai là-dedans
chus parti depu vingt ans
mais c'est pas une raison
pour m'appeler Gaston.

La diction est difficile, l'air subit quelques distorsions. La Raquette lutte héroïquement contre une paupière trop lourde. Pour se réveiller, il s'envoie une autre généreuse rasade de vin.

Finalement, l'énorme assiette de spaghetti arrive juste à temps pour recevoir la tête de l'ivrogne. On dirait que l'action a été soigneusement chronométrée. Le garçon ne sait plus trop quoi faire, mais Victor lui signale qu'il peut s'en aller en laissant les choses telles quelles. Aussitôt La Raquette se met à ronfler, ses expirations profondes soulevant et agitant joliment le bout des spaghettis. Victor dévore de bel appétit. Il ne s'est rien mis sous la dent depuis la veille et l'alcool a réveillé la faim que la peine avait engourdie. Mais cet exercice a aussi pour effet de le dessoûler et Victor dessoûle à une allure vertigineuse retrouvant vite toute sa lucidité, toute sa détresse et sa misère de mari trahi. À nouveau, l'angoissante poigne d'une grande douleur morale lui investit le ventre et les tripes. Mais il ne songe plus à se rebiffer, il se sent misérable et abattu, l'abattement de l'après-soûlerie, probablement le pire. On dirait que l'alcool fait payer cher ses quelques moments d'euphorie en distillant insidieusement une fielleuse amertume, un désenchantement désespérant, un dégoût général de soi et du monde entier. Il laisse un homme diminué, rapetissé, gluant, vidé de sa substance, une sorte d'épave au bord de la désagrégation morale et physique.

Aussi, appuyé sur ses coudes, la tête enfoncée entre les épaules, Victor contemple d'un regard absent ce monde devenu morne et repoussant. Il voudrait pleurer encore, mais il ne le peut plus. La froide lucidité a remplacé l'aveugle révolte et l'accès de colère, il se voit désormais tel qu'il est, sans fards et sans artifices, un homme trompé, un homme seul sans avenir et sans joie à espérer encore de la vie. Désormais, il ne sera plus qu'un zombie fonctionnant de façon mécanique, risible et grotesque. La vie dans ces conditions devient un long calvaire absurde et insensé. Une petite idée se fraye lentement un chemin dans son cerveau fiévreux. Il voit un pont et en bas, très loin en bas, un abîme de noir et de vide, un néant miséricordieux et accueillant capable d'avaler toute sa misère et toute sa détresse.

Cette idée libératrice n'est pas tout à fait consciente, c'est comme si un autre Victor pensait pour lui. Pourtant, il se sent réconforté par cette idée. Il sait confusément qu'il existe quelque part une possibilité de fuite, la fuite semble être la seule porte de sortie qui lui reste.

Il regarde encore dormir La Raquette puis il se lève pesamment. Il paie la facture et recommande au garçon de ne pas déranger son ami. Qu'il le laisse dormir tranquillement, La Raquette se réveillera et s'en ira sans faire d'histoire avant le last call. Puis il s'en va tranquillement, sans se presser, comme un promeneur conquis par la douceur de l'air qui fait sa petite marche de santé après le repas du soir. Instinctivement, mais sans arrière-pensée consciente, il prend la direction du pont, qui pas très loin se découpe massif et imposant sur un ciel bleu très foncé que seules les étoiles les plus brillantes réussissent à percer.

Autour de lui, le quartier grouille de vie, noyé dans ses odeurs et ses bruits. Les drapeaux inertes pendent aux devantures, la faune nocturne prend lentement possession de la ville, des vapeurs d'essence flottent dans l'air, de toutes les directions lui parviennent des bribes de succès populaires ou de temps en temps la voix surexcitée des speakers. Mais Victor reste insensible à tous ces stimuli, il se sent comme étranger à ce monde qui semble s'agiter bien futilement, bien dérisoirement.

BVD occupe le seul fauteuil dépagé de la pièce, posant son sac de toile à ses pieds. Quiqui, la locataire des lieux, pose bizarrement ses mains sur ses épaules en croisant les bras à la façon des pharaons et tient un discours décousu et incohérent. Elle n'est pas seule dans la pièce, un grand jeune homme à lunettes gît apparemment inerte dans un fauteuil avachi. Près de lui, sur la table à café, il y a un petit cube d'une matière blanche, une fiole de verre, un cordon de caoutchouc, une seringue et une ouate.

— Qui cherche la lumière, débite Quiqui d'une voix traînante la trouvera dans l'œil du Phénix.

— Tais-toi, gémit le jeune homme, tu perturbes mes ondes.

— Je peux téléphoner? demande BVD.

Quiqui ne répond pas mais lui tend l'appareil du bout des bras comme elle ferait une offrande rituelle et précieuse. C'est le p'tit Boss qui répond et BVD lui raconte les événements de l'après-midi. Le p'tit Boss semble contrarié:

— Je vais t'envoyer Bic avec la fourgonnette, attends-le et fait ce qu'il dira, il sera là vers neuf heures, neuf heures trente.

— Et la Toyota?

— Ne t'occupes pas de ça.

BVD raccroche pensivement puis il lui vient une idée, dans une heure ou deux, il touchera sa part et il ira chercher sa mère. Impatient de le lui confirmer, il compose le numéro de la maison. Il semble déçu d'entendre la voix fluette de Pascale plutôt que celle de sa mère.

— Passe-moi 'man.

Pascale hésite et enfin:

— Elle n'est pas là.

— Comment elle n'est pas là? Elle ne sort jamais, où est-elle?

Il y a encore un long silence puis comme à regret la petite voix chevrote:

— Ben...

— Ben quoi, accouche.

— 'Pa a fait une scène après ton départ, 'man nettoyait les dégâts, c'était une scène terrible, man s'est sentie mal.

Pascale s'arrête encore, BVD bafouille d'inquiétude.

— Et après, où est-elle?

— À l'hôpital, le docteur dit qu'elle a fait une attaque.

— C'est grave?

— Ils ne savent pas, il faut attendre les tests.

— Quel hôpital?

Dix secondes après, BVD raccroche brutalement, il a blanchi tout d'un coup et il sent la froide caresse de la colère lui couler le long de l'échine et lui enflammer le cerveau, ses mains tremblent légèrement et ses lèvres balbutient une litanie de malédictions à l'endroit de la vie, à l'endroit du Dieu malfaisant en qui croit sa mère avec une ferveur aveugle, aussi à l'endroit de son pourri de père, qui pendant toute sa chienne de vie n'a cessé de détruire, de blesser, de salir, d'attirer la misère et l'adversité. BVD rage, si sa mère meurt il va le tuer, cela est inexorable et définitif. Il va le tuer avec cynisme, avec un calme glacial, avec un plaisir pervers. Il va faire durer le plaisir jusqu'à ce que l'abject personnage l'implore à genoux, jusqu'à ce que la peur le fasse vomir, jusqu'à ce que, pitoyable, larmoyant et bavant, il rampe à ses pieds et le conjure de lui laisser la vie. Alors il lui fera sauter la cervelle. Sa main droite serre la crosse de son revolver et ce contact avec le métal le réconforte un peu. Il consulte sa montre et marche de long en large.

Quiqui déclare que les chaînes les plus solides sont celles que l'on se forge soi-même. Le garçon se redresse un peu, les yeux vides, le temps d'affirmer qu'on est tous des ménopausés du cerveau et qu'une barrière invisible nous empêche de capter les ondes de la vérité. Il faut se purger le cerveau, le nettoyer, le rendre vierge, une sorte de nouveau baptême intellectuel. BVD lui jette un regard perplexe puis il l'oublie, il tente de retrouver son calme, il se rassoit et tape du pied. Il se sent survolté, sa rage inassouvie lui tend les nerfs et lui gonfle les veines du cou. Parler lui ferait peut-être du bien, mais ni Quiqui ni le garçon ne semblent en état de communiquer. De toute manière, il lui faudrait un interlocuteur éponge, capable d'absorber imperturbablement un flot d'injures, l'expression d'une gigantesque frustration, une gigantesque révolte, de la rage, de l'amertume, du fiel et du désespoir. Mais BVD continue de faire ce qu'il a toujours fait, il encaisse en silence et il accumule son ressentiment. Un jour, il est conscient que tout ça explosera avec la violence brutale d'un volcan très, très longtemps refoulé.

Près de lui, Quiqui se plie en deux, prise, semble-t-il, d'une crampe intestinale. Ça dure un bon moment et ça semble extrêmement douloureux. Puis la crise passée, elle se détend et s'allonge. BVD l'observe attentivement, il connaît Quiqui depuis toujours, elle et lui ont été élevés dans le même quartier. Il la revoit lorsqu'elle avait douze ou treize ans. Un beau bout de petite fille, rieuse et volontaire. Elle avait été le premier amour secret de BVD. Il se sentait rougir rien qu'à la regarder, se sentait comblé lorsqu'elle lui parlait, il en perdait toute sa concentration et enfin, lorsque par extase elle le touchait, il se sentait transporté dans un autre monde ou la pesanteur n'existait plus.

Longtemps BVD avait cru que Quiqui était l'incarnation humaine de la beauté, de la pureté, de la grâce, de l'innocence et de la félicité. La fillette représentait tellement le sublime et l'absolu que jamais il n'aurait pu lui avouer ses sentiments, un sentiment qu'il croyait vénal, abject, vil et dégoûtant. On ne garde pas le cristal dans la fange. Plus tard, quand il avait compris que tout cela n'existait pas — ou plutôt n'existait que dans sa tête — il avait résolu de coucher à tout prix avec Quiqui et cela, dans le seul but d'enterrer ses illusions une fois pour toutes et de passer à autre chose. Il avait été stupéfait par la facilité qu'il avait eue à obtenir son consentement. C'est à partir de ce jour-là qu'il est devenu cynique. Il eut souhaité ardemment voir Quiqui lui refuser son âme et son corps. Ce refus lui aurait permis de conserver un peu plus longtemps un brin d'espoir dans la nature humaine.

Cette déesse qu'il vénérait jadis n'est plus qu'une pitoyable épave, esclave de ses seringues et de ses servitudes. Sans doute qu'elle se prostitue, quémande et vole pour se payer son septième ciel. Jamais quiconque n'était tombé de plus haut pour BVD. La première fois, on en reste stupéfait, puis on s'habitue et on finit par trouver ça banal et normal. Ce jour-là, quelque chose meurt en soi, c'est l'enfant qui est en nous avec tout ce qu'il avait de merveilleux, de pur et de grand.

Soudain BVD espère voir arriver Bic le plus vite possible pour ne plus endurer ce spectacle aussi pénible que douloureux.

Mais Quiqui, qui semble retrouver un peu de lucidité, se colle à BVD.

— Toi, j'te connais… on a déjà couché ensemble?

BVD regarde droit devant lui et ne répond pas. Quiqui ricane et pose sa tête sur son épaule.

— C'est une belle journée.

— Une belle journée pour se pendre, ajoute BVD, beaucoup plus pour lui-même qu'à l'intention de la jeune fille.

— Oui, une belle journée pour se pendre, répète Quiqui avant de sombrer dans ses brumes.

Replongeant dans ses pensées, BVD cherche où il a bien pu entendre cette phrase, puis il se souvient. Il a lu ça en prison, c'est un personnage de Tchékov qui disait ça dans l'*Oncle Vania*. Il ne se souvient plus de l'histoire, mais cette répartie lui est revenue inopinément comme un souvenir que le conscient veut oublier mais que l'inconscient garde vicieusement en réserve pour le ressortir au moment opportun. «On ne parvient jamais à dompter son subconscient, pense BVD, le subconscient échappe à toutes nos tentatives pour qu'on puisse le contrôler, le confiner, le domestiquer, le subconscient est vraiment tout ce qui reste de vraiment libre et sauvage chez l'homme. Il est le véritable artisan de ces chaînes que l'on se forge soi-même et dont parlait Quiqui tout à l'heure. Au fond, l'homme n'est pas vraiment maître de sa personne. Son inconscient, tel des rails invisibles, maintient l'engin sur sa voie, une voie partiellement indépendante de la volonté humaine».

Le petit jeune homme à lunettes bouge et grogne de temps en temps, il se redresse, regarde devant lui d'un air hébété et retombe dans ses transes. BVD consulte encore sa montre, chaque minute qui passe peut être la dernière pour sa mère. En ce moment, il regrette de ne pas croire en Dieu, autrement il le supplierait, ce salaud, de lui permettre de revoir sa mère vivante. Il va aller porter ce sale argent, il va empocher sa part et puis il se précipitera à l'hôpital en quatrième vitesse.

Cette fois, Juliette réussit à rejoindre l'inspecteur Comeau du premier coup.

— J'allais partir, dit l'inspecteur. Nous croyons savoir où se trouve la mère Mouchel. Dites-moi où vous êtes et j'enverrai une voiture vous prendre.

— Où est-elle? ne peut s'empêcher de crier Juliette.

— Bêtement sur le toit de l'immeuble, elle regarde la télé en berçant le bébé.

— Mon Dieu!

— Ne vous affolez pas, elle est calme, nous prendrons toutes les précautions possibles.

Quinze minutes plus tard, une voiture de police vient, comme prévu, prendre Juliette et Juanita. Jamais quinze minutes ne leur ont paru si longues.

— Tou vois, dit Juanita, les choses s'arrangent toujours.

— Je te croirai quand je tiendrai mon bébé dans mes bras. Il me semble que ça fait un siècle que je le cherche. Je suis fourbue, je dois être horrible à voir.

Sur les lieux, deux voitures de police sont discrètement garées dans l'ombre d'un immeuble. L'inspecteur Comeau discute avec la sœur de madame Dumouchel et le mari. Des agents sont en train de monter une sorte de trampoline géante. Juliette sent son cœur bondir dans sa poitrine, la kidnappeuse a peut-être menacé de se jeter dans le vide. Son calvaire ne finira donc jamais? Un instant son angoisse l'avait quittée, mais elle la sent se réinstaller plus sournoise et plus crispante encore.

Sur le toit, la mère Mouchel ne semble encore se douter de rien, mais les badauds mis sur la piste par la présence des voitures de police s'agglutinent déjà en petits groupes. Un agent prévient l'inspecteur Comeau de la présence de la mère et de son amie et celui-ci vient aussitôt vers elles.

— Nous allons essayer la manière douce, dit-il, nous allons demander à la sœur de madame Dumouchel de tenter de la faire descendre de là. Mais il y a des chances que ça n'aille pas tout seul. On lui a déja enlevé pas mal d'enfants et elle se fait méfiante, mais j'ai tout prévu, j'ai des hommes prêts à sauter sur le toit de l'édifice voisin et si on envisage le pire, si elle saute, mes hommes se tiennent prêts avec le filet. Tout ira bien. Allez-vous asseoir dans ma voiture, il y a du café.

— Non, je ne pourrais pas rester assise deux minutes.

— Bon, comme vous voudrez.

Ensuite, Comeau s'entretient un long moment ave Charlotte, la sœur de la vieille dame.

— Vous allez lui parler doucement, ne faites pas allusion à l'enlèvement, gagnez sa confiance. Ne parlez pas du bébé tout de suite. Essayez de la convaincre de descendre prendre un café ou un goûter. Convainquez-la qu'on annonce de la pluie. Si tout cela ne marche pas, vous pouvez lui parler de l'enfant. Dites-lui qu'il risque de prendre froid, qu'il a besoin d'un bain et d'un biberon. Allez-y et

269

surtout ne la brusquez pas, ne vous approchez pas si elle s'y oppose. Soyez naturelle et décontractée. Si ça ne marche pas, nous envisagerons autre chose.

Après avoir grimpé quatre escaliers, Charlotte retrouve son souffle devant la porte qui débouche sur le toit puis elle l'ouvre doucement. Un seul petit grincement des pentures suffit à alerter la mère Mouchel. Celle-ci se retourne, se raidit et ouvre des yeux affolés.

— Ce n'est que moi, dit Charlotte, je peux venir?

La mère Mouchel s'est levée, le bébé dans les bras.

— Non, si vous essayez de m'enlever mon bébé, je me jette en bas.

Charlotte soupire, ce sera plus difficile qu'elle ne le croyait. Sur le toit, il y a quatre chaises de jardin en bois, une table ronde, une vieille armoire adossée au mur de tôle de l'édifice voisin. Sur la table, la mère Mouchel a déposé une télé portative noir et blanc. Elle regarde probablement la télé depuis le matin. Une ampoule de faible puissance éclaire la scène et ses yeux s'habituent à la pénombre. Charlotte découvre également des biberons, des couches de papier et une couverture.

Charlotte débite consciencieusement le boniment suggéré par l'inspecteur Comeau. La mère Mouchel l'écoute sans mot dire, mais s'approche du parapet chaque fois que sa sœur amorce un pas en avant. Charlotte revient sur ses pas et s'adosse à la porte.

— Tu dois être très fatiguée ma pauvre Madeleine, viens avec moi, j'ai préparé du café et une belle omelette, je ne veux pas t'enlever ton bébé, tu as confiance en moi, je suis ta sœur, tu me reconnais?

Soudain, la mère Mouchel tend rageusement un index tremblant en direction de sa sœur.

— Tu n'es pas ma sœur, tu es un diable et tu veux m'arracher mon bébé. Les diables sont partout, ils grouillent dans l'ombre, ils sont hypocrites, vicieux et menteurs. Regarde les diables, ils sont aussi en bas et ils ricanent parce qu'ils pensent qu'ils vont réussir à m'enlever mon enfant. Mais je suis vigilante, je reconnais les diables malgré leurs déguisements, je ne les laisserai pas s'approcher. Vas-t'en, créature des ténèbres, va rejoindre tes semblables en enfer.

Il y a longtemps que Charlotte n'a pas vu sa sœur aussi perturbée. Elle doit user de toute la persuasion dont elle est capable.

— Je ne suis pas un diable, Madeleine, je suis Charlotte, rappelles-toi quand on était petites et qu'on allait cueillir des framboises près de l'étang, un jour tu es tombée à l'eau avec ton petit costume bleu, les diables ne peuvent pas savoir ça!

Pour la première fois, un doute se lit dans la prunelle fiévreuse de Madeleine, mais elle le chasse avec vigueur.

— Les diables savent tout parce qu'ils peuvent entrer en nous dans la tête et ils devinent nos pensées. Tu n'es pas Charlotte, tu es un diable ricanant, maintenant vas-t'en, je ne veux plus voir de diables.

— Ça suffit pour l'instant, murmure l'inspecteur Comeau de l'autre côté de la porte, revenez.

Charlotte paraît épuisée, pourtant l'entretien n'a pas duré dix minutes.

Au pied de l'immeuble, Juliette tente futilement de percer les ténèbres. Elle se sent à la fois si proche et si éloignée de son bébé. Juanita doit la retenir pour l'empêcher de se précipiter là-haut.

— Laisse-les faire, implore-t-elle, c'est leur métier.

— Mais je suis sa mère, Juanita, je suis sa mère.

Au *Bleu Citron*, Réal et Poinsettia entament leur troisième Bloody Mary. Le présentateur vient annoncer que le spectacle sera retardé de quelques minutes, mais que l'orchestre ferait des prodiges pour que personne ne perde patience.

Pas de trace de l'Acteur, mais il viendra peut-être attendre Stella Rose du côté des loges ou à l'entrée des artistes. L'hypothèse semble plausible, l'Acteur est et a toujours été fasciné par la chanteuse; auparavant, il n'était qu'un propre à rien, mais maintenant qu'il est riche, c'est un argument qui a du poids pour une petite chanteuse médiocre obligée de se produire dans des endroits miteux comme celui-ci.

— Ça f'rait un drôle de ménage, remarque Poinsettia en souriant malicieusement. Stella n'est pas du genre à se laisser piler sur les pieds et l'Acteur veut toujours tout régenter, ça va faire des étincelles le temps que ça va durer.

Elle pose son menton dans le creux de ses mains et fixe son vis-à-vis.

— Vous croyez que c'est normal que les hommes dominent les femmes?

Comme Réal ne répond pas, Poinsettia poursuit.

— Orchidée a sa petite idée là-dessus. Elle dit que les femmes ont été conditionnées. Au départ, les mâles étant les plus forts ont écrasé les femelles et à la longue, les femelles ont cru que c'était normal et se sont comportées en créatures inférieures et soumises.

— Ma grand-mère, dit enfin Réal, était une femme forte, une force de la nature. Elle dirigeait une entreprise de distribution de charbon et d'huile à chauffage. C'est elle qui engageait son monde, qui négociait les prix, qui louait ou faisait construire ses entrepôts, elle faisait sa publicité et sa comptabilité. Elle menait tout de A à Z. Mon grand-père n'était que décoratif, c'était un homme charmant, mais un peu perdu et un peu dépassé par les événements. Ma grand-mère a toujours tout dirigé seule d'une main fer, mais sur son lit de mort, elle m'a fait quelques confidences. Elle n'avait qu'un seul regret, ne pas avoir épousé un homme fort sur qui s'appuyer et se reposer.

— Je comprends votre grand-mère, je ne veux pas parler au nom des autres femmes, mais moi je me sens bien entre les bras de quelqu'un de fort et intelligent, mais j'ai peut-être été conditionnée.

Stella Rose vient mettre un terme à cet échange futile. Elle est telle que Réal l'imaginait, grande, mince, pas très jolie, mais agréable et pétulante avec de longues cuisses fuselées, de longues mains mobiles, des petits seins pointus et une épaise tignasse aux reflets soyeux. D'une voix rauque et chaude, elle entreprend aussitôt son tour de chant devant un décor rose bonbon et bleu pastel. D'où il est placé, Réal ne peut manquer de voir quiconque se dirigeant vers les loges. Il fait un peu sombre, mais il remarquerait à coup sûr le sosie de Johnny Cash s'il se présentait. Il y a peut-être une centaine de spectateurs, la plupart des habitants du quartier, des jeunes et des plus vieux. À la sauvette, Réal examine tous ces gens. Ce public-là n'a rien du public de musique de chambre, ces gens veulent de la couleur, du rythme, de l'action et de la... bière. Des ouvriers qui sortent leurs femmes, grosses et impassibles, les deux mains sur leur sac posé sur leurs genoux, il y a de petits groupes de femmes seules avec le rire trop facile, des jeunes débraillés venus pour danser après le spectacle.

> *Un billet pour le Pérou*
> *il n'y a pas de Pérou*
> *où va donc ce train*
> *dans le petit matin*

chante Stella Rose avec assez peu de conviction. Cette sortie en rappelle une autre à Réal. Il était étudiant et avec quelques compagnons il était allé voir un des premiers spectacles de danseuses à gogo qui se produisaient les seins nus. Après avoir bien reluqué la danseuse, les quatre compères s'étaient mis à se raconter des histoires et ils riaient joyeusement. La danseuse croyait bien à tort qu'on se moquait d'elle. Alors, elle était venue à eux et leur avait demandé si c'était la première fois qu'ils voyaient une paire de seins. La fille avait de tout petits seins très excitants mais très modestes.

— C'est ça, avait répondu un des lascars, pis c'est pas encore à soir qu'on va en voir une.

Furieuse, la fille était retournée à son spectacle non sans faire un petit signe entendu à trois gros fiers-à-bras se tenant dans la coulisse. Plus tard, ceux-ci attendaient les quatre carabins à la porte dans l'intention évidente de leur faire ravaler leurs sarcasmes. Un instant, Réal avait eu une peur bleue; lui et ses compagnons n'étaient pas visiblement pas de taille à affronter les trois malabars. Mais les dieux des cabotins veillaient sur eux. Tout un groupe d'étudiants, une vingtaine peut-être montaient à pied la côte et venaient dans leur direction. Avec une présence d'esprit non désintéressée, Réal s'était mis à saluer les nouveaux venus à grands gestes des bras comme s'il les connaissait depuis toujours: «Salut Pierre, hé Charles, salut Ti-Jean, etc.» La manœuvre avait fonctionné. Devant tant d'adversaires potentiels, les trois fiers-à-bras avaient discrètement regagné leurs pénates sans demander leur reste.

Ce souvenir fait sourire Réal. Du coin de l'œil, il observe Poinsettia. Celle-ci est prise par le rythme et marque la mesure avec la tête. Elle semble avoir totalement oublié les raisons qui l'ont amenée ici. Une telle insouciance émeut presque Réal, mais il reste vigilant. Chaque fois que quelqu'un se rend aux toilettes en face des loges, il ne peut s'empêcher de le dévisager avec une acuité toute rigoureuse.

Victor déambule du pas de l'automate, il ne souffre plus, le vide semble s'être fait dans son cerveau. Il admet enfin sa défaite et ne se rebiffe plus. C'est cette lutte qui génère la douleur, une fois que l'on se résigne, une grande paix s'installe enfin au fond de l'âme.

Maintenant, Victor prend conscience de la douceur de l'air, des odeurs et des bruits autour de lui et il peut s'attarder sur des détails, chose qu'il n'avait plus faite depuis sa petite enfance. Par exemple, ce pissenlit qui surgit du ciment dans une craquelure près d'un mur de briques. Il se revoit le matin même cueillant des fleurs pour Louise. Il lui semble que des années se sont écoulées depuis. Il est impossible que tout ceci se soit passé en une seule petite journée. Mais qu'importe, tout cela n'a plus d'importance.

Victor fait encore dix pas et s'arrête pour allumer une cigarette. C'est sa dernière, ça tombe bien, il n'aura plus jamais besoin de cigarettes. Par la fenêtre, il peut voir et entendre une télé couleur. Des tas de gens sont entassés dans un studio et donnent leurs avis sur le sujet du jour. Pour lui, il n'y a plus qu'un seul sujet, il a été discuté à fond et vidé, il n'y a plus à y revenir. Il s'éloigne encore rasant les murs comme s'il avait déjà perdu le droit d'occuper le centre de la place. Vers l'ouest, une vague lueur rouge colore le ciel, sans doute le feu de joie de la Saint-Jean. Il s'étonne que des gens, les autres, aient quelque chose à fêter. Tantôt, ce sera les feux d'artifices et les danses populaires.

Il tourne un coin et se retrouve devant la façade sombre des studios de télévision. Victor observe l'immeuble comme s'il le voyait pour la première fois. Pour lui, c'est un endroit interdit où il n'a rien à faire, c'est une sorte de temple destiné à une catégorie de gens bien spéciaux. En temps normal, il n'eut jamais osé y mettre les pieds, même pour assister à ces émissions bêtes et stupides. Il n'ose pas entrer dans ce temple du spectacle de la même manière qu'un chien n'ose pas entrer dans une église. Il ne sait pas trop pourquoi, mais il sent confusément qu'il doit en être ainsi. Pourtant, ce soir, ces barrières se sont écroulées et mécaniquement, il se voit marcher vers cette grande porte vitrée et se voit la pousser devant lui. L'employée-réceptionniste parle au téléphone; elle semble surchargée et Victor, sans plus s'en occuper, emprunte un corridor blanc bordé de portes en noyer. Une porte est entrouverte.

— L'important à la télévision n'est pas d'être enthousiaste, l'important c'est d'avoir l'air enthousiaste, dit une voix d'homme qui n'attend pas de réponse.

Au fond du couloir brille un mot magique: *Studio.* Personne ne s'interpose et Victor se retrouve dans un vaste studio surpeuplé, suréclairé où s'agitent des caméras et des perches de son. Plusieurs participants parlent en même temps et l'animateur réclame le silence.

— S.V.P., si tout le monde parle en même temps, il n'y aura plus moyen de se comprendre. Levez la main si vous voulez la parole.

Docile, Victor lève la main et attend patiemment son tour. Cinq ou six personnes s'expriment avant lui. Leurs discours n'ont aucun sens pour Victor, comme dans ses rêves lorsqu'il était petit et qu'il voyait des soldats s'agiter et débiter des flots de mots gutturaux sans aucune autre signification que la violence, l'emportement, la colère, la fureur des gestes et des expressions.

Il écoute sagement et puis son tour arrive.

— Vous là monsieur, parlez, invite l'animateur.

Docilement encore, Victor se tourne vers la caméra comme il le ferait pour un interlocuteur humain.

— Je m'appelle Victor Émond, balbutie Victor d'une voix chevrotante. Si ma femme m'écoute, je voudrais lui demander de rentrer à la maison avec le petit et...

Quelques secondes suffisent pour que l'animateur comprenne ce qui se passe, il accorde aussitôt la parole à un autre intervenant tandis que les caméras et les perches de son suivent rapidement le mouvement. Deux placiers encadrent discrètement l'intrus et l'escortent à l'extérieur du studio. L'un d'eux paraît un peu mal à l'aise, de cette gêne sournoise que suscitent les grandes détresses humaines. Et la détresse a une odeur bien particulière, une odeur collante et désagréable.

— Rentrez chez vous monsieur, allez dormir un peu, je vais vous appeler un taxi.

Victor acquiesce, mais aussitôt que l'homme s'éloigne, il s'en retourne par où il est venu. Un peu plus tard, il se retrouve dehors, plus seul que jamais et il se demande ce qui a bien pu le pousser à faire une chose comme celle-là. Il s'est rendu ridicule et il a montré sa misère au monde entier, sans aucune pudeur et sans aucune retenue. Même Louise en rirait. Elle en rit peut-être déjà, où qu'elle soit. Non, il n'aurait pas dû faire ça, il n'avait pas le droit de s'abaisser et de s'humilier encore. Une sorte de dignité retrouvée lui fait redresser l'échine et lui fait voir les choses plus sereinement.

Le pont n'est plus qu'à deux coins de rue et il ne compte plus s'arrêter. Il fera les choses discrètement et dignement, seul avec son petit drame, seul avec sa misère.

Mais le miracle espéré pendant toute cette interminable journée se produit enfin. Une voix de femme crie son nom derrière lui. Il ne s'arrête pas, il ne se retourne même pas. Pourtant il a reconnu la voix de Jeanne-d'Arc, l'amie intime de sa femme.

— Victor, Victor, attendez-moi.

À l'encontre de sa volonté, cette fois-ci Victor ralentit le pas. Jeanne-d'Arc le rejoint, le souffle court.

— On t'a vu à la télé, ça n'a vraiment pas l'air d'aller. Louise était chez moi quand t'es venu à matin, elle était cachée dans le p'tit hangar au bout d'la galerie en arrière. Elle est là, pas loin au bingo. Tu peux venir lui parler si tu veux.

Victor sourit amèrement. Pendant qu'il va se jeter en bas d'un pont, sa petite femme dévouée joue au bingo, B5, G36, O45. Jeanne-d'Arc se place devant lui et lui bloque le chemin. Victor s'arrête. Jeanne-d'Arc lui tient les épaules.

— Toi, tu vas faire une bêtise! Parlez-vous, elle t'attend, viens avec moi.

Rien ne peut plus humilier Victor davantage, rien ne peut plus le faire descendre plus bas et il lui prend l'envie de goûter le fiel de sa misère jusqu'au bout. Parfois, il y a une bonne part de masochisme quand on commence à se complaire avec sa peine.

Donc, il suit Jeanne-d'Arc comme un enfant boudeur suivrait une mère en colère.

Ils pénètrent dans une immense salle enfumée, surpeuplée, criarde et puante. Le plancher de ciment est jonché de cartes désuètes et d'un tas de détritus variés. Le meneur de jeu annonce les numéros gagnants et sa voix déformée par le micro vient se répercuter contre les murs de béton; des centaines de femmes retiennent leur souffle dans l'attente du prochain numéro à sortir.

Louise apparaît menue et renfrognée, assise immobile devant un jeu de cartes vierges. C'est bizarre, Victor ne la croyait pas si menue, si austère, l'air si hostile. Jeanne-d'Arc assit le mari en face de Louise.

— Maintenant, parlez-vous et organisez-vous pour que ça ne finisse pas en catastrophe, je vais chercher du café.

279

Victor prend une attitude qui veut dire j'écoute. Louise lève les yeux et les baisse à nouveau. Elle tient la tête droite et haute, mais ses yeux évitent ceux de son mari. Comme le silence s'éternise, elle se décide. Elle parle sèchement.

— Sache d'abord que ce n'est pas moi qui voulais te parler, c'est Jeanne-d'Arc qui t'a vu à la télévision et qui a insisté. Je t'ai expliqué pourquoi je suis partie et il aurait mieux valu en rester là.

Devant l'allure pathétique et résignée de Victor, il y a comme un éclair de colère qui lui durcit encore le regard.

— Regarde-toi, dit-elle, un pauvre pantin, un gagne-petit miséreux et résigné, un père de famille sans autorité et sans poigne, un individu rustre et ennuyeux, un baiseur bestial et gauche, des fois, j'avais envie de vomir, j'avais envie de fuir, aller n'importe où mais fuir cette maison misérable où je m'ennuie, où je trime sans rime ni raison à attendre la vieillesse. Tu trouves que c'est une vie toi?

Cette fois elle regarde Victor droit dans les yeux.

— Je suis partie et je n'ai pas l'intention de revenir.

Victor croit entendre une étrangère, il ne connaît pas cette femme. Il rêve sûrement. Pour s'en assurer, il ferme les yeux, attend une bonne minute et les rouvre. En vain, ce rictus bizarre crispe encore les lèvres exangües de sa femme. C'est de la haine, découvre Victor. Cette femme avec qui il vit depuis vingt ans le hait de toutes ses forces. Il n'était donc pas encore parvenu au fond de l'abîme. Il vaut mieux partir. Il se lève, tourne le dos et s'en va en traînant les pieds. Louise hausse le ton.

— Ça ne sert à rien de prendre ton air pitoyable, tu ne m'auras plus avec des promesses et des larmoiements, tu ne trouves pas que j'en ai assez enduré?

Victor ne l'écoute plus, les joueuses de bingo tournent le cou et l'examinent avec perplexité. Il presse le pas pour franchir la porte de cet enfer le plus vite possible.

Dehors, il respire à fond. Cette fois, il en est certain, plus rien ne peut plus troubler son âme, une âme tellement écorchée qu'elle ne peut plus souffrir de la moindre nouvelle blessure. Le pont est là qui dresse son imposante structure d'acier dans la nuit et qui l'invite amicalement telle une porte d'auberge, un feu de bois, un bon lit frais après une longue, une très longue route.

Quiqui s'est endormie contre l'épaule de BVD. Celui-ci se lève doucement et allonge la jeune fille sur le divan, la manipulant comme on manipule un objet précieux et infiniment fragile. BVD sent venir une nouvelle vague de tendresse pour cette fille qu'il a aimée jusqu'à la vénération autrefois. Il s'interroge. Non, ce n'est pas de la pitié, c'est autre chose. Une sorte d'élan de l'âme devant l'extrême faiblesse, l'extrême abandon, l'extrême défaite, l'extrême démission de Quiqui. La vie l'a broyée tel un galet impuissant projeté et reprojeté contre la pierre dure de la falaise. Voilà la vérité, Quiqui n'était pas en mesure d'affronter la vie, elle n'était pas assez armée contre elle, le combat était beaucoup trop inégal et il ne reste d'une petite fille volontaire et courageuse que ce corps sans âme, une dépouille écorchée vive, réduite en bouillie.

BVD a envie de la prendre dans ses bras et de la bercer jusqu'à la fin du monde; pour consoler une peine inconsolable, pour dire que lui aussi a dû encaisser des coups et qu'il est solidaire, pour se dresser encore et encore contre les assauts de la vie, tel un risible mais courageux obstacle.

Puis il se retourne et contemple le garçon endormi lui aussi. Comment est-ce qu'il a dit ça? Ah oui, des ménopausés du cerveau. Tout cela est triste et désespérant.

Heureusement, Bic vient mettre un terme à ses réflexions. Il frappe discrètement et BVD va lui ouvrir en ayant eu soin de regarder à travers le judas.

— Allons-y, dit Bic, en jetant un coup d'œil méfiant autour de lui.

— Écoute, répond BVD, donne-moi ma part et file avec le reste.

— Pas question, le Boss veut que tu viennes avec moi sur la rive sud.

— Pourquoi?

— Je ne lui ai pas demandé.

— Comprends-moi, ma mère est malade, très malade, elle va peut-être mourir.

— Cesse de pleurnicher et viens, on n'a pas toute la nuit.

BVD sent bouillir son sang dans ses veines, il en a assez d'obéir aveuglément à des ordres stupides, s'il s'écoutait, il les descendrait tous, ces salauds, et donnerait leur viande avariée aux chiens errants. Mais il se contrôle encore en grinçant des dents. Il s'empare de son sac de toile et suit Bic.

Ils sautent à bord de la petite fourgonnette blanche et Bic démarre aussitôt. Ils roulent en silence, la circulation est devenue fluide et facile. La Main est réouverte depuis six heures. Les gens se promènent par grappes de dix ou douze personnes. À l'ouest, éclatent les premiers feux d'artifices. Les restaurants, les terrasses et les bars regorgent de monde, il fait toujours aussi chaud et humide.

BVD ferme les yeux et appuie sa tête contre le cuir de la banquette. Il laisse le vent chaud lui caresser la peau et les cheveux. On dirait la caresse d'une femme douce et amoureuse. Un fugitif sourire détend enfin ses traits et il voudrait que cette minute de paix et de silence dure toute la vie.

Mais jurant et pestant, Bic le tire de sa rêverie.

— Le pont est bloqué, dit-il en appuyant brusquement sur les freins.

Puis il regarde en arrière; un flot de voitures le suivent et il est impossible de faire marche arrière.

— Qu'est-ce qui se passe? demande BVD aveuglé par les éclats des gyrophares rouges des voitures de police.

— Va donc savoir.

À pied, un policier se dirige vers la bretelle d'accès, sans doute pour détourner la circulation ou pour se rendre compte. Il tient une lampe électrique.

— Qu'est-ce qu'il y a en avant? crie Bic.

Le flic semble ne pas avoir entendu, il poursuit son chemin sans se presser.

— Espèce de trou d'cul, grogne Bic en sortant la tête par la portière et en se levant à demi.

Mais il ne voit rien et décide d'aller se rendre compte de visu. Il descend, claque la portière et s'éloigne vers le centre du pont se mêlant à un petit groupe de curieux.

BVD observe le fleuve extraordinairement calme et étale. Les couleurs des feux d'artifices se reflètent dans les eaux noires et tranquilles. Impassible devant toute cette agitation, le fleuve poursuit sa course sans se hâter et sans s'attarder. BVD croit avoir une vision du temps qui s'écoule, avec un calme et une majesté qui rend encore plus ridicules les futiles petites passions humaines.

Soudain, il ressent une envie irrésistible de descendre et de s'en aller tranquillement vers la ville. Mais Bic revient l'air pas content du tout. Il se réinstalle au volant et envoie la tête en arrière.

— Il y a un tordu qui veut se jeter en bas du pont, dit-il. J'espère qu'on en a pas pour toute la nuit...

BVD sourit pour lui-même, sa décision est prise et il se sent enfin libéré, il ouvre la portière, descend de la fourgonnette et s'éloigne tranquillement vers la ville. Un instant interloqué, Bic le suit des yeux puis court le rejoindre en abandonnant le véhicule toutes portières ouvertes.

— Où vas-tu, t'es pas un peu fou? Tu viens avec moi.

Il attrape le bras de BVD, mais d'un mouvement brusque, celui-ci se dégage. Furieux, Bic l'accroche par les cheveux.

— Le Boss a dit que tu viendrais te planquer sur la rive sud et tu vas venir de gré ou de force.

Animé d'une énergie qui l'étonne lui-même, BVD se retourne brusquement et frappe brutalement Bic au creux de l'estomac. Celui-ci se plie en deux, respire profondément et bondit sur son adversaire. Les deux hommes roulent sur le pavé, se cognant aux voitures, échangeant des coups, soufflant et jurant. Bic est le plus fort, il réussit à maîtriser BVD, mais alors qu'il considère la partie gagnée, il sent s'enfoncer entre ses côtes l'extrémité dure et froide d'un revolver.

— Ôte-toi de là charogne, dit BVD d'une voix qui exprime une fureur longtemps retenue, ôte-toi de là ou je te tue comme un chien.

Bic ne s'y trompe pas. Il sait évaluer — pour en avoir fait l'expérience souvent — la détermination d'un adversaire et il n'y a aucun doute dans son esprit. BVD à ce moment-là est tout à fait capable de le tuer froidement. Aussi, il se relève et recule en direction d'une camionnette immobilisée. Une voiture de police survient en trombe de l'autre direction où on circule encore librement. BVD se relève promptement, court vers la fourgonnette blanche, saute dedans et cabre les roues au maximum vers la gauche. Puis brutalement, il appuie sur l'accélérateur. Le véhicule bondit en avant, heurte un Chevette rouge, l'écarte de son chemin, franchit le petit terre plein qui sépare les voies et vient buter contre la voiture de police qui s'est arrêtée. BVD recule, tamponne un autre véhicule et de nouveau en marche avant, de justesse, se glisse entre la voiture de police et le parapet. Maintenant qu'il a la voie libre, il accélère à fond et fonce vers la ville. Dans son rétroviseur, il aperçoit la voiture de police qui amorce la chasse, mais il s'en fout comme de l'an quarante.

L'inspecteur Comeau a demandé les services d'un psychiatre et celui-ci, plus tortueux et plus vicieux qu'un torrent de montagne, a réussi peu à peu à engager la conversation avec la mère Mouchel.

— Est-ce qu'un diable peut avoir de si beaux enfants? Venez voir, j'ai la photo, le petit blond s'appelle Michel et l'autre, avec son air canaille, c'est David. Tenez, si vous me laissez approcher, je vais déposer la photo par terre à mi-chemin puis je vais revenir à ma place. Vous pourrez la regarder à votre aise.

Il fait un pas en avant, mais la mère Mouchel recule d'autant vers le petit muret.

— N'ayez pas peur, reprend le spécialiste, si vous voulez que je m'en aille, je vais m'en aller.

— Vous êtes avec les diables, crie la mère Mouchel.

— Je peux vous aider, je peux ordonner aux diables de s'en aller.

Il se raidit et lève les bras en l'air fermant les yeux.

— J'ordonne aux diables de s'en aller.

À l'aide de son walkie-talkie, de l'autre côté de la porte, Comeau ordonne que l'on éloigne les voitures en bas. Tant bien que mal, on réussit à refouler les badauds. Heureusement que d'où elle est, la mère Mouchel ne peut pas voir la trampoline. Grâce aux directives de l'inspecteur, les hommes assignés au filet peuvent suivre les péripéties du drame et se placer en conséquence.

En bas, tapie dans un coin d'ombre, Juliette se ronge les ongles de la main gauche. Sa main droite tient celle de Juanita et ses ongles s'enfoncent dans la chair brune.

— Mais qu'est-ce qu'ils font? Pourquoi est-ce que ça prend autant de temps? Où est l'inspecteur?

Juanita fait de son mieux.

— Ça né va plous être long, calmé-toi, on prend toutes les précautions pour lé bébé.

— S'ils ne sont pas descendus dans deux minutes, je monte.

Contre tout bon sens, Poinsettia a demandé à Réal de la faire danser. Contre tout bon sens également, Réal s'est plié à ce souhait, en surveillant cependant les accès aux loges. Poinsettia s'est collée à lui et se laisse docilement diriger; elle ferme les yeux et elle met des mots sur la musique romantique. Stella Rose s'est retirée dans sa loge afin de récupérer un peu pour la seconde représentation. L'Acteur ne s'est pas encore montré le bout du nez. Quand la musique s'arrête, Poinsettia relève doucement la tête vers Réal et chuchote comme à regret:

— Je pense que je sais où est l'Acteur.

Réal vient pour dire quelque chose, mais Poinsettia pose deux doigts sur ses lèvres pour le faire taire.

— Ça travaille très fort dans ma petite tête depuis à matin. À matin, après avoir remis la mallette à l'Acteur, l'Acteur m'a envoyée acheter des robes chez Irène. Il lui a fait ouvrir la boutique rien que pour moi. Tout au long de l'essayage, j'ai ben vu qu'Irène me regardait de travers. Sur le moment, j'ai pensé que c'était parce que je l'avais forcée à ouvrir un jour de fête. Mais une petite idée m'a trotté dans la tête toute la journée et je m'suis dit que ces petits regards furibonds, ces petits sourires méprisants, ces petits rictus de dépit, ça ressemble aux réactions de femme abandonnée à l'endroit de sa rivale. Je suis certaine maintenant qu'il y a déjà eu quelque chose entre Irène et l'Acteur. Les femmes savent sentir ces choses-là. Et s'il y a eu une histoire entre eux, c'est possible que l'Acteur soit retourné à Irène, c'est son genre, il laisse tomber et il reprend. Ce n'est rien que des vibrations, mais j'ai le nez; l'intuition ça ne trompe pas.

— Viens, dit Réal en l'entraînant vers la sortie.

Victor regarde en bas, il est calme et détendu. Il se tient debout sur le léger grillage qui s'avance sur le vide de chaque côté du pont. Le garde-fou est derrière lui un peu plus haut. Le fleuve se teinte fugacement de toutes les couleurs de l'arc-en-ciel; pour certains, la fête bat son plein. Au-dessus et derrière lui, il devine une agitation tumultueuse, des cris, des éclats de gyrophare, des voix nasillardes giclant des récepteurs radio. Mais il ne prête aucune attention à cette voix qui dit s'appeler Maurice et qui l'invite à écouter ce qu'il a à dire. Il sait que s'il écoute ces voix faussement chaleureuses, il se fera tromper encore une fois. Un vacarme d'enfer l'incite à relever la tête. C'est un hélicoptère léger qui tente de l'épingler de son phare aveuglant. En haut, une voix anonyme enterre toutes les autres.

— Qu'on ordonne à cet imbécile de s'écarter.

Alors Victor réalise qu'il s'agit d'un appareil de la télévision, qui comme une libellule géante, cherche sa proie. Victor ferme les yeux et soudain c'est le jour, la lumière aveuglante a trouvé sa cible. Il lève les bras à l'horizontale, il est en camisole; inexplicablement, il a enlevé sa chemise, l'a pliée soigneusement et l'a déposée sur le garde-fou.

Une dernière fois, Victor lève les yeux vers le ciel. Il veut mourir en regardant les étoiles. Malheureusement, le temps lui refuse cette dernière petite faveur. Il n'y a que quelques étoiles de visibles dans ce ciel gris-bleu. Alors Victor referme les yeux et saute dans le vide les bras en croix. Mais comme un oiseau blessé, il ne tente même pas d'agiter ces simulacres d'ailes.

À fond de train, BVD roule en direction de l'Hôpital Général ne respectant ni les feux rouges ni les arrêts obligatoires, ni les limites de vitesse. À cent pas derrière, l'auto-patrouille lui colle aux fesses en hurlant, en jetant des flash de lumière rouge, en crissant des pneus. Plus rapide, la voiture de police tente de couper le chemin à fourgonnette par la bande, mais vigilant, BVD louvoie pour lui barrer la route. Devant la poursuite infernale, les automobilistes se rangent prudemment. À la dernière minute, BVD se voit couper le chemin par un barrage. En catastrophe, risquant le capotage, il bifurque à droite, puis il revient dans sa direction initiale en empruntant une ruelle sombre. Comme il va de nouveau tourner à gauche quelqu'un, une femme, se jette devant lui et le choc projette cette personne brutalement en l'air avec un bruit sinistre d'os brisés. Un voile rouge s'étend devant les yeux du fuyard. BVD cligne furieusement des paupières et retrouve une vue floue juste à temps pour apercevoir un autre barrage, mais trop tard pour l'éviter.

Il est projeté contre le pare-brise qui éclate en mille miettes, le monde entier semble se tordre comme de la tôle froissée, éclater comme une boule de verre, exploser comme le coffre tout à l'heure. Tout cela ponctué d'un coup de tonnerre brutal se décomposant en un millier d'explosions secondaires.

Stupéfait, BVD réalise qu'il est encore en vie. Il respire à petits coups, il touche son visage poisseux de sang mais il peut bouger, il se croit presque indemne. Des agents de police accourent, l'arme au poing. BVD n'a pas conscience de chercher et de saisir son revolver, mais comme par magie il le tient de la main droite, il le sent ferme et froid, rugueux contre la paume. Il tire, un policier s'arrête, saisit sa cuisse à deux mains, se laisse tomber et rampe sous un véhicule. Des bras se tendent pour l'aider et des ordres fusent clairs, nets et glaciaux. Alors c'est la fusillade en règle. BVD peut tirer encore trois coups de feu, il voit flou, les lumières vacillent, les gens hurlent de toutes parts et soudain, un choc détonant, un éclair fulgurant et le noir total et le silence qui tombe brutalement comme après un coup de gong.

Peureusement, la mère Mouchel jette un coup d'œil nerveux sur le téléviseur. Un homme vient de se jeter en bas du pont. Puis elle scrute les ténèbres autour d'elle. Elle ne voit plus les diables, mais elle sait qu'ils sont là, qu'ils l'encerclent, qui s'approchent et qui vont la saisir, lui enlever son bébé et la retourner dans cette maison de fous. Elle croit voir une ombre sur le toit de l'édifice voisin, elle regarde en direction de la rue, les diables ont disparu, ils se cachent dans les ténèbres. Ils vont surgir du noir et lui arracher son bébé. Aussi, il y a ce diable qui à vingt pas ne cesse de débiter des mots insensés. Non, elle ne peut plus rester là et elle ne peut plus fuir, les diables l'en empêcheront. Puisqu'elle ne pourra pas garder son bébé, personne ne l'aura, elle va faire comme cet homme à la télé, elle va se jeter en bas de l'édifice. Le monde entier veut lui prendre son bébé et cette fois, elle ne se laissera pas faire. Elle se sent très lasse, trop fatiguée pour rester encore longtemps vigilante et pourtant le moindre moment d'inattention lui sera fatal.

Elle serre l'enfant contre elle et avec une vivacité inattendue pour une personne de son âge, elle monte sur le parapet.

En bas, Juliette s'arrache à l'étreinte de Juanita et bondit en avant comme si elle voulait attrapper son bébé elle-même. Mais à ce moment-là, surgit de nulle part une fourgonnette blanche. Juliette la devine trop tard. Un choc insupportable lui brise l'échine, tous les os de son corps craquent et se fêlent, elle sait qu'elle a le cou brisé mais elle ne sent aucune douleur. L'impact projette son corps dans les airs, cette course semble durer de longues minutes pendant lesquelles elle éprouve une bizarre et voluptueuse sensation de bien-être. Puis encore un choc violent, elle se fracasse le crâne contre le mur de briques.

Elle ne peut plus voir l'enfant et la vieille dame atterrir indemnes sur la trampoline. Juanita s'agenouille près de Juliette, sa bouche reste ouverte et ses yeux exorbités.

Poinsettia et Réal sursautent violemment. Un accident vient de se produire juste au coin de la rue. Ils accélèrent le pas, mais soudain la fusillade éclate. Alors ils se plaquent contre le mur et sont mêlés malgré eux au tohu-bohu général. Tout le monde hurle et court dans tous les sens. Il y a des coups de sifflets, les sirènes se mettent à mugir et des phares s'allument, jetant des éclats de rouge et de jaune, balayant les murs des façades décrépites. Un policier tombe, quelque chose glisse sur le macadam et rebondit dans l'ombre. Poinsettia se penche pour ramasser cet objet.

— Ne restons pas ici, crie Réal.

Il attrape Poinsettia par la main et court dans la direction de la Main. Un peu plus loin, ils ralentissent le pas à la recherche de leur souffle. Alors Réal réalise que sa compagne tient un revolver taché de sang.

— Jette ça!

Mais plutôt que de se débarrasser de l'arme, Poinsettia la glisse dans son sac et s'essuie la main sur sa robe.

— Je t'ai dit de jeter ça, répète Réal.

— L'Acteur est plus fort que nous, répond tranquillement Poinsettia. Avec ça, il nous écoutera.

— J'te défends de te servir de ça.

— D'accord, mais j'le garde.

Encore deux coins de rue et ils sont devant chez Irène. Prudemment, ils grimpent l'escalier en tire-bouchon. Irène habite au deuxième, les toiles sont tirées, mais de temps en temps deux ombres distinctes se profilent devant la fenêtre.

— Il est là, souffle Poinsettia, les yeux agrandis par une peur subite.

Elle ne sait pas trop comment analyser cette peur, peur de se retrouver en face de l'Acteur? peur de ses représailles? peur peut-être d'être obligée de le tuer? peur d'elle-même? Ses viscères se contractent et elle sent venir un haut-le-cœur violent.

Réal respire à grands coups et frappe. Un long moment s'écoule pendant lequel on imagine un échange de coups d'œil inquiets, un conciliabule à voix basses, puis Irène entrouvre une porte toujours retenue par le verrou. De la façon dont elle se présente, elle ne peut qu'apercevoir Réal. Celui-ci tente d'affermir sa voix.

— Je suis un ami de l'Acteur. Est-ce que je peux le voir?

— Il n'est pas là, je suis seule.

— Nous savons qu'il est là, ouvrez cette porte.

À ce moment-là, Poinsettia refoule Réal et se montre à Irène la menaçant de son revolver. Irène ouvre et referme la bouche sans mot dire et ses mains se mettent à trembler. Finalement, elle tire le verrou et s'efface pour leur livrer passage.

L'Acteur est là, un verre de liqueur brune à la main. Il paraît seulement à demi-étonné de découvrir son ex-maîtresse. Le revolver l'impressionne beaucoup plus, aussi l'air ravagé de Poinsettia, mais surtout le sang sur sa robe, une tache qui laisse croire que la fille s'est déjà servie de son arme.

Réal intervient.

— Monsieur, vous allez me rendre mon argent et nous allons partir sans faire d'histoires.

L'Acteur se tourne résolument vers Poinsettia.

— Tu...tu es avec lui? Tu prends sa part? Tu me trahis?

Il se redresse.

— Toi et moi on a eu de bons moments. Ça ne s'oublie pas en une journée. Tu me tirerais dans l'dos pour t'acoquiner à ce...ce petit pantin?

— Oui, dit Poinsettia d'une voix mal assurée.

L'Acteur saisit l'infime accent d'incertitude dans la voix de Poinsettia et il sait qu'il a encore sa chance. Réal sent monter en lui un vague malaise qu'il ne saurait trop bien expliquer. Quelque chose dans le ton de Poinsettia et également quelque chose dans celui de l'Acteur, une certaine assurance, une certaine complicité. Il devine par instinct qu'il est impérieux d'agir tout de suite.

— Donnez-moi cette mallette, répète Réal.

Cette intervention semble énormément contrarier l'Acteur. Il se tourne vers Réal.

— Toi, pauvre cloche, je vais te casser en deux.

Les deux hommes se toisent, se frappent, roulent par terre. Chacune dans son coin, Poinsettia et Irène, tassées sur elles-mêmes, observant la scène. La main de Poinsettia qui tient le revolver suit mécaniquement les déplacements des belligérants. Ceux-ci échangent des coups, le souffle court, l'œil furibond.

Au bout de dix minutes, il est évident qu'il n'y aura ni vainqueur ni vaincu. Réal est d'un gabarit plus fragile que l'Acteur, mais l'Acteur est un grand buveur et un grand fumeur. Il est aussi plus vieux, ce qui égalise les chances.

À bout de souffle, les deux hommes déclarent la trêve et s'écartent l'un de l'autre. L'Acteur est debout le premier. Ignorant son adversaire, il reprend son plaidoyer devant Poinsettia:

— J't'ai joué une mauvaise blague, c'est entendu, mais tu m'connais, j'suis un grand enfant, c'était sans malice. Y faudra te montrer plus vigilante envers moi, plus autoritaire, plus sévère, j'aime les femmes méfiantes, qui savent serrer la vis à l'occasion. Tu comprends, j'aime que les femmes soient jalouses, j'aime les femmes possessives, ça me donne l'impression de leur être indispensable. T'es trop douce Poinsettia, t'es trop confiante! Durcis-toi un peu et je te garantis qu'on va bien s'entendre. On repart à zéro, si tu veux bien, tiens, l'argent sera à ton nom, je ne pourrai pas y toucher sans ta permission. Comme ça, on sera forcés de rester ensemble toi et moi. Tu sais que malgré tout c'est toi que je préfère, j'ai un préjugé favorable pour les femmes qui paraissent faibles, ça me donne l'impression d'être plus fort. On est du même monde tous les deux. Y'a pas de raison pour que ça ne marche pas.

L'Acteur débite sa salade avec une sincérité apparemment irréprochable. Irène se sent trop trahie pour réagir, la pilule est vraiment trop grosse à avaler. Elle paraît hébétée et, d'après son regard, on voit bien que l'Acteur serait perdu si elle tenait l'arme de sa rivale.

Au fur et à mesure que l'Acteur parle, Poinsettia baisse le poing. Le maquereau s'est ressaisi et maintenant, il parle calmement, d'une voix chaude et persuasive. Il est grand temps pour Réal de réagir s'il veut récupérer son argent. Il se lève avec souplesse et s'empare d'un gros cendrier d'onyx avant de s'approcher subrepticement de l'Acteur par derrière. Tiraillée par un dilemme trop douloureux pour elle, Poinsettia s'adresse au bon Dieu: «Arrêtez-le, pense-t-elle, ou ce qui va arriver sera de votre faute, uniquement de votre faute». Elle se sent vaciller, elle ferme les yeux et presse la gâchette.

Réal s'arrête et laisse tomber le cendrier d'onyx. C'est comme si on lui avait asséné un violent coup de marteau au creux du ventre. Il n'a pas mal et il n'a pas l'impression de tomber, mais le plancher de bois verni monte vers lui à une allure vertigineuse. Sa dernière pensée lui arrache un petit sourire. «Non, il ne comprendrait jamais les femmes».

FIN

ACHEVÉ D'IMPRIMER SUR
LES PRESSES DES ATELIERS
MARQUIS DE MONTMAGNY
LE 2 MAI 1984 POUR
LES ÉDITIONS LEMÉAC INC.